偉大なアイディアの生まれた場所

THINKING PLACES

［シンキング・プレイス］

ジャック・フレミング、キャロライン・フレミング

藤岡啓介、上松さち、村松静枝＝訳

清流出版

偉大なアイディアの生まれた場所　シンキング・プレイス　Thinking Places——目次

装丁・本文設計
西山孝司

◉

本文写真提供
CAROLYN AND JACK FLEMING

序文

うっとりするような世界を楽しんでください

ノースカロライナ州立大学　英語教授
エリオット・エンゲル

このすてきな、楽しい著書に推薦の言葉を書かせてもらうなど、まったく思いもよらない名誉です。キャロラインとジャック・フレミングのご夫妻に、まずはいい本ができておめでとう、そして、ありがとうと感謝しなければなりません。この三十年間、英語（文学）の教授を務めてきていますが、そうめったに推薦の言葉は書いていません。たしか「まえがき」を二回、それと専門書に「序文」を何回か書いてきたはずですが、これがわたしの初めての推薦の言葉といっていいでしょう。この種の文章は文字どおり前書きであって、あれこれ書き立てて読者に負担をかけるものではありません。そうです、要点をまとめた心からの推薦の言葉でなければならないのです。

この本のテーマは驚くべき発想でした。詩で散文で、あの不朽の名作を書いていた著名な作家たちの「シンキング・プレイス」、いわゆる隠れ家、それがさまざまな形で残っているのですが、そこを訪れるのをテーマにして本を書くとは、なんとも素晴らしい考えでした。しかも、フレミング夫妻はさまざまな分野で活躍した作家たちを選んでいるのです。これも本書の特徴でしょう。

チャールズ・ディケンズ、ウィリアム・ワーズワース、ウィリアム・フォークナー、アーネスト・ヘミングウェイといった錚々たる人物が取り上げられるのは当然ですが、こうして夫妻が選んだ人物に、エドヴァルド・グリーグ、ビアトリクス・ポターがいるではありませんか。これには驚かされるだけでなく、すっかり嬉しくなりました。

フレミング夫妻は選んだ人物の「小伝」ともいうべき『人物スケッチ』欄を設けて、ここで当該人物の生涯と、そのおもだった作品について書いています。きわめて簡にして要を得た出来栄えですが、加えて、これこそわたしのお気に入りなのですが、読者へのおまけとでもいいましょうか、『旅のおまけ』の項があります。それぞれの人物の隠れ家を訪ねあてた後で、夫妻がどのような感銘を受けたかを、ここで綴っているのです。それはユニークな、心に残るインスピレーションでした。

わが愛するチャールズ・ディケンズの章で二つのおみやげ話がありますが、その一つ、料理の本がわたしにはお気に入りのおみやげです。この本はフレミング夫妻が大英博物館の閲覧室で発見したもので、辛抱強いディケンズの妻、キャサリン・ホーガスが書いたものなのです。キャサリンはディケンズと結婚してからずっと、みずから考案したレシピを、それも驚くほどたくさん試していたのです。フレミング夫妻は彼女のことをいみじくも「きゃしゃで可憐な乙女から、お太り気味のヴィクトリア朝既婚婦人へ」移り変わって、と書いているのですが、そうなんです、ディケンズはキャサリンに九人の子どもたちと二十年という歳月を残して、二流女優エレンのもとへと去っていったのです。エレンはもちろん、年齢、それにドレスのサイズも半分でした。

本書にはこうしたとっておきの話が山ほどあるのですが、フレミング夫妻はゴシップを拾っているだけではありません。一八五七年の離婚後にディケンズが書いた四つの小説を見ると、いずれの作品でも異常なほどに葛藤をもつ性格の女性を創造していますが、なぜにそれができたのか、という問題提起をしているのです。発見する喜び、鑑賞する喜び、この二つの気持ちがあるからこそ、本書『シンキング・プレイス』はあまたある作家伝のなかで燦然と輝いているのです。

わたしはこれまでの研究活動のなかで、英米文学を専攻する同僚たちが書いたこの種の本を読んだり批評してきました。どの著者も、フレミング夫妻と同様に、偉大な英国、米国の作家たちをとらえて、その真価を論じようとしているのですが、しかし残念ながら、ほとんどの教授は自分たちの「シンキング・プレイス」を、狭き堂宇の内に置いていました。したがって、評伝といっても著名な作家たちのもつ天与の才を無視し、歪んだ目で観察し、結局は、自分が想像できる範囲での作家像を伝えていたのです。

幸いにも、本書は違います。フレミング夫妻は当節流行(はや)りの、フロイト派、マルクス主義派、ディコンストラクション（解体批評）派、ポスト構造主義派などの、ついつい反感を抱いてしまう文芸評論の、いずれの流派にも属していません。陰気で、傲慢で、偏狭な考えが支配する堂宇からはるか離れたところで、フレミング夫妻は本書を書いたのです。爽快なフィールドでホッケーを楽しむように、夫妻は心高らかに、熱意を込めて本書を書いたのです。

ここまで書けば、もう十分ですね。今度は皆さんが頁を繰って、この二人の文学好きが描き出すうっとりするような世界を楽しんでください。キャラインとジャックの文章の、なんと喜びに満ちていることでしょう、身震いするようなペンの力、さあ、思い切り楽しもうではないですか。

※

著者まえがき

数年前、ノルウェーのベルゲンにある作曲家グリーグの家と、イングランドのハートフォードシア州にある劇作家バーナード・ショーの家を訪ねました。そのとき、どちらの家にも母屋とは別に一部屋だけの小さなガーデンハウス、隠れ家といってもいい場所があることに気づいたのです。彼らはその場所で、世界に名を馳せるきっかけとなった作品を数多く生み出していました。そこでわたしたちは、これらの隠れ家を「シンキング・プレイス」と呼ぶことにしたのです。

その後、ニューヨーク州エルマイラでヴィクトリア朝様式のシンキング・プレイスに出合いました。マーク・トウェインは夏になると家族といっしょにエルマイラにやってきて、毎日そのヒュッテ（山小屋風の建築物）で執筆したといいます。そして、『トム・ソーヤーの冒険』『ハックルベリー・フィンの冒険』『赤毛布外遊記（ゲット）』といった名作を書きました。

そこからさほど遠くないニューヨーク州ハモンズポートには、発明家であり飛行家でもあったグレン・カーティスの二階建ての家があり、その屋上には、彼自身が「シンクオーリアム（思索の場所）」と呼んだ場所がありました。

もしかしたら天与の才能をもち合わせた人たちには何か共通の要素があるのかもしれない、創作活動をうながすために俗世間から離れた特別な場所を必要としたのかもしれない――わたしたちはそう考えるようになりました。そして、シンキング・プレイスへのさらなる探求が始まったのです。

旅を重ねるごとに、わたしたちはたくさんのシンキング・プレイスを発見しました。作家や芸術家にかぎらず、音楽家、発明家、科学者などの創造的な人たちは、思索し、多くの作品を生み出すために、日常から逃れられる場所を頻繁に利用していたのです。

『子鹿物語』を書いたマージョリー・キンナン・ローリングズは、フロリダ中部の農場に住み、野生の原野クロス・クリーク一帯を見渡せるポーチで執筆しました。

大作家チャールズ・ディケンズは、イングランドのケント州ロチェスターの自宅近くにスイスの伝統的な木造りの山小屋をもっていました。同じくイングランドのサリー州ライには、『鳩の翼』など数々の映画の原作を書いたヘンリー・ジェームズの終の住処「ラム・ハウス」があります。そこには鮮やかに描写される独創的な「ガーデン・ルーム」がありましたが、残念ながら第二次世界大戦の空爆によって破壊されてしまいました。しかしそこから少し足を延ばせば、あの女流作家ヴァージニア・ウルフが住んでいた「モンクス・ハウス」と、庭に囲まれた「執筆ヒュッテ」を訪れることができます。

キーウェストにはアーネスト・ヘミングウェイが暮らした家があります。朝早くから執筆に励んでいた部屋は木々のこずえと同じ高さにあり、母屋とは狭い通路(キャットウォーク)でつながっているだけでした。同じくキーウェストにはテネシー・ウィリアムズの執筆ヒュッテがありますが、今では私邸の一部になっているため、残念ながら訪れることはできません。

シンキング・プレイスは壁に囲まれた部屋ばかりではありませんでした。ディケンズは若いころ、ロンドンの夜の街からさまざまな知識をさずかり、そこからインスピレーションを得ていました。『種の起源』のチャールズ・ダーウィンは、ロンドン近郊の大邸宅にある散歩道を天候にかかわらず毎日歩きました。詩人のウィリアム・ワーズワースは、湖水地方の山々を散歩することでインスピレーションを得ていました。

これまでにも作家の家や書斎は数々の本や新聞、雑誌の記事などで紹介されていますが、そのほとんどは今も活躍中の作家のものです。本書では、過去に生きた創造的人物と、今日でも訪れることのできる彼らのシンキング・プレイスにまつわるストーリーを集めました。

本書の企画を形にしていくうえで大事にしたのは、場所そのものでした。つまり、実際に創作が行なわれた現場をひと目でも見ることのできる場所です。それが、森や湖、建物、記念の地であっても、その場所を訪れ、実際に目にした人は、そこからインスピレーションを受け、そしておそらくは何か神秘的な力によって創造的な思考へと引き込まれ、エネルギーをもらうことができるからです。

わたしたち夫婦は、好奇心旺盛な旅行者です。わたしたちを特定の目的地へと導き、多くの経験を与えてくれる「使命を帯びた旅」をいつも楽しみにしてきました。どの旅でもそうでしたが、わたしたちが出会い、深く知るようになった人たちは——それが現在を生きる人でも過去の人でも——惜しみない報いと喜びを与えてくれました。

本書は、創造的人物の詳細な伝記ではありません。それぞれの「人物スケッチ」や「シンキング・プレイス」についての記述はおおまかなもので、彼らにまつわる話のなかでも、面白いものやあまり知られていない逸話を集めています。わたしたちが選び抜いたこれらの素晴らしい話が、読者の皆さまにとって役に立つものであることを、そして皆さまをより深い知識の探求へと導くことを望んでいます。

旅をして地理上の目的地にたどり着くと、大きな満足感が得られます。しかし、今はテレコミュニケーションとバーチャルリアリティーの時代。椅子に坐ったまま思考力と想像力をはたらかせ、「使命を帯びた旅」を体験すれば、それだけでも十分に満足感は得られます。このような旅からも新しい展望は開け、深い見識は得られるのです。本書を読んで読者の皆さまが有意義な旅行を計画し、実際に、あるいは頭のなかで、いつかその場所を訪れてくれることを期待しています。その場所は、あなただけの「シンキング・プレイス」を見つけ出す原動力を与えてくれるでしょう。

✳

思いがけない発見と旅のおまけ

シンキング・プレイスをめぐるわたしたちの旅は、グリーグとショーの家を訪問したことから思いがけず始まりました。しかし、それ以降は下調べをし、旅程を練ったうえで、さまざまな場所をまわりました。それでも、思いもよらない発見がもたらす予想外の経験や訪問が、目的だった場所と同じくらいの充実感を与えてくれることがよくありました。わたしたちはそれらを旅からもらったちょっとしたおみやげ、つまり「旅のおまけ」だと考えたのです。

ロンドンの北、ハートフォードシア州にあるジョージ・バーナード・ショーの家の再訪から始まった旅があります。その翌日はイングランド南西部、ドーチェスターの海岸近くにあるトマス・ハーディの家へと旅を進めました。この旅では有名な作家の家をたくさんまわることが目的でしたが、思いもよらず、わたしたちの泊まった藁ぶき屋根の大きなコテージのB&B(Bed and Breakfastの略。朝食つきの宿)が旅の見どころの一つとなったのです。

その宿は一五世紀に建てられ、その百年後に増築されたそうです。宿の主人で所有者でもあるローズマリーとファーズ・スワン夫妻は、感じのよい女将と亭主でした。最近になって古い建物の後ろにとてもすてきなガラス張りの部屋——シンキング・プレイス——を陶磁器制作のために建て増ししました。その近代的なアトリエは、古い建物と扉で直接つながっています。

ローズマリー・スワンはスウェーデンに住んでいた一九六〇年代にテラコッタ（素焼き）の制作を始めました。彼女の作品には、エデンの園やノアの方舟などの伝説にちなんだものがたくさんあります。また、お気に入りのブタを題材とした作品も多く、ユーモアに富んでいます。ファーズ・スワンは小学校や専門大学で英語を教えていましたが、一九八〇年代半ばになって教師をやめ、陶磁器制作を始めました。ファーズは「ヒツジにちょっととりつかれてるんだ」と話し、ほかにも、ヤギ、ガチョウ、シカ、アナグマ、そのうえ煙突掃除夫が練り歩く五月祭りに登場する若葉で覆われた「緑のジャック」までつくるといいます。二人の作品は多くのギャラリーや宿にある「Yoah Cottage Ceramics」で購入することができます。

このような偶然から二人の創造的人物と出会えたことは、まさに旅のおまけでした。この素晴らしい旅行は、その後もウェールズの海岸にあるディラン・トマスの家へと続きましたが、そこでもわたしたちは予期せぬ旅のおまけをもらったのでした。

❖イングランド、ハーディーの家があるドーチェスター近くのYoahCottage。15世紀に建てられた家で、新しい創造的人物たちが生まれている

❖増設したアトリエで制作にいそしむローズマリーとファーズ・スワン夫妻

エドヴァルド・ハーゲルップ・グリーグ

一八四三—一九〇七年

君こそわが想い　いまも　これからもずっと
君こそわが心　ただひとつの喜び
君を愛す　この世界のだれよりも
いとしい人よ　君を愛す
君を愛す　いまも　そして永遠に

君を想うと　ほかの想いはすべて消え去る
君のために　この心を捧げよう
神がいかなる運命を定めようとも
いとしい人よ　君を愛す
君を愛す　いまも　そして永遠に

君を愛す　いまも　そして永遠に

――――『君を愛す』

＊

訪問記――ベルゲンと「トロールの丘」

旅のはじめには、その旅がどれほど大きな意味をもつのか、旅先で出合う予期せぬ出来事がどのように展開し、自分の将来に深い影響を及ぼすのか、人は知る由もない。

何年か前、わたしたちはノルウェーのごつごつした山間の土地を走るオスロ発ベルゲン行きのローカル列車に揺られていました。乗客のほとんどは地元の人でしたが、長く曲がりくねった鉄道の旅に心を躍らせた、一見して観光客とわかる人もぱらぱらといました。そのうちの一人がドイツ語混じりの英語でキャロラインに声をかけてきたのです。

「もしかして、ソニア・ヘニーさん（ノルウェーのフィギュアスケート選手でオリンピックゴールドメダリスト、後に女優となった女性）ですか？」

キャロラインは顔を真っ赤にし、金髪のスカンジナビア人男性のほうを見てきまり悪そうに否定しました。一方、彼は「絶対そうだよ、だってそっくりだもの」と無邪気に話し、こんな僻地で名の通った有名人に遭遇するという夢のような幸運に、目を輝かせて喜んでいるのでした。

そんなやりとりが繰り広げられるなか、列車はスピードを緩めて駅へと入っていきました。「ベルゲンまでの中間地点」に位置するゲイロという村には古い宿がたくさんあります。わたしたちはその村で一泊する予定で列車を降りました。以前、この村の古い教会について書かれたものを読んだことがあり、ここに来ればひと味違ったノルウェーを見ることができるかもしれないと思ったのです。

そもそもわたしたちがベルゲンに行ったのは、ノルウェー・イギリス間を連絡する船に乗って北海を渡り（そこでは旅のおまけとはいいがたい船酔いを経験しましたが）、ノルウェーとその文化を象徴する小さな港町や海岸線を見ようと思ったからでした。ノルウェーのもっとも名高い作曲家エドヴァルド・グリーグがベルゲンの地と何かしら関わりをもつこと、グリーグの音楽がノルウェーの土地とその精神を象徴するものだとされていることは、ただ漠然と知っているだけでした。つまり、ベルゲンを訪れたのはグリーグについて調べるためではなかったのです。しかし、思いがけず彼の家のあるトロールハウゲン（トロールの丘）に行くことになり、わたしたちは人生においてもっとも意味のある、将来にわたって大きな影響を与え続ける訪問旅行をすることになったのです。それは、創造的人物たちのシンキング・プレイスを探求する、長くも数奇な旅の始まりでした。

❋

人物スケッチ――エドヴァルド・ハーゲルップ・グリーグ

作曲家でありコンサートピアニストでもあったグリーグですが、その一生を描いた映画やブロードウェイミュージカルに、『ソング・オブ・ノルウェー』という作品があります。これほど適切にタイトルのつけられた作品はほかにそうはないでしょう。彼の音楽は祖国への愛に満ちています。民族音楽を自分の曲にみごとに取り入れ、ノルウェーの情感溢れる大地と海の雄大さを曲に反映させました。ミュージカル『ソング・オブ・ノルウェー』には、グリーグの祖国への思いがじつによく表現されているのです。

グリーグがベルゲンに生まれた一八四三年、ノルウェーはまだスウェーデンの統治下にあり、一九〇五年の無血革命によって初めて独立を果たします。グリーグはこういっています。「わたしはスカンジナビア音楽の擁護者でも演奏者でもありません。ノルウェー音楽の演奏者です。三つの国の国民――ノルウェー人、スウェーデン人、デンマーク人の国民性はまったく違います。その音楽もまたしかりです」

グリーグは、過去の歴史がもつ意味を理解し、ノルウェー王国の精神を復活・再生させようとする知的改革運動に参加しています。同じくノルウェーの天才、劇作家のヘンリック・イプセンもまたその運動の先導者でした。イプセンはノルウェーの架空の人物を題材にした劇『ペール・ギュント』の付随音楽の作曲をグリーグに依頼しましたが、グリーグがそれを受けてつくった曲は、今では世界中の古典作品のなかでもっとも愛される曲の一つとなっています。

少し皮肉な話ですが、グリーグの父方の曾祖父はノルウェー人ではありませんでした。スコットランドのアバディーンの商人で、一八世紀、スチュアート王家の復活をはかったジャコバイト（名誉革命の反革命勢力の通称）が主張する英国の王位継承者、チャールズ・エドワード・スチュアートに深い関わりをもつ人物でした。カロデンの戦いにおいてジャコバイトが政府軍に敗れると、曾祖父のアレクサンダー・グリーグは避難港のあるベルゲンに逃げます。その後、彼は家名の綴りをGreigからGriegに変え、そして、ノルウェーに名高い名家が一つ生まれることになりました。

エドヴァルド・グリーグの父は教養ある人でしたが、音楽の才能はありませんでした。しかし母の音楽的才能は息子の未来を予感させるものでした。母はピアニストで民謡の作曲家でもあり、作曲したうちの何曲かは今でもノルウェーでよく歌われています。彼女は息子にとってきびしい音楽の先生でもありました。グリーグは六歳のときから母の音楽レッスンを受けるようになったのです。

それ以降、グリーグの人生に待ち受けていたのは、まるで彼の将来を指し示しているかのような出来事や出会いでした。家では絶えず音楽を聴き、作曲を始めたのは弱冠十二歳のときでした。十五歳になった彼は、非凡な才能をもつノルウェーの音楽家オーレ・ブルと出会います。

ブルは若いグリーグの才能に感銘を受け、グリーグの両親に彼をドイツのライプツィヒ音楽院に入れることを勧めます。ブルとのノルウェー旅行を通して、グリーグはノルウェーの民族音楽を学びました。

さらに、すぐれた音楽家で歌手でもあったニーナとの恋がありました。それはグリーグ独自のノルウェー的歌曲をさらに素晴らしいものへと進化させます。かわいらしいニーナ・ハーゲルップはグリーグの従姉妹で、おそらく彼の初恋の相手です。彼女は深い愛情をもってグリーグを支えました。そして、クリスチャニア（現在のオスロ）に住んでいたとき、グリーグはフィルハーモニー協会の指揮者に就任します。

そのころすでに名を馳せていた二人の音楽家、リストとチャイコフスキーは、グリーグのよき友、そして熱烈な賞賛者となりました。グリーグはヨーロッパ中でコンサートを開きますが、プロの音楽家としての立場や経済的な理由から、無理をすることもたびたびあったようです。革新的な和声学者だったグリーグの作品は、多くの作曲家たちの手本となりました。

しかし、彼の音楽は最初から万人に受け入れられたわけではありません。モーツァルトやベートーヴェンと比較し、非正統的で耳障りだと感じる批評家もいました。また、旋律があまりに耳に心地よく、ただの娯楽用の音楽みたいだという人もいました。それにもかかわらず、彼の作品に対する評判はしだいに広がっていき、グリーグは演奏者として、また指揮者として、ヨーロッパの主要な都市から絶えず公演依頼を受けるようになりました。

熱心なファンは、グリーグの片手がトラックに押しつぶされたことがあると知ったらびっくりすることでしょう。さらに、彼が前かがみになって歩くのは、若いころに片側の肺の機能を失ったためだといわれています。

コンサートツアーがノルウェーから遠く離れた場所に及ぶこともよくありましたが、グリーグとニーナは夏になると二人の別荘のあるトロールハウゲンに戻りました。フィヨルドの見渡せる小さなヒュッテが、彼のシンキング・プレイスです。彼はそこでいくつかの美しい曲を書きました。

グリーグは慢性的なぜんそくに苦しみ、晩年は激しい関節炎の痛みに耐えました。一九〇七年九月三日、エドヴァルド・グリーグはその生涯を閉じます。全国民が彼の死を悼み、五万人に上る人々が葬列へ参加しようと集ま

❖ヒュッテにあるピアノ

❖ノルウェーのベルゲンにあるグリーグの家と作曲ヒュッテ

❖ヒュッテにあるグリーグの机

りました。

グリーグの曲がノルウェーの土地と人々の魂を表現していることは、これまでの歳月によって証明されています。世界中の聴き手の心には、今なお彼の曲に対する強い共鳴を見出すことができるでしょう。『君を愛す』がわたしたちの大好きな恋愛詩であるように、グリーグと彼のノルウェー的歌曲は世界中の人々に愛され、記憶にとどめられているのです。

❋ シンキング・プレイス

彼の作品のなかでもっとも有名な『ピアノ協奏曲 イ短調 作品16』（一八六八）と『ペール・ギュント』組曲（一八七五）の作曲から十年ほど経った一八八五年、グリーグはベルゲン近郊にある夏の隠れ家に引っ越しました。トロールハウゲンの家はハーディンガー・フィヨルドを見下ろす丘の上に建てられています。土地の言い伝えによると、その丘はノルウェーの森に住むトロールという架空の小人がよく出没する場所だそうです。一八九一年にグリーグはそこに作曲用のヒュッテをつくります。晩年になると彼の作曲力は衰えていきましたが、それでもこのヒュッテで創作を始めた一八九一年から彼の亡くなる一九〇七年までの間に、少なくとも六曲の大作を作曲しています。このころも彼は指揮者として、あるいは演奏者として、欧州各地を巡業する過酷なスケジュールをこなしていました。

❖グリーグの家と写真を提供してくれたJr. ベティー・ニッキンソン

❖庭に立つグリーグの彫像

トロールハウゲンの家は民族芸術を取り入れたヴィクトリア朝様式の建物です。外観には豪華な装飾がほどこされていますが、部屋の壁は板張りになっていて、伝統的なノルウェーの農家を思い出させます。今では家は修復され、きれいに磨き上げられています。二人の銀婚式の贈り物だったスタインウェイのピアノもよい状態で置かれていました。

母屋から続く小道を下っていった樹の茂みに、グリーグのヒュッテがあります。茶色の小さなヒュッテは丘の中腹に据えられ、窓の一つからは木立やフィヨルドが望めます。なかに入ると、切妻づくり（屋根が山型の建築物）の天井のせいか小さな部屋はひろびろと感じられました。家具はいたって簡素で、窓の前に置かれた机と椅子、フロントパネルに燭台が二本つけられたアップライトピアノ、フットストゥール、房飾りのあるヴィクトリア朝様式のソファーがあるだけです。

心に描けば、グリーグの存在をその小さな部屋に感じることができます。机の前に坐り、窓に映る最愛のノルウェーの森や山々やフィヨルドを眺めては、合間合間にピアノを弾いて譜面に曲を書き込み、それからソファーでくつろいで思いをめぐらす。彼はトロールハウゲンを離れるとき、誰かが入ってきたときのためにその小さなヒュッテにいつもメモ書きを残していました。わたしたちはそのときの彼の気持ちを味わうことができます。メモにはこうありました。「譜面をいじらないように。これはわたし以外、誰にとっても値打ちのないものだから」。

現在、トロールハウゲンには、彼の家や作曲ヒュッテのほかに、常設展示室やマルチメディア室をそなえたエドヴァルド・グリーグ博物館、カフェテリア、書店など、たくさんの見どころがあります。博物館の近くにはトロールサーレンと呼ばれる草屋根のコンサートホールがあり、二〇〇人を収容できるそのホールでは、室内楽などのコンサートがたびたび開かれています。グリーグとニーナの眠る墓は、近くの崖の斜面にひっそりとつくられ、コンサートホールの入口手前には、彼の等身大の像が建てられています。五フィート一インチ（約一五五センチメートル）の小柄な作曲家は、ノルウェーの歴史と音楽世界における真の巨人といえるでしょう。

※ 旅のおまけ

ノルウェー旅行がわたしたちにくれたとってておきのもの、つまり「旅のおまけ」は、エドヴァルド・グリーグの小さなヒュッテにありました。わたしたちがそれを探していたわけではなく、それがわたしたちを見つけてくれたのです。そのおまけとは、創造的人物のシンキング・プレイスを探求するきっかけ、つまり「この先もずっと続く贈り物」でした。わたしたちは思ってもみないところで簡素な建物を発見しました。それはわたしたちのなかに、生涯を通して絶えることのない新しい世界への興味と、それを知る喜びを呼び起こしたのです。

ノルウェー旅行でのもう一つの出来事は、ほんとうにユニークで特別な贈り物となりました。

ゲイロの古い村で列車を降りたとき、グリム童話かトールキンの『指輪物語』のホビット村、そうでなくともディズニーのオールド・ノルウェーの世界に後戻りしたような気分になりました。味わい深いとんがり屋根の家々、花の植木箱で飾られた窓台、木の彫刻と派手な装飾は、まるでおとぎの国のような雰囲気を醸し出していました。

当時、村の中心地付近に築数百年といわれる茶色い木造の小さな教会がありました。教会はすでに閉鎖されているように見えましたが、幸運にも扉は開き、わたしたちはなかに入ることができたのです。教会のなかはぼんやりとした光に照らされていました。祭壇、十字架像、靄のかかった光のもとで一列に並ぶ信徒席があるだけです。その小さな聖域のベンチにわたしたちは腰かけました。そのとき、背後の上の方にあるバルコニーからやわらかく美しい音がかすかに響き、ピアニッシモからフォルテへ、そしてフォルティッシモへと移り変わる神々しいオルガンの調べとなって聴こえてきたのです。それは懐かしく、聴きおぼえのある『我らが神は堅き砦』でした。オルガン奏者は翌日にそなえて典礼聖歌の練習をしていたのです。

フロリダにあるわたしたちの家からは遠く地球の裏側、森の奥深くにある古風でおもむきのある村にいても、神聖な場所で奏でられた親しみ深い音楽のおかげで、わたしたちは安らいだ気持ちになれたのでした。（本章の写真はすべてE・P・ニッキンソンの提供）

マーク・トウェイン

一八三五―一九一〇年

そいつをさせようとするなら、口でしないと約束させればいい、身体の方がそいつをやるといって動き出すのさ。

――『トム・ソーヤーの冒険』

他人の習慣に口出ししても改まるもんじゃない。

――『間抜けのウィルソン』

同じ動物でも、人間だけが赤面する、いや、赤面したら都合がいいからかもしれないが。

――『ミシシッピ川での生活』

※ 訪問記——エルマイラ

だいぶ以前のことですが、まったく偶然にエルマイラに旅したことがあります。ちょうど電話の発明家アレクサンダー・グラハム・ベルのサマーハウスを訪ねてノヴァスコシアのバデックに滞在し、わたしたちが書いていた航空機開発物語のミュージカルで、ベルとグレン・カーティスとの関係を調べることになったのです。アディロンダック山地の色彩鮮やかな木々のなかを抜けて、ハモンズポートにあるカーティスの家に向かいました。ニューヨーク州にある有名なフィンガーレークの一帯です。

このとき、エルマイラの町を通ったのです。マーク・トウェイン（本名サミュエル・ラングホーン・クレメンズ）がこのエルマイラで何年も夏を過ごし、この地に葬られているのを思い出しました。旅行案内書で、マーク・トウェインのエルマイラでの暮らしぶりや、彼が好んで執筆に使っていたヴィクトリア風のライティング・ヒュッテが、今もエルマイラ大学のキャンパスに残っていることなど、いろいろと情報を仕込みました。

なだらかな丘陵が続き、樹齢百年はゆうに超えるという巨大な樹木が聳（そび）えていて、印象的な美しい景勝地の一画にウッドローン墓地がありました。墓地はヴィクトリア時代の記念碑墓地で、ここのラングドン・クレメンス区画に二つの家族の墓と並んで、マーク・トウェインの墓があります。この区画は一八七〇年に、トウェインの妻オリヴィアの父親が亡くなったときにつくられました。オリヴィアは通称リヴィといって、炭鉱王の娘です。墓地の敷地に二本の、立坑(たてこう)を記念した記念碑が残されているのが印象的でした。一つは実際に使われていた立坑です。オリヴィアの実家「ラングドン」の銘がある長方形をした古典的なもので、もう一本はこれよりもずっと新しいと思われる記念碑で、上のほうに「マーク・トウェイン」、その下に「ガブリローヴィチ」の銘板がありました。

❖マーク・トウェイン

ところで、このトウェインの記念碑は高さが二尋ほど（一二フィート＝三メートル六五センチ）あります。昔、ミシシッピ川の測鉛手が水深を測って二尋あると「マーク・トウェイン！」と叫んでいたことにちなんでつくられたのです。この深さだと、船を岸に寄せることができ、船乗りたちは陸に上がって遊んでいたのです。作家マーク・トウェインが、筆名にこの「マーク・トウェイン」を選んだのは、作家でデビューする前、実際にミシシッピ川の蒸気船の船員になり、水先案内人の勉強をしていた経験があったからです。ところで、どうして「ガブリローヴィチ」の銘があるのでしょう。これはあとになってわかったことですが、「マーク・トウェイン」の名は彼の死後二十五年経ってから、娘の夫の碑の上部にあとから加えられたのでした。

マーク・トウェインの娘のクララは、ヨーロッパでピアノを学んでいて、ピアニストのオシプ・ガブリローヴィチに出会い、それから十年ほどしてから結婚しました。クララはピアノから声楽に転向し、才能ある演奏家として知られるようになります。ガブリローヴィチはロシアのサンクト・ペテルスブルグ生まれで、五歳のときピアノを弾き、神童とうたわれた人物です。やがて演奏家として、あるいはデトロイト交響楽団の指揮者として国際的に有名になりました。オシプとトウェインは仲のよい友人で、「音楽以外のすべて」を話題にして何時間も話していたといいます。オシプは晩年、死んだらトウェインのところに葬ってほしいといっていました。オシプが死んだとき、妻のクララはどのような記念碑をつくったらよいだろうかと、高名な彫

❖マーク・トウェインが身内の人たちと過ごしたサマーハウス
（ニューヨーク近郊のクオリー農場）

❖エルマイラ大学に移設されている八角堂。トウェインが執筆に好んで立てこもっていたライティング・ヒュッテ

刻家エルフリッド・アンダーセンに意見を求め、父親マーク・トウェインと夫オシプ・ガブリローヴィチの二人に敬意を表する記念碑にしたのです。

わたしたちはエルマイラ大学の素晴らしいキャンパスで、ここに移設されているトウェインが実際に執筆で使っていたヴィクトリア風八角堂の「ライティング・ヒュッテ」を訪ねました。このかわいらしい小屋は、今も「マーク・トウェインの書斎」と呼ばれていて、磁石のようにわたしたちを惹きつけるのです。大学の事務局で、この八角堂が最初に建てられたサマーハウス「クオリー農場」の情報ももらいました。農場の屋敷は、今は大学の所有で、町から二マイルほど離れたところにあります。ここがマーク・トウェイン学者たちのセンターです。屋敷の近くにある古い石段を登って八角堂があったところに行きました。それはまさに特別の場所でした。これを「神聖な場所」といったら、あの皮肉屋のマーク・トウェインに叱られるでしょうが、まさにそう叫びたいほどです。

マーク・トウェインは生涯のほとんどを旅をしてすごしていた人です。きっと、子どものときは、ミシシッピ州のハンニバルという町で、大河を往き来する川船に魅せられていたことでしょう。ミシシッピ川を下ってみたい、どこか、世界中を旅して冒険してみたい、と願ったはずです。そうして、成人するにつれ、旅のことも、血わき肉おどる経験もわがものとしたのです。そして最後の夢は、愛する妻と家族とともに過ごす牧歌的な生活でしたが、これもコネチカット州のハートフォードで手に入れたのです。わたしたちの今回のエルマイラとクオリー農場への旅行は、いたるところにマーク・トウェインを偲ばせる大地があり建物があり、まるでマーク・トウェインの生涯で、もっとも幸せな、創作力に溢れたきわめて有意義な時代にタイムトラベルしたようでした。

※人物スケッチ――マーク・トウェイン（本名サミュエル・ラングホーン・クレメンズ）

マーク・トウェインは正真正銘のアメリカ生まれで、しかもヴィクトリア朝とほぼ同時代の作家でもあるのです。なんとも、素晴らしいことではないですか、これまでずっと、彼は人気作家なのです。皆さんの大好きな『トム・ソーヤーの冒険』は初めてタイプライターを使って書かれた小説なのです。でも、トウェインを一つのカテゴリーに押し込んでこういう作家だといい切るのは、むずかしい話です。彼の作品は、その内容から見ても、読者対象から見ても、まさに時空を問題としていないのです。その作品は、世界中で読み継がれ、書かれたときから今なお新鮮なのです。アーネスト・ヘミングウェイが、いかにもヘミングウェイらしい賛辞をトウェインに贈っています。

「アメリカ現代文学は、『ハックルベリー・フィンの冒険』という、マーク・トウェインの書いた小説から生まれている」

すごい評価です。トウェインをアメリカ最大の作家と考える人たちもいます。

マーク・トウェインがどういう顔で、どういう姿をしていたか、これには写真もあれば、彼が現われるドラマが山ほどあって、お馴染みです。いつも白い麻の服を着てパナマ帽をかぶったトウェインです。以前、ドキュメンタリーの大御所トム・ウルフがマンハッタンで白い服を着ていましたが、それと同じ格好です。

トウェインを崇拝していたラドヤード・キプリングが、訪問するとの前触れなしにインドから突然にトウェインを訪ねました。一八八九年のことです。キプリングはこのときのトウェインとエルマイラのことを次のように書いています。キプリングの筆になる「ニューヨークのトウェイン」とでもいったらいいでしょう。

薄暗い、大きな客間だった。とてつもなく大きな椅子、射すくめるような眼差し、白いたてがみのような長い髪の毛、茶色の口ひげ、トウェイン自身の言葉では「赤い口ひげ」だが、それに、女性のそれのようにデリケートな唇の持ち主が、がっちりした手で握手をしてわたしを迎えてくれた。その声は世界一ゆっくりとした、穏やかで抑揚のないものだった。
「ここにいらしたのは、わたしに何か借りがあって、それをいおうとしてここに来られたのでしょう。わたしの言葉でいえば『上手にケリをつける』ためでしょう」

わたしが驚いたのは、なんといってもトウェインがかなりの年配だったことだ。だが一分経って、そうじゃないのではないか、と感じた。そして五分後には、彼の眼を見ながら、白髪に見えるが、たまたまそうなので年齢の問題ではない、彼はとても若い男だ、と思った。その手を握った。シガーをふかした。彼が語るのをきいた。この人こそ、一万四〇〇〇マイルの彼方からわたしが愛し崇拝していた人物なのだ。

キプリングは、ダイニングルームから芳香が漂ってくるのを感じ、いよいよランチがふるまわれるのだな、と思いました。ところが、トウェイン自身はランチをとらない習慣だったので、客人も当然のことながらランチはとらないものと思っていました。キプリングは空腹のまま、遅くまでいて帰っていきました。

トウェインは、キプリングについてどう思ったでしょうか。トウェインにとってキプリングはやがて著名な来訪者になる人物なのです。二人は似かよった気質をもち、この後敬意をもって終生のつきあいをしたのでした。妻のオリヴィアに、客人のことをきかれたとき、トウェインはいかにも彼らしいユーモアで答えました。

「初対面の人物だったが、驚くべき才能のある男だよ。そうさ、このわたしに匹敵する男だ。わたしたち二人はなんでも知っている。知らなければならないことは彼にまかせるさ、残りは全部、わたしが知っているからね」

トウェインの文学的資質とはどういうものだったのでしょう。今もなお称賛の的になっているのですが、まず第一に、彼のユーモアがあります。穏やかで、皮肉たっぷりで、これが風刺として表現されると、痛烈で辛辣な言葉になります。その人柄は印象深く、いつまでも思いが心に残ります。話しぶりは自然なアメリカ英語ですが、このアメリカ英語で初めて文学作品を書きました。それまでアメリカの作家たちは英国の英語を規範としていました。しかも、マーク・トウェインは、人間の弱さ、実のない善行、それといつの世でも絶えることのない社会悪を描きました。

マーク・トウェインは有名になる前、小学校の教育しか受けていなかったのですが、さまざまな職業で働きました。植字工、印刷工、南軍騎兵隊の志願兵、銀鉱の鉱夫、それと、これがもっとも意味のあるキャリアでしたが、ミシシッピ川の蒸気船に乗り込んだ経験です。おかげで、「マーク・トウェイン」の筆名もできたのです。ミシシッピ川を知った若者が、海を渡る夢を見ないはずはありません。アメリカ合衆国各地を旅行し、聖地パレスチナに行き、ヨーロッパを含め、世界中を旅しています。後半はもっぱら講演旅行でした。彼は自分にもチャールズ・ディケンズのように演壇に上がって講演する才能があるのを知り、講演で稼ぎ自分の金銭問題にケリをつけたといいます。この入場料が彼の収入で大きな割合を占めていました。大西洋を横断する初の蒸気船に乗ったのも、マーク・トウェインです。

何度か航海に出ているとき、オリヴィア・ラングドンの写真を目にしました。乗り合わせた船客の妹でした。トウェインは彼女に恋をしました。恋愛結婚です。結婚して四人の子どもができました。トウェインと妻の「リヴィ」はコネチカットのハートフォードに大きな屋敷を建てました。家族は、読書をしたり素人芝居を楽しんだり、晩年の悲劇がトウェインを襲うまで幸せに暮らしていました。ハートフォードに一年のうち九か月いて、夏はニューヨーク州エルマイラにあるサマーハウス「クオリー農場」で過ごしました。妻オリヴィアの姉の家で、彼女がトウェインのために、丘の頂上に近いところにめずらしい形の八角形をした東屋(あずまや)をつくりました。これが、トウェインの「シンキング・プレイス」になったのです。

窓がたくさんあって、どこからでも素晴らしい景色が楽しめます。マーク・トウェインは、ここに来てから二十年ほど、著述に専心できた、といっています。小さな木箱に覚書きや梗概(こうがい)をまとめて入れておき、このクオリー農場の八角堂で著作に集中していました。五時間、七時間、休みなしで閉じこもっていたのです。

旅はトウェインの執筆活動に拍車をかけました。彼は世界のさまざまな地域を訪れ、本を書いています。ハワイ、サンフランシスコからパナマ経由でニューヨーク、ネヴァダと西部地方、ヨーロッパと中東、それにミシシッピ川で、ミシシッピ川では三冊書いています。この時期に、誰もが最高の作品と評価する『ハックルベリー・フィンの冒険』を書きました。

一九世紀ハートフォードの機械工が、どうしたことか千三百年以上も大昔のアーサー王の宮殿に紛れ込むという空想風刺小説『アーサー王宮のコネティカットのヤンキー』が書かれたのは、自動植字機に投資して失敗し、破産したときのこと。書きまくって見事に返済しました。

妻と三人娘の二人が先立ちました。男の子がいたのですがこれも幼いときになくなっていて、その悲しみから、マーク・トウェインは厭世的になり、顔つきも苦々しく悲しげに見えました。これまでの喜劇的な性向が、すっかり皮肉っぽい冷笑家のそれになりました。

一九〇七年に、マーク・トウェインに名誉ある学位が授けられました。オックスフォード大学からの名誉文学博士の称号です。このとき、ラドヤード・キプリングも名誉博士になりました。ガウンをまとい正装して、この二人の著名な作家は大昔の、あのクオリー農場で初めて会ったときのことを思い出したでしょう。二時間も話し込み、葉巻きを二本も吸い、それから、そうでしたね、腹をすかせていたキプリングに食事が出なかったことも話したことでしょう。キプリングは含み笑いをしながら、十二年前にマーク・トウェインからもらった手紙のことを話していたかもしれません。

親愛なるキプリングへ　　　　一八九五年八月

聞けばインドへの旅行を考えておられるとのこと、小生も、かの国への旅をしたくなりました。長きにわたって、わが心を痛めてきた貴兄への「借り」をお返しするためです。貴兄と会うとよく話に出たことですが、数年前のこと、貴兄はわたしを訪ねてインドからはるばるエルマイラに来られました。このときの貴兄のエルマイラ訪問は、わたしにとってきわめて名誉なことでしたが、それを、いつかお返ししようと考えていました。来春一月に訪問できる予定ですので……。

さても、ご覚悟のほどを。いかなる出で立ちかと申せば、巨象の牙を銀の鈴とリボンで飾り立て、その背には天蓋、我輩ともども女子衆を含めた面々、バッファローの一群も群れしたがえての参上なり。賑々しくあれば、とにもかくにも、喉を潤さんがため土地ものの「ギーシロップ」を数本ご用意くださるよう。空腹ならぬ渇きに悩むであろう道中でありますれば。

S・L・クレメンズ　拝

歴史上、このようなご機嫌伺いの「謁見」を命ずることができるのはマーク・トウェインをおいてそう多くはないでしょう。水深を測って「マーク・トウェイン」と叫び、航行の安全を船長に伝えていた船乗りのように、トウェインの作品と彼の人間性により、彼の叫びにより、わたしたちは人間がいかにあるべきか学べるのです。

❋ シンキング・プレイス――夏のシンキング・プレイス

マーク・トウェインは妻オリヴィアの姉のスーザンが好きで、会えば軽口をいってからかっていました。スーザンは明るい気性で、落ち着きのある婦人で、トウェインと二人は宗教も哲学も異なるのに、会えば楽しく語り合っていました。誰もがこの「スーザン伯母さん」を愛していましたが、トウェインは「聖(セント)スー」と呼んでいました。もちろん、それなりの立派な理由があってのことです。

一八七四年のことです。スーザンと夫のセオドア・クレーンの夫妻が、驚いたことに、自分たちの屋敷クオリー農場にユニークな八角形の東屋を建てたのです。もちろんトウェインに書斎として使ってもらうためです。夏にトウェインがいつものようにクオリー農場を訪れてこの八角堂を見て、驚くやら感動するやら。トウェインの姪にあたるアイダによると、「書斎の八角堂は、屋敷からさほど離れていない丘のてっぺんにありました。果樹園を通って登っていくのですが、小道はデイジーなどの花々で縁どられていました。登りつめたところに平たい石があって、ここで曲がると書斎に出たのです」という様子でした。

エルマイラとクオリー農場はマーク・トウェインにとってまたとない、人里離れた執筆の場であり思索の場でした。これぞ天国！　という驚きでした。夏になると、トウェイン夫妻はハートフォードでの「異常な日々」から逃げ出しました。予告なしの訪問客が絶えず押しかけ、いたるところ、地の果てからの講演依頼のお声がかかるし、著名な作家や聖職者たち、ジャーナリストや俳優たちがこぞって講演や集会に彼を引っ張り出そうとしていたのです。

クオリー農場に書斎ができた年、トウェインはエディンバラにいる友人に手紙を書いています。

ぼくの書斎は快適でこぢんまりした八角形のお堂なんだ。石炭ストーブがあり、大きな窓が六つに小さいのが一つ、それと幅広のドアがある。町を見下ろすようにドアは開けておくんだ。暑い日には書斎は開けっぱなしだ。煉瓦のかけらを原稿用紙の重石にして、ハリケーンの最中でも書いているんだ……。

このシンキング・プレイスから眺めると遠くに谷間が広がり、素晴らしい景色です。一八七六年の九月、ここから見る夕焼けを友人たちに書いています。

この季節の農場は申し分なく過ごしやすいところです。まるで南太平洋の

❖トウェインが執筆した八角堂の内部

どこかの島のよう、静かで、平和そのものです。この眺望のいい高台から拝む夕焼けが、ときには信じられない奇跡ではないかと思われます……。壮観としかいいようがありません。あまりにも不気味で、驚嘆するあまり、これは天国であろうか、はたまた地獄であろうかと迷うほどです。荘厳な光景は永遠に続くかと思われるのですが、それは絶えず驚くほどに変容して、きっかり二時間は輝いています。わたしたち一同は書斎から出て丘の頂上に立って、日没の最後の奇跡を見届けます。こうして、これまで見たこともない偉大なる一日が終わるのです。

トウェインは朝の十時になるといつも書斎に行っていました。姪のアイダによると、「彼は屋敷を出るとき、ときには、ちょっとしたふざけっこをし、素晴らしい大笑いを残していきました」といいます。ランチはとらず、午後の五時まで仕事をしていました。八角堂近くの「静かな地域」に入り込むような子どもはいませんでした。とはいえ、『王子と乞食』を書いているときは、子どもたちの闖入(ちんにゅう)を求めていました。声を上げて呼んだり、角笛を吹いたりするのが聞こえると、子どもたちは「静かな地域」に群れをなして現われ、大きな石段に坐り込んで、一番お気に入りの、書き上げたばかりの『王子と乞食』の章を読んでもらうのでした。

子どもたちはあれやこれや、思ったことをいいたてます。「彼は熱心に興味深く」、「かなり面白がって」子どもたちの感想を聞いていました。なぜなら、この小説はトウェインの言葉でいえば「おかしなおかしな物語」だったからです。

小さな子どもたちはこう思っているのです。やったぞ、入室ご法度の魔法の部屋にいるんだ、魔法の部屋に登る階段に坐っているんだ、そして、このヘンテコリンな物語がますますヘンテコリンになっていくのを聞いているんだぞ。それにしても、子どもたちがこの親切な魔法使いの作家先生にアドバイスをするなんて、それも先生が大真面目で聞いてくれるなんて……なんとすてきな情景ではないでしょうか。

※

旅のおまけ——エルマイラ

わたしたちはエルマイラに戻りクオリー農場に期待を込めて旅しました。屋敷に登る険しい坂道で、石造りの水桶が並んでいました。その一つ一つに、トウェインの四人の子どもたちの名前がついていました。水桶は今は土と花で埋まっていますが、当時は急坂を登る馬に水を飲ませるためのものでした。屋敷の人たちの馬への思いやりです。トウェインの時代、町に出ていくのはほんとうに容易なことではなかったのです。

クオリー屋敷訪問の最大の収穫は、丘の上の、トウェインが執筆していた八角堂に登る階段を見たことです。もっともそれはまだ半分で、収穫の残りは大学のキャンパスでシンキング・プレイスの実物を見ることでしっかりといただきました。

エルマイラ大学の図書館には、マーク・トウェインの蔵書と思い出の品々がおさめられています。管理人がご自慢のコレクションを見せてくれましたが、それはほどよい大きさの木箱で、かすかに「サミュエル・クレメンズ」と書いてありました。もう何年もの間、誰かが傘などを放り込んだりしていたもののようです。それがなんと、トウェインが冬の間ハートフォードにいるときに書きためたノートを入れておくのに使っていた木箱だったのです。しかも夏になると、この木箱をクオリー農場にもち込み、著述に使っていたとわかったのです。

マーク・トウェインはこの書斎で、全部が全部ではなく、なかにはその一部もありますが、『ハックルベリー・フィンの冒険』、『トム・ソーヤーの冒険』、『西部放浪記』、『ミシシッピの生活』、『王子と乞食』など、たくさんの作品を書きました。この箱をのぞくと、お馴染みの物語の始まりの部分が見え隠れしています。魔法のランプから、懐かしい人物たちが現われ出でてくるようです。誰もかれもが、魔法の親方であり物語の語り部である、われらがマーク・トウェインの描き出した人物たちなのです。

ウィリアム・ワーズワース

一七七〇―一八五〇年

善良なる者がその生涯で行なう善行のさいたるもの
それはささやかで名もなく、誰にもおぼえてもらえない行ない
けれどそれは優しさと愛に溢れている
――『ティンターン僧院』

わたしの心のなかにその歌はいつまでも残っていた
もはやきこえなくなっていたというのに
――『ひとり麦刈る乙女』

わたしは雲のようにひとりさまよっていた
雲は谷や丘の上高くただよっていた

にわかにわたしの目の前に現われたもの
それはあたり一面に咲き誇る金色の水仙たち

――――『わたしは雲のようにひとりさまよった』

※ 訪問記――グラスミア

わたしたちの旅の行き先は、英国屈指の景勝の地、湖水地方でした。この地方に暮らした詩人ウィリアム・ワーズワースの人となりについて、より深く知りたかったのです。旅は、一つまた一つと、思いもよらない驚きの連続でした。たとえば、ワーズワースが妻を深く愛するようになったのは、結婚してから十年も経ってからのことだったというのです。ワーズワースは、英国カンブリア州の湖水地方にあるグラスミア近郊で生まれ、生涯のほとんどをこの地で過ごしました。彼のお墓があるグラスミアの聖オズワルド教会は、世界有数の文学の聖地で、世界中から多くの人々が足を運んでいます。

わたしたちがグラスミアに着いたのは午後も遅く、もうすぐ日が暮れそうな時刻でした。小川のほとりで夕食を食べていると、かなたに古びた教会の建物が見えました。それが聖オズワルド教会だったのです。教会へは翌日訪ねることになっていたのですが、すでに大勢の人々がわたしたちより先にワーズワースの聖地を巡礼していると思うと、いても立ってもいられない気分になりました。

グラスミアは、なだらかな山々が湖を囲むように広がり、まさに絵のように美しいところです。現在、町にはホテルや民宿、安く泊まれるB&Bが溢れ、観光地でよく見られるような店が並んでいますが、昔ながらのおもむきある魅力を失っていません。ここで何にもっとも興味を惹かれるかといえば、もちろん聖オズワルド教会ですが、ワーズワースが九年間暮らしたダヴ・コテージの家と、隣接する博物館も見逃すことができません。後日わたしたちは、アンブルサイドへ向かう途中、ワーズワースが亡くなるまでの三十七年間を過ごしたライダル・マウントにも立ち寄りました。町はずれにあるこの家で、彼は八十歳の生涯を閉じたのです。

聖オズワルド教会は一三世紀に建てられました。教会内には数多くの記念銘板が並び、ワーズワースの銘板がひとつ、そしてフレミング一族の銘板がいくつかありました。フレミング家は、ワーズワースに終（つい）の住み処（すみか）ライダル・マウントを貸した准男爵家で、ライダル・マウントのすぐ近くにあるライダル・ホールに暮らしていました。教会の名前の由来である聖オズワルドは、七世紀にスコットランドのノーザンバーランドを治めたクリスチャンの王で、この地方に来て説教をしたことがあるといわれています。

教会はグラスミア、ライダル、ラングデイルの三つの村共通の教区教会となっています。そのため、それぞれの村から教会の庭園に入る門が別々にできています。

グラスミアでのおすすめの行き先を調べてみると、グラスミア・ジンジャーブレッド・ショップの名前がよく登場します。この店は聖オズワルド教会のすぐ近くにあります。一九世紀の後半にそこに暮らしていたセイラ・ネルソンという女性がつくるジンジャーブレッドの味が評判を呼び、以来ずっと「セイラ・ネルソン夫人オリジナルの秘伝のレシピを忠実に守ってきた」有名店となりました。わたしたちもこのお菓子が大好きです。

グラスミアの見どころは、教会の庭園や素朴な民宿やジンジャーブレッドだけではありません。穏やかで美しい風景を見れば、思わず都会から逃げ出してきたくなるでしょう。この地方には古くからの歴史が息づいており、現代より素朴な生き方をしていた時代や社会を、さまざまな形で思い起こさせてくれます。訪れる機会があったら、ちょっと立ち止まってみて、偉大な詩人がつくり出した、のどやかで安らぎに満ちた詩文の世界に尊敬を込めて、称賛の言葉を贈ってみてはどうでしょう。そうすれば、大地と湖の織りなす雄大な景色と一つになって、きっとこの土地にしかない魅力を心から感じ取ることができるでしょう。

❋ 人物スケッチ――ウィリアム・ワーズワース

ウィリアム・ワーズワースの生涯と作品は、人生の春ともいえる青年期から初冬つまり晩年にさしかかるまで、絶えず進化を続けていきました。どんなときであろうと、彼は「偉大なる自然派詩人」として称賛されていましたし、その称号は今でも彼のものです。彼が自然のなかに見出したのは美しさだけではありません。そこに神性と道徳的な教えをも感じ取ったのです。

ワーズワースのことを、生まれながらの老人だったなどと誤った評価をする人もいます。陰気で禁欲的な人間だったなんて、誤解もいいところです。では実際のワーズワースとはいったいどんな人間だったのでしょうか。

若いころのウィリアム・ワーズワースは、反逆者でした。控えめにいえば、自由主義者といったところでしょうか。詩においても、政治的思想についても（ごく初期のころですが）また恋愛にも、その性質が表われていました。彼はこの上なく崇高な詩を書いていました。全部とはいえないまでも、ほとんどの作品はそうでした。物語を詩に歌ったバラッドでも、十四行詩のソネットでも、無韻詩でも、彼は、自然界に生きる、ありとあらゆる命の喜びを高らかに褒め称えたのです。しかし年齢を重ねるにつれて、より保守的になっていきました。

ワーズワースが自分自身をどうとらえていたのかを知りたいと思うのなら、彼の自伝ともいえる長詩『序曲――詩人の魂の成長』を読んでみるといいでしょう。タイトルも長いのですが、この詩集を出版するまでに彼が費やした時間もまたたいへんなもので、なんと四十五年もかかっているのです。青年時代に『序曲――詩人の魂の成長』を書き始めたワーズワースは、おそらくこれが自身の最高傑作になるだろうと考えました。何度も書き直しては、タイプライターの代わりに忠実な妻と妹に写しをつくってもらったあげく、自分が死ぬまで出版してはならないという要求までしたのです。こんなふうに、彼についてはいまだよくわからない点がたくさんあります。

ワーズワースの人生の物語は、当時よくあったように「こうして、彼は孤児となった」というところから始まりました。最初に母親が亡くなり、続けて父親も、彼がまだ幼いうちに亡くなってしまいます。五人きょうだいに生まれたワーズワースがいちばん仲がよかったのは妹のドロシーでした。しかし彼が遠くの小学校に通い始め、学校が休みの間はある夫婦のもとで暮らすようになったため、兄と妹は九年間も会うことができませんでした。

ようやく再会した二人は、その後二度と離ればなれになることなく、いつまでもいっしょに暮らしました。文学の世界では、ほかにも兄と妹または姉と弟の親密な関係が見られ、作家チャールズ・ラムと姉のメアリ、詩人ダンテとクリスティーナのロセッティ兄妹、詩人で男爵だったバイロンと異母姉オーガスタ・リーなどをあげることができます。しかしワーズワース兄妹ほど強い愛情で結ばれた血縁関係はほかにないのではないでしょうか。

妹のドロシーとふたたびいっしょに暮らし始める前のこと、ケンブリッジの名門セント・ジョンズ・カレッジに通っていたワーズワースは、学期が休みの間にフランスへの旅に出かけ、アネット・ヴァロンという女性に出会います。ときは一七九一年、フランスでは革命の嵐が吹き荒れていました。

二人は互いに夢中になりますが、問題がありました。アネットはカトリック教徒、ワーズワースはプロテスタントで、しかも当時の彼はよりによって牧師になろうと考えていたのです。このときワーズワースは二十一歳、アネットは二十五歳。彼女の両親は地位もお金もない若い男との結婚に大反対でした。それでも二人は熱烈に愛し合い、娘キャロラインが生まれます。娘が洗礼を受けたとき、ワーズワースは自分が父親であることを認めましたが、一人でいろいろと考えてみたくなり、フランスを離れます。しかしアネットとは連絡を取り続けました。ドロシーも兄の恋人と文通をしていました。

その後、ワーズワースは幼なじみのメアリ・ハッチンソンと婚約します。彼の熱烈なラブレターが実を結んだのでした。結婚を前にして、彼はふたたびフランスに向かいます。当時フランスとイギリスは戦争中でしたが、ドーバー海峡に面したカレーは中立地帯となっていました。カレーは「そこに住んでいる者でなければ、誰もわざわざ夏に行こうとは思わない場所」といわれる土地でした。今度は妹のドロシーも同行させて、ワーズワースは九歳の娘キャロラインとアネットのもとを訪れ、よもやま話に花を咲かせたのでした。このときウィリアム未亡人と名乗っていたアネットに対して、彼はいくらかうしろめたい思いをしたかもしれませんね。

一か月にも及んだ再会の旅で、彼らはいったいどんなことを話したのでしょうか。少なくとも、ある程度互いに折り合いがついて、わかり合えたのでしょう。なにしろイギリスに帰国してまもなく、ワーズワースはメアリと無事に結婚しているのですから。そして驚いたことに、妹のドロシーのほうは、その後もアネットと文通を続けたというのですから、いったいどうなっているのでしょう。謎は深まるばかりです。

ところで妹のドロシーについてもう少しふれておきます。ワーズワースとの共作で知られる詩人サミュエル・テイラー・コールリッジは、知人への手紙にこう書いています。「彼女はじつに素晴らしい女性だ！　つまり、その気だてというか心ばえがたいへん優れた女性なのだ。もしも美しい女性に会ってみたいと望むのならば、きっとドロシーのことはごくふつうの女性に思えるだろう。だがもしも、ごくふつうの女性を望むのであれば、彼女のことを美しいと思うはずだ！　彼女はそういう人間なのだ」。彼女の人柄には、あいまいなところはまったくありません。明るく快活で、男性を惹きつける魅力に溢れ、誰とでも友だちになれる才能をもった女性でした。おそらくもの書きの才能も備えていたのではないでしょうか。もっとも、兄のために書記を務めたり、家政婦役もこなしたりしていたのでは、何かを書く時間などほとんど残っていなかったことでしょう。

ドロシーは、愛する兄と文学の道で張り合おうなどとは露ほどにも思っていなかったはずです。ワーズワースの結婚前はもちろんのこと、結婚後も、兄が家族と暮らす小さな家でずっといっしょに暮らしました。作家トマス・カーライルが友人にあてて書いた手紙に、当時彼女の才能がどう評価されていたのかをうかがい知ることができます。

「今ワーズワース譲の日記『ドロシー・ワーズワースの日記』を読み終えたところだ。これまでにわたしは、誰かの著書を読んでこれほど深く感じ入ったことがあっただろうか。彼女はわたしよりはるかに多くのことをしっかりと見通していたのだ。彼女とは同じ往いで、ずいぶんと長い時間を過ごしていたというのに」。ドロシーの日記には、ワーズワースが詩の形で表現したであろう内容を、散文の形で表わしていると思わせる文章がそこかしこに見られます。

今さら疑うまでもありませんが、ワーズワースとドロシーは、互いに頼り合って生きていました。のんびりと散歩をしたり、旅に出たときはもちろんのこと、芝生に寝転んでぼんやりと青空を眺めていたようなときでさえ、いっしょにいられて心から幸せだったのです。仮にワーズワースの妻メアリが、自分が夫にとって、ドロシーに引けを取らない存在になれるだろうかと不安に感じたことがあったとしても、義理の妹との親密な友情にヒビが入ることはありませんでした。

ある友人の家に立ちよったら、そこにいた文芸仲間と意気投合し、そのまま一か月も居続けてしまった、そんなふうにしてワーズワースには文学をめぐる友人が数多くできました。なかでも、詩人サミュエル・テイラー・コールリッジとの交流の深さはよく知られています。二人は、文学に対する声明書ともいえる共著『叙情歌謡集』で世に知られるようになったのです。これは、古典主義を虚飾であるとして批判する内容でした。この詩集でワーズワースは、ふつうの人間の感情こそが、詩作の題材としてふさわしいと訴えました。一方コールリッジは、彼独特の「あてどない詩」の手法で、自由な想像の世界を繰り広げようとしました。

『叙情歌謡集』の初版と、ワーズワースが独自に編集した第二版の序文は、英国文学史上でも屈指の興隆期であったロマン主義時代の幕開けを告げる、まさに「鬨(とき)の声」でした。ワーズワースは、自身の詩の世界では抒情詩人であると同時に、哲学者でもありました。ロマン主義時代の代表的な批評家で、ワーズワースの友人だったウィリアム・ハズリットはこう語っています。「ワーズワースは、宇宙に彼独特の興味をもっていたといっていい」。

　政治的な信条に関していえば、青年時代のワーズワースは進歩的な考えの持ち主でした。フランス革命に強く共感していたのですが、恐怖政治によって革命の基本理念が打ち砕かれると、すっかり幻滅してしまいます。そしてそれまで自由主義者だった彼は、やがて旧体制派に傾いていきます。そこで、英国王室から、最高の詩人に贈られる「桂冠詩人」に任命されると、あえて断ることなく受け入れました。桂冠詩人は国事のときに詩を読むことを任される、たいへん栄誉ある称号ですが、いまだ自由主義を捨てていなかった仲間からは、政治信条を裏切ったと後ろ指をさされたかもしれません。

　ワーズワースの最高傑作が生まれたのは青年時代、つまり人生の前半の時期でした。彼の才能が花開いた青年時代に生まれた心踊るような作品を、学生時代に暗記したことがあるという人も多いのではないでしょうか。例をあげてみましょう。『わたしは雲のようにひとりさまよった』、『空の虹を見あげるとわたしの心は高鳴る』、『雲雀に』をおぼえていませんか。妻メアリにささげられた『彼女は喜びの幻影』や、フランスに残してきた娘キャロラインにささげた『カレー近くの海辺にて』はどうでしょう。そして彼の最高傑作『序曲』のこの詩も暗記したのではないでしょうか。

あの夜明けに生きていたこと　それはこのうえない喜びだった
しかしあのとき若かったこと　それは天にものぼる心地だった

ワーズワースの人生の後半が「冬」になぞらえられるのも無理からぬことです。彼と妻メアリとの間には五人の子どもが生まれましたが、そのうち三人が亡くなってしまったのです。一人は四歳のとき、もう一人は六歳で亡くなりました。残りの一人ドーラは叔母ドロシーの名前にちなんで名づけられ、ほかの二人よりはずいぶん長生きしたのですが、四十四歳の誕生日を迎える直前、両親より先にこの世を去りました。

盟友コールリッジが麻薬に溺れるようになり、ワーズワースはいっとき彼との交流を絶ちます。「静かなる詩人」といわれた弟のジョンは海で亡くなりました。そして一八三五年になると、誰よりも近い存在だった妹のドロシーが動脈硬化を起こし、精神的にも病んでしまったのです。彼女は一八五五年、兄に五年遅れてこの世を去ります。友人だった詩人のウォルター・スコット、作家のチャールズ・ラム、そしてコールリッジまでもが、ワーズワースを残して他界しました。

しかし、寒さ厳しい冬にも、明るい陽の射す日々はあるものです。ワーズワースとコールリッジが提唱した詩への理念は、世に広く理解され、受け入れられるようになったのです。人間らしい、ありのままの感情を詩に表わそうとした詩人ワーズワースの偉業は、見事に立証されたのです。

✻シンキング・プレイス——湖水地方の風景と散歩道

ウィリアム・ワーズワースの散歩好きは、多くの書物に書かれています。彼はのどかな田舎道をどこまでも、一人で、または妹のドロシーや親友のサミュエル・テイラー・コールリッジといっしょによく歩きました。グラスミアの広々とした美しい景色を眺め、愛する自然と一体化すること以上に、散歩から何か得るものはあったのでしょうか。肉体的にも心理的にも、彼の創造性を爆発させるような刺激を感じられたのでしょうか。天才たちと散歩の関係については、ディケンズやダーウィン、キプリングの章でも触れていますが、彼らも遠くまで散策することが大好きで、それは生涯を通しての習慣となっていました。

わたしたち二人は、ワーズワースが一七九九年から一八〇八年まで暮らしたグラスミアのダヴ・コテージを訪れてみましたが、部屋はたいへん狭く、一家が暮らしていた当時はどれほど窮屈だったことだろうと思わずにはいられませんでした。一八〇二年、ワーズワースの妻メアリがこの家に引っ越してきてからも、ドロシーは引き続き兄の家にとどまり続けました。それ

❖グラスミアにあるワーズワースの東屋

❖グラスミアにあるダヴ・コテージ（鳩の家）

❖ワーズワースの東屋から望む湖と山々

❖アンブルサイド近郊のライダル・マウントの家

❖ワーズワースが詩想にふけった散歩道

から数年の間には、三人の子どもたちが立て続けに生まれました。おまけにこの家には泊まり客も多かったのです。ワーズワースは、どれほど独りきりになれる隠れ家を欲していたことでしょう。

ダヴ・コテージの裏庭の奥の小高い丘に、丸太でつくられた東屋、つまりワーズワースの隠れ家が復元されています。彼の詩のなかでは「インド風の東屋」と呼ばれていました。

母屋からいくらか離れて、植物に囲まれた東屋は、当初は一八〇二年に建てられましたが、一八〇四年から一八〇五年にかけて、庭のより高いところに「苔むした東屋」と呼ばれる小屋が新たにつくられました。この隠れ家で、ワーズワースは家族から少し離れて、じっくりと思索をめぐらすことができました。部屋のなかをうろつきまわって、いつも大声でひとりごとをいいながら、詩を練り上げ、頭のなかに刻み込んでいったのです。そして家に戻ってくると、自分の部屋で、できたての詩を書きとめておいたり、ドロシーやメアリに書き取らせたりしました。彼はダヴ・コテージの居間でも詩をつくりました。そのころはコテージの窓から青々とした草地と湖を見渡すことができましたが、残念ながら今ではほかの建物にさえぎられて、詩人がうっとりと見とれたであろう景色は見えません。

一八一三年、収入が増えてゆとりのできたワーズワース一家は、アンブルサイド近郊にあるたいへん立派な二階建ての館ライダル・マウントに移り住みました。ダヴ・コテージからは東に二キロほど行ったところです。あたりのなだらかな山々の風景は、ワーズワースの詩作の情熱をかきたてるのに十分でした。おまけに近くには、やはり創造の世界に浸れそうな美しい小道が、山の斜面をうねるように横切っていました。小道の先には石造りの東屋がありました。そこは散歩中ひと休みするのにちょうどいい場所で、ダヴ・コテージの東屋よりもひとまわり大きなものでした。東屋のすぐ向こうには、山々と森と湖の全景を見渡せる、素晴らしい景色が広がっています。

のどかな環境で、柔和で物腰の落ち着いた詩人によってこそ、穏やかで静かな詩が生まれるものだと思われるかもしれませんが、ワーズワースの場合は必ずしもそうとは限りませんでした。ジャーナリストで、彼と親交のあったウィリアム・ジョンストンはこう語っています。

ときどき彼ら（ワーズワースと友人のジョン・フレミング）は、朝早くから湖に沿って五マイルほども歩いて、あれこれと話し合ったり、学校で習った詩を暗誦したりしていた。ぶつぶつとつぶやきながら思いをめぐらせては、自分たちの詩を組み立てて、湖岸をぶらつくこともあった。それは非常に親密な心の交流だった。後年、ワーズワースは一人でそぞろ歩きをしながら、まわりの自然と心を通わせていった。大声で叫んだり、口ごもったりしながら、さながら韻律の往復便とでもいったような様子であたりを行ったり来たりして詩をつくっていた。そしてあとで家に帰ってから妻や妹に書き取らせるために、必死に暗誦していた。コールリッジやドロシー、そしてフレミング以外に、彼のこの奇妙な散歩習慣についていける者はいなかった。

作家ハンター・デイヴィスが書いた『伝記　ワーズワース』に、ドロシーの手紙の一部が引用されています。手紙には、ワーズワースのシンキング・プレイスがどんなところだったのか、また、彼にどんな影響を与えたのかが、たいへんうまく表現されています。

兄は雨が降ると傘を持ち出し、いちばん雨に濡れにくい道を選んでは、行ったり来たりしていました。ときには歩く距離が四分の一マイルから半マイルにもなることがありましたが、それでも兄は、まるで刑務所の塀で囲まれているかのように、決まった範囲内をさっさと足早に歩いていくのです。外で詩をつくることが多いのですが、夢中になり過ぎると時間が経つのを忘れてしまうし、雨降りなのか晴れているのかさえ、ほとんどわからなくなってしまいます。

湖水地方を訪れて、ワーズワースの詩作のアイディアの宝庫だった環境がどのようなところだったのかを知れば、彼が美しい山々や森、湖をめぐる小道にあれほど惹きつけられたのも不思議はないと、素直に納得できることでしょう。

✻ 旅のおまけ

グラスミア訪問から何年も経ってから考えてみたのですが、この旅がくれた特別なおまけは、英国の作家ハンター・デイヴィスの著作を通して、ワーズワースに関する知識をより深められたことです。ワーズワースの生涯について書かれた本は何冊もありますが、なかでもハンターの『伝記　ワーズワース』は、詩人のありのままの姿が書かれている作品として、たいへんな人気を呼びました。これは学者などの研究者向けではなく、一般の読者層に向けて書かれたものので、ワーズワースや妹のドロシー、ともに湖畔詩人と呼ばれた友人コールリッジとロバート・サウジーの、すでに出版されていた手紙がふんだんに引用されています。

ハンターは、彼独特の愉快な表現スタイルで、ダヴ・コテージやライダル・マウントを舞台にした四人それぞれの人間関係をつぶさに論じています。読みどころはほかにもたくさんあり、たいへん興味深い本です。

ハンター・デイヴィスは、湖水地方のコッカマス近郊に暮らしています。この地域にまつわるものごとについてはまさに第一人者で、やはり湖水地方に暮らしたビアトリクス・ポターの伝記も手がけています。また、彼が書いたビートルズの伝記は、グループから唯一公式に承認された伝記として評判を呼びました。わたしたち二人が、ハンターと彼の魅力的な夫人マーガレット・フォスターに初めて会ったのは、一九九二年、南太平洋のサモアでのことでした。ちなみにマーガレットも著名な作家で、彼女の小説『ジョージー・ガール』は映画にもなっています。

ハンター夫妻とわたしたち二人は、サモアにあるヴァイリマ屋敷の復旧工事開始の式典に参加しました。英国作家ロバート・ルイ・スティーヴンソンが暮らした家です。このときハンターは、スティーヴンソンについての著書『物語の語り手――ロバート・ルイ・スティーヴンソンを求めて』を書く下調べのためにサモアに来ていたのですが、わたしたちにも彼と似たような目的がありました。スティーヴンソンを主人公として、ミュージカル『イマジネーション！　南太平洋のスティーヴンソン』を書いていたわたしたちは、最後

❖ハンター・デイヴィスと夫人のマーガレット・フォスター。サイン会にて

の仕上げ段階の材料を探していたのです。

ハンターにとって、自分が暮らす湖水地方にかつて暮らし、この地を深く愛していたワーズワースやポターについて書くことは、どれだけ楽しくやりがいがあったことでしょう。きっと彼は書斎の窓辺から、先人たちも愛した湖水地方の美しい山々や森を眺めながら、ペンを進めていったのでしょう。

ジェーン・オースティン

一七七五―一八一七年

女性の想像力というのは一足飛びだね。見とれたといえばたちまち恋に、恋といえばもう結婚と、あっという間に話が飛躍していくのだからね。

――『高慢と偏見』

世のなかの半分は、ほかの人たちの楽しみを理解できないのです。

――『エマ』

独身で金持ちときたら、あとは奥方を欲しがっているに違いない、これは世の誰もが認める真理である。

――『高慢と偏見』

※ 訪問記――チョートン

ジェーン・オースティンが作品に書いたテーマは、彼女が生きていた当時はもちろんのこと、現代でも時流に添った新鮮さを失っていません。

なによりの証拠に、彼女の作品は今も多くの人に読まれ、それを原作にした映画は高い人気を呼んでいますし、英国のハンプシア州チョートンにある「ジェーン・オースティン・ハウス」にはじつに多くの人々が足を運んでいます。わたしたちが訪れた夏の午後も、数多くの学校の生徒たちをはじめ、幅広い年代の人々が見学していました。

ジェーンは、ハンプシア州スティーヴントンで暮らしていた少女時代からものを書き始めましたが、作品が出版されるようになったのは、彼女が三十五歳になり、チョートンの田舎にある、兄の所有する広大で居心地のいい邸宅に引っ越してからのことです。それまでジェーンは温泉保養地として発展していたバースに住んでいましたが、都会の雰囲気になじめなかったのか、バースではほとんど執筆をしていなかったのです。

ジェーンが暮らしたチョートンの邸宅は現在博物館になっており、上階には当時の服やさまざまな品が展示されています。わたしたちが何よりも興味を惹かれたのはリビングルームでした。一八世紀の家具が置かれたその部屋こそ、ジェーン・オースティンが創作に打ち込み、ペンを走らせた場所だったのです。

※人物スケッチ――ジェーン・オースティン

この本に序文を寄せてくれたディケンズの権威、エリオット・エンゲル教授は、ジェーン・オースティンを「英米文学における初の偉大な女流作家」であり、「英語圏最高の風刺コメディ作家」と評しています。もしも彼女が二百年後に生まれていたなら、間違いなくノーベル文学賞を受賞していたでしょう。しかしもしそうであったなら、彼女にしか描くことのできない一八世紀ジェントリー階級の生活の記録にはお目にかかれなかったことでしょう。

この時代、中産階級以上では女性が生活のために働くことはタブーとされていました。そのためジェーンはもっぱら匿名で執筆しました。本の著者の名を記すべきところにも「あるレディーの作」と書いていたほどで、自分が物語を書いていることを家族以外の人間に知られるのを望みませんでした。しかし彼女の秘密は何者かに知られるところとなり、当時の文学関係者たちからおおいに賞賛を浴びたのです。

作家ウォルター・スコット、ロマン派詩人サミュエル・コールリッジやロバート・サウジーが彼女の才能の崇拝者に名をつらね、後年、桂冠詩人アルフレッド・テニソンに至っては、ジェーンを「シェークスピアに次ぐ偉大な才能」と評価しました。本人がこれを知ったら、なんておおげさな、と笑い出すことでしょう。なにしろ彼女はただ、自分の知っていることや自分の属する社会階層にいる人々のことを描きたかっただけなのですから。

ジェーン・オースティンの人気は現代のベストセラー作家にも引けをとりません。世界中に「ジェーン・オースティン協会」があり、その多くが学会や作家ゆかりの地へのツアーなどを主催しています。彼女の作品は、読みやすく皮肉とユーモアに溢れ、まるで大好きな親戚の叔母さんのような、なんとも印象的な人物たちが登場します。全部で六つある作品のうち三作品が、映画化されたりテレビドラマになっています。

そうはいうものの、彼女の作品が評価されるまでには時間がかかりました。しかしただ一つ、忘れてはならない例外があります。女性問題の多かった当時の皇太子（後のジョージ四世）に仕える司書が、ジェーンに皇太子へ作品を献呈するよう勧めたのです。彼女は勧めに従って『エマ』を献呈しましたが、この栄誉に喜びを感じてはいませんでした。この一件は、いたって進歩的な考えの主だったジェーンが生粋のフェミニストであることを示す一例となりました。ある手紙で彼女は、皇太子妃を冷たく扱う皇太子への嫌悪感を記し、その理由を「皇太子妃殿下への接し方のためです」と述べ、「なんといっても皇太子妃殿下は女性でいらっしゃるのだから、私はできるかぎりお味方します」と書いています。

ジェーンは田舎で教区牧師を務めていた父と母の間に生まれ、男六人、女二人の八人きょうだいの一人でした。姉のカサンドラとはとりわけ仲がよく、離ればなれになると二人は互いに愛情のこもった手紙をやりとりしていました。

　一家は見るからに幸せな家族でした。当初は母親が、その後は父親が子どもたちを教育しましたが、家計の足しに他家の子弟も預かり教えていました。ジェーンはよくできる生徒に名をつらね、フランス語が堪能でイタリア語も少し理解することができ、英国史とピアノも得意でした。姉のカサンドラによると、ジェーンがある原稿に書き写した楽譜はじつにていねいできちんと整っていたというのですから、彼女の原稿を受け取った印刷業者たちはどれだけ助かったことでしょう。ジェーンはまた、美しい歌声にも恵まれていました。

　多くの専門家も認めているように、ジェーンの才能は家庭で育まれました。芝居用に改造した納屋で、あるいは外が寒いときは家の居間で、一家はそろって素人芝居に興じて過

❖イギリスのハンプシア州チョートンにあるジェーン・オースティン・ハウス

❖ジェーン・オースティン・ハウスのダイニングルーム

❖ジェーン・オースティン・ハウスの上階に展示された当時のドレス

ごしたのです。少女のころのジェーンはこうしたお芝居のための台本を書いていたほか、短編の物語も書き始めました。そのころの生活はこのうえなく幸せで、一家はディナーパーティや舞踏会に出かけ、気取らないカントリーダンスから優雅で格式ばったワルツまで楽しんだのでした。

ジェーンの家では使用人を何人か雇っていましたが、母親と娘たちもそのころはいくらか料理をしたようです。父オースティン牧師は畑仕事に精を出し、母親も自分でジャガイモを育てるなどしていました。一家は裕福とはいえないものの、一台の馬車と数頭の馬を所有していました。しかしジェーンとカサンドラは好んでわざわざ遠くまで歩いては、散策を楽しんだものです。ところで、歩くことと文学的な創作活動を行なうこととは何か相互関係があるのでしょうか。ディケンズ、ダーウィン、ワーズワース、イェーツの章をご覧ください。なぜか天才たちは歩くのが好きですね。

こうした少女時代の多感な時期に、ジェーンはまわりの世界から自分が描きたいと望むものだけを選び取ってつぶさに観察し、吸収していきました。裁縫、ホイストやバックギャモンなどのカードゲーム、そしてうわさ話など、彼女の作品中で主人公たちがしていることは、ジェーン本人が実際にしていたことです。

ジェーンの甥によると、彼女は「かならずしもカサンドラほど美しくはなかったが、どちらかというと長身でほっそりとしていて、明るくたいへん魅力的」な女性でした。髪の色はおそらくとび色だったでしょう。カサンドラが描いたジェーンの肖像画は、彼女のありのままの姿を描いたものだといわれています。

ジェーンは生涯独身を通しましたが、恋愛の経験はあったのかといえば、答えはもちろんイエスです。海辺で夏の休暇を過ごしていたジェーンは若い牧師に出会いました。二人は互いに惹かれ合っていたようです。ところが、相手がその後に急に亡くなってしまったため、二人は二度と会うことがかないませんでした。この出来事が原因で、のちに別の男性からのプロポーズを一度は承諾したものの、翌日には断ってしまいます。相手は資産家でしたが、好人物とはいいがたい男性だったようです。後年ジェーンは、生み出した作品こそが自分の子どもなのだと語っています。

ジェーン・オースティンは早い時期からもの書きに専念していました。それはあたかも、あまり長く生きられないことを予感していたかのようです。彼女がいかに時間を有効に使っていたかを考えると驚くばかりです。ジェーンが初めての作品『恋と友情』と『英国史』を書いたのは、まだ十四歳のころでした。それから約二十年後、三十五歳からの五年という短い間に、『分別と多感』を皮切りに、『高慢と偏見』、『マンスフィールド・パーク』、『エマ』が出版されました。そして『ノーサンガー・アベイ』と『説得』が死後に出版されました。

ジェーンはこれら六作品のうち『分別と多感』、『ノーサンガー・アベイ』、そして彼女の作品中もっとも人気のある『高慢と偏見』の三つの作品を、家族で暮らしていたスティーヴントンの家で書きました。二十三歳のときのことです。『高慢と偏見』は最初『第一印象』という題名で書かれていたのですが、改題して出版にこぎつけるまでに十五年という年月がかかりました。そうです。初の出版作『分別と多感』が出る前に、この傑作はすでに書かれていたのです。

オースティン一家がにぎやかな温泉保養地バースへと移った時期は、ジェーンの創作活動が滞っていた時期でもありました。彼女は華やかな社交の町バースよりも、ひなびた田舎の地をはるかに愛していたのです。さらに父親が亡くなり、母親と姉カサンドラとともに移り住んだサウザンプトンでは、彼女はまったくペンを執りませんでした。やがて一八〇九年になると、母娘はハンプシア州チョートンにある、三男エドワードの広大な所有地にようやく終の住み処を見つけます。このチョートンの地でジェーンは執筆を再開しましたが、ここでの創作生活を始めてからわずか七年半後に帰らぬ人となりました。

六人いたジェーンの男兄弟のうち二人は英国海軍で司令長官の地位にまで上り、かなりの長寿をまっとうしています。ジェーンのすぐ上の兄フランシスは九十二歳まで生き、弟チャールズは七十二歳でコレラのために亡くなりました。一方ジェーンが亡くなったのは一八一七年、まだ四十二歳の若さです。ホルモンの分泌に関係のあるアジソン病と思われる病気が原因でした。最期を看取ったのは姉のカサンドラです。主治医の近くに暮らすために姉妹でウィンチェスターに転居していたこともあり、ジェーンはウィンチェスター聖堂に埋葬されました。しかし、彼女が遺してくれた作品とそこに登場する数々の人物たちは永遠の命を与えられ、今日もなお多くの読者たちの心に生き続けているのです。

❋ シンキング・プレイス

いろいろな著名人のシンキング・プレイスを探していくと、見つかるのは、庭にある小屋や森のなかのひっそりとした遊歩道など、たいていの場合ぽつんと離れた隠れ家的な場所です。しかしチョートンにあるジェーン・オースティンのシンキング・プレイスだけは例外でした。彼女は、家族の団らんが繰り広げられるダイニングルームの窓辺で創作へと思いをはせ、ペンを走らせていたのです。当時、物語を書くという行為は淑女にふさわしくないとされ、書くことはもっぱら男性の特権でした。

そんな環境で、ジェーンは背もたれのついた椅子に坐り小さなテーブルに向かって、人目を気にしながら紙きれなどに書きものをしていました。そして誰かが部屋に入ってくる音がすると、紙をすばやくテーブルの下にしまい込むか、インクの吸い取り紙の下に隠していたのです。

部屋には、階段と玄関ホールへと続く扉がありました。誰かが入ってこようとすると、この扉がきしんで、人が来たことをジェーンに知らせてくれたというわけです。わたしたち二人がジェーンのシンキング・プレイスのあるダイニングルームを訪れた日も、そのドアはやはりきしんだ音を立てていました。

❋ 旅のおまけ——チョートン

絶えず変わり続ける世の中にあって、ずっと変わらずにいるものや人との出会いは、わたしたちに安らぎを与えてくれます。ジェーン・オースティンと彼女をとりまく世界には、まさにそんな素晴らしさがありました。亡くなって三世紀近く経つ現在も、ジェーンの人気はまったく衰えを見せません。彼女の生み出した人物たちは本から抜け出し、さまざまな場面で生き生きと行動し、おしゃべりをしては、ページを繰るたびに読者を笑顔にさせてくれます。

チョートンにあるジェーンの家は、彼女の生きた時代そのものの家具や調度品で装飾され、まるでたった今ジェーンが部屋から出ていったかのようでした。

ジェーンが、世界屈指のすぐれた文学作品を、ともすればこっそりと、しかも家族が集まる団らんの場で書き上げたという事実は、驚くべき発見でした。彼女は度胸と不屈の精神に溢れ、みずからの意志で行動できる人間だったのです。ひるがえって、静かで完璧な環境でなければ、書きものをしたり何かに集中できないなどと言い訳を並べるわたしたちは、なんと意志の弱いことでしょう。

人生を冷静かつ独自の感覚で受け止め、機知と品性で彩っていった「オースティン的姿勢」

❖ダイニングルームにあるジェーンのシンキング・プレイス

❖ダイニングルームに出入りする扉。人が入ってくるときしんだ音を立ててジェーンに知らせてくれた

に対する理解を深めることができたこと、それがジェーン・オースティンの世界をめぐる旅がわたしたち二人にもたらしてくれたおまけでした。いや、平凡な人々の平凡な日常生活を巧みに描いたジェーンのことですから「非凡なるおまけ」というべきでしょうか。

チャールズ・ダーウィン

一八〇九―一八八二年

人間は高貴な特質をもち、神のような知力をもっていて、この太陽系の運動や構成を理解するに至っているが、その肉体的な構造のなかには、下等な起源を示す拭い去ることのできない痕跡をとどめている。

――『人間の系統』

※ 訪問記――ダウン村とダーウィンの世界

ロンドンの南に、地図で見るとポツンポツンと小さな斑点があって、それがダウン(Downe)村です。そしてここにダウンハウス(Down House)があり、ダーウィンゆかりの土地と屋敷とがひと塊になっています。でも、この地図に見る小さな塊は、ダイヤモンドの塊でした。一八五九年に、チャールズ・ダーウィンが著書『種の起原』を著わし、進化論の誕生という大爆発を引き起こしたのです。

この田舎のダウン村を目指して走ると、まずケント州の、ご領主さまの館であるチャーチル首相が住んでいた歴史建造物であるチャートウェルハウスがあります。セブンオークまで行くと、サックウエル卿の嗜好を凝らしたノエル城があり、チャートウェルを少し南に下ったところに改装なったヘヴァー城があります。あの悲劇の王妃アン・ブーリンのお城です。

この地方を旅行して、いちばん印象的だったのはウエスターハムの真北にある旅館に一夜滞在したことで、これがなんと、五百年も昔からある旅館だったのです。太い梁がむき出しの、天井の低い、どこか楽しげな酒場があるのですが、そこで、英国風の最高のディナーが出てくるのです。食事のあと、こぢんまりした寝室に引き上げるのですが、ベッドはモダンで、わたしたち二人の、疲れきった旅人を温かく迎えてくれました。こうして寝室におさまってみると、今度は、この何世紀もの間に、いったいどういう人たちがこの部屋に泊まったのだろうか、旅に疲れた大勢の人々が泊まったことだろう、彼らにどういう物語があったのだろう、どこへ向かって旅をしていったのだろう、といろいろと考えてしまいました。旅に疲れた、といえばビーグル号で五年間も世界をめぐったチャールズ・ダーウィンも、ときには疲れたと思ったに違いないでしょう。わたしたちがあれこれとダーウィンの航海に思いをめぐらすうちに、この部屋に泊まった人たちの時代や物語への思いはだんだんと薄れていき、眠りに誘い込まれ意識が薄れていったのでした。

　翌朝は、早くノックしてもらいました。イングリッシュ・ブレックファーストを楽しんだのですが、それは「ミルク・コーヒーあるいはティー」のチョイスで始まり、トースト立てにおさまった冷えたトースト、オレンジ・マーマレード、バター、焼きトマト、目玉焼き、それに英国風の生焼きベーコンという献立でした。ワインで元気づけ、いよいよビギン・ヒル、ダウン村、ダウンハウスへ出発です。

　チャールズとエマ・ダーウィン夫妻が一八四二年に移ってくる少し前に、土地の名称の綴りに「e」が加わってDowneとなったのですが、ダーウィン一家は屋敷の名称の綴りを変えずに、Down Houseとしていました。発音はいずれも「ダウン」ですが、綴りが違

❖ダーウィンが「種の起源」を執筆した「ダウンハウス」
（ロンドン南部のブロムリー区ダウン村）

います。

　このときには、チャールズは五年間の航海を終えて、博物学者として知られるようになり、エマと結婚し、ロンドンで五年間、学者としての研究、そして社交と忙しく暮らしていました。チャールズは心からの自然愛好家で、田舎の生活に憧れていました。

　ダウンハウスに移ってからというもの、彼は家族に囲まれ、家庭、庭園、そして自然のなかの散策を楽しみながら、実験を行ない著述ができるようになりました。

　ダーウィンは、「どの地方に行っても、これほどに散策にふさわしい小道はないだろう。この地方はきわめて田舎風で静かだ。道幅は狭く、生垣が高く、車の轍もない」と語っています。

　わたしたちのダウン村とダウンハウスへの旅も、依然として、チャールズ・ダーウィンが述べた「きわめて田舎風で静かな」土地のままでした。ダウンハウスもその敷地も、教育施設も申し分なく手が入っていて、天才を生み出したダーウィン家への感謝をささげているのです。

　ダーウィンは、わたしたちの星、この地球という惑星の生命の神秘を解き明かそうと大航海に乗り出した天才であり、きわめて人間性に富んだ人物だったのです。

※　人物スケッチ——チャールズ・ダーウィン

　過去二百年で、もっとも意義のある書物を十点あげよ、といってリストをつくったらどうなるでしょうか。どの分野で「意義のある書物」であるのかによって選択が異なってくるでしょうが、いずれにしても、『種の起源』はこのリストから漏れることはないでしょう。この大著は、「生存闘争において有利な種の存続に関する自然選択」という副題がついて『種の起源』となるのですが、この研究が発表されたとき、少なからぬ物議を醸しました。

新聞や定期刊行物のコラムで、カリカチュア（戯画）で、教会の説教で、公私を問わぬ議論がわき上がったのです。ダーウィンの文体は、科学の読みものとして書かれて、読みやすく、

❖チャールズ・ダーウィン、1840年。ジョージ・リッチモンドによる。
ダーウィン文化財保存財団提供。©イングリッシュ・ヘリテッジ・フォト・ライブラリー

素人でも理解できたので、なおさら、格好の話題となったのです。この本は、数年にわたる資料収集と、十三か月の執筆により一八五九年に出版されました。ダーウィンはその後版を重ねるたびに改訂を行ない、この本は「進行中の仕事」であるといっていました。

これはごく控え目ないい方ですが、『種の起源』は今日でも議論を呼んでいます。宗教的な理由から、あるいはデータに関するそれぞれの解釈から、ダーウィンの前提に反対しているのです。そうした反対論者は、学校教科書の選定委員会にいて、「進化論」を問題視しているのです。

ダーウィンの生涯に、いくつかの皮肉な話があります。ダーウィンはエディンバラ大学で一年間医学を学びましたが、落第してしまいます。理由の一つとしてあげられているのが、性格が優しいために、麻酔なしの手術に立ち会うことができなかったことです。この後、彼はケンブリッジ大学に行き、英国教会聖職者の資格を取ろうと考えます。ここで出会ったヘンズロー教授が素晴らしい植物学者でした。ダーウィン自身が、博物学こそ自分が能力を発揮でき、興味がもてる学問である、と認めるように仕向けたのです。ダーウィンが卒業したあとになりますが、ヘンズロー教授は、ダーウィンがその人生と使命を一変させる長期航海に参加するかどうか迷ったとき、無事に航海して帰ってくるさ、と力づけました。

一八三九年、航海から帰ってきて、チャールズは結婚しました。最愛の妻であるエマは信心深い女性で、夫の確信する進化論によると、自分たちは天国で再会することはないだろうと、ひどく心配していたといいます。

いろいろあるエピソードのなかでもっとも皮肉な話は、同じ博物学者のアルフレッド・ラッセル・ウォーレンがダーウィンと同じような学説に達したことです。しかもウォーレンはその研究成果をダーウィンに送ったのです。

「これほど衝撃的な一致に出合ったことはない」

と、ダーウィンは述懐しています。

会議が開かれ、お互いに相手の功績を評価しましたが、ウォーレンは寛大にも、ダーウィンの研究のほうが自分のそれより先立っていた、と述べたのです。

チャールズ・ダーウィンは天性の博物学者でした。妹といっしょに描かれた幼いときの肖像画がありますが、彼は花をさした花瓶を抱えています。幼少のときから大学に行くまで、植物と動物の収集をしていました。ケンブリッジでは進んで、地質学の集中講義を受けています。卒業してから博物学者にならないか、という誘いがありました。ビーグル号で南米を出発し、二年半にわたって地球をめぐるのです。

ダーウィンには容易に誘いを受けられない理由がありました。まず、危険な航海だろうと考えました。自分には心悸亢進(しんきこうしんせい)性の心臓疾患があると疑っていました。最初に、敬愛する父親が反対しました。しかし、これはまたとない機会でもあったのです。ともかく出かけよう、と考えました。船酔いがどれほど長く続くものか見当もつかなかったし、何日も堅パンとレーズンだけで過ごすはめになろうとは思ってもいなかったでしょう。

航海中、幸いにも二回陸地に上がることができ、その都度数か月滞在しました。そして数千点におよぶ標本を採集し、英国に送りました。

当初の計画では二年半の航海でしたが、それがほぼ五年に延長されました。この間に、火山の噴火を目撃したり、地震や海上での暴風も経験し、高熱を発して床についたこともありました。このときの熱病が原因で体を壊し、生涯にわたり苦しむにことになります（虫に咬まれたのが原因で慢性の感染症になったものといわれています）。これらもろもろの「危機」があったのですが、博物学の分野で、彼はその天才ぶりを発揮し、植物学、動物学、地質学で、質的にも高く評価できるぼう大な数の標本を採集して帰国したのです。これらはまた、彼のライフワークの基礎となったのです。

ダーウィンはどのような風貌をしていたのでしょう。同時代人のなかには、彼のことをサルといったり、虫けら、と罵っていた人たちもいたのですが、もっとも有名な肖像画を見ると、顎ひげが長く、秀でた額の下から、じっとこちらを凝視しているダーウィンがいます。どことなく厳めしい男性の雰囲気です。子どもたちには、我慢強く、心優しい父親で、ときには仕事の最中でも、四つん這いになっていっしょに遊んでいました。娘によると、父親は子どもたちを「それぞれに一人前の意見をもつ生き物」として見て、「父親のいるところで初めて、子どもたちは最善にふるまうことができた」のでした。

夫人のエマが四十三歳のとき、こういっています。

「彼は、わたしが知るもっとも心の広い、気取りのない人です。何を語っても、それは彼がそう考えているから発せられる言葉なのです。とくに父親や姉妹に愛情を傾け、すてきで、ほんとうに優しい気性の人でした」

チャールズとエマは十人もの子どもをもったのですが、三人は早世しました。しかし、夫と同様に、エマは楽天的な人柄で、家庭は幸せそのものでした。エマは毎夜ピアノを弾き、夫に本を読んできかせていました。教養のある女性で、ダーウィンのよき伴侶でした。日曜学校を開いて村の子どもたちに読み書きを教え、貧しい人たちの面倒をみました。使用人たちがいたのですが、エマはいつも家をきちんとしておかなければ気が済まないという女主人ではなく「足るを知るは富にまさる」といった人でした。現実主義者で、人生肯定派でした。

どこから見ても、ダーウィンは熱意の人で、友好的で、穏やかで、正しい判断を下し、信頼し合い、そして倹約家でもありました。ほんとうに困ったわけではないのですが、しばしばお金のことで悩むことがありました。ビリヤードを楽しみ、散歩をするのが好きでした。ときには体調を崩し、症状が悪化することがありましたが、研究を続け、書き続けていました。二十四巻の著書と数多くの論文をものしています。

チャールズはエマと結婚する一週間前に、エマにこう書き送っています。

ぼくがどれほど幸せになるか、わかるかな。ぼくはきっと、思いもつかぬほどに幸せになるけど、あなたも同じように幸せになってほしい。あなたは、ぼくを今よりももっと人間らしくしてくれるだろう。そしてもうすぐ、あなたはぼくに教えてくれるだろう。沈黙と孤独のなかで理論を打ち立て事実を集積しているよりも、もっともっと偉大な幸福があるのを教えてくれるんだ。

晩年になって、ダーウィンは友人に語っています。「ぼくの理論は混乱の只中だ」。この言葉を聞いて、ダーウィン批判者たちは満足するでしょう。また、こういう意見もあるでしょう。「ダーウィンは自然界を愛したのだから、ひとが『神』と呼ぶ創造の力を崇敬していたに違いないという意見があるが、そんなことがあり得るのだろうか?」。

チャールズ・ダーウィンの玄孫（やしゃご）にあたる経済学者ランダル・ケインズは『アニーの筆入れ──ダーウィンとその娘、および人間進化論』という著書で、「ダーウィンは幼い娘の死を悲しみ、打ちひしがれていた。愛すべき神が、これほどに無垢で愛らしい子どもを奪い去るとは、その神という存在を正当化できなかった」と語ってから、ケインズはダーウィンの言葉を引用しています。苦痛も苦難も「ことの自然の成りゆきで、結果は避けられない。言い換えれば、神の介入あってのことではなく、一般則なのである」と。

ダーウィンは「無神論者」という言葉を使わず、自分は、神性の認識を不可能だとする「不可知論者」で、ときには自身の信仰について迷い、ときには教会と衝突している、と考えていました。

ケインズによると、神を信じる根拠について意見を求められたとき、ダーウィンは次のように述べたといいます。

> 神の存在を議論するときによく論じられる問題で、この壮大で不思議に満ちた宇宙が、偶然に誕生し、そのとき同時にわたしたちの意識が覚醒したと考えられていますが、わたしには、神の存在は感覚的にも理論的にも知覚不可能である、といっていいでしょう。この問題が果たして議論に耐えられる価値があるものかどうか、長い間決めかねています。
>
> はっきりいえることですが、何か「第一原因」というものを考えたとしても、それがどこからやってきたのか、そして、それがどのように発生したのか、わたしたちはこのことをなんとしても解明したいと思います。
>
> 世界中に難題が溢れています。それは生存するがゆえの苦しみから生まれたものです。この難題を考えずにはいられません。有能な人々が心から神を信じています。わたしはこの人々の見解に、ある程度近い考えをもっています。しかし、繰り返していいますが、この問題は議論に耐えられません。もっとも無難な結論をいうならば、すべての問題は

人間の知性の範囲をはるかに超えている、というべきでしょう。そうはいいながら、人間は礼拝のお勤めを行なうのです。

現代はどうでしょう。ダーウィンの時代に比べて科学が信じられないほど前進しています。銀河系の何億という星たちの広大な宇宙のなかで、地球という小さな惑星をとらえています。そして一方、わたしたちが考え及ばない、たくさんのことを考える人たちと仲間なのです。なんと素晴らしいことでしょう。学問から、人生経験から、そして人によっては信心から、わたしたちは情報を獲得しています。情報を蓄えて、わたしたちは「お勤め」を果たします。自分自身の信念を築き上げていきます。

ダーウィンは日頃、ダウンハウスに近い教会の墓地に葬られるのを願っていました。しかし英国は彼をウエストミンスター寺院に葬り、最高の名誉を与えました。

❋ シンキング・プレイス

ダウンハウスにダーウィンの仕事場があり、彼はそこを「主書斎（キャピタルスタディ）」といっていました。彼が必要としたものがすべてあります。部屋の中央に翼板が折れる仕掛けの机があり、その上に、用紙、手紙類、若干の書物が使いやすく置かれています。それと、窓の前に置いた回転式のドラムテーブルには、研究中の標本や資料があります。窓際の、背の低い腰掛けに坐って、棚の上にある顕微鏡を使っていました。部屋のまわりに書類ケース、棚、カップボードがあります。

この部屋でもっとも重要な家具といえば、それは鉄製フレームの青い肘掛け椅子で、移動できるように車輪がついているものです。膝に置くボードがついていて、足先とこのボードの間にクッションを入れ、両方の肘掛に腕を伸ばせば、これでダーウィンの執筆も読書も完璧です。ダーウィンはこの肘掛け椅子に坐って『種の起源』を書きました。この書斎、そして屋敷のどの部屋も、美しく復元されていて、一九

❖ダウンハウスのダーウィンの書斎で、屋敷内のシンキング・プレイス。
©イングリッシュ・ヘリテッジ・フォト・ライブラリー

二九年に公開され、今はイングリッシュ・ヘリテッジによって管理されています（訳注　イングリッシュ・ヘリテッジは英国の遺跡と歴史的建造物保護管理のために設立された特殊法人です）。

ダーウィンは習慣を守り規律を重んじる人でした。いったん手をつけたことはなんであれ、時間をかけ、やり遂げました。日の出前に起床し、家の外を少し散歩します。一人で少量の朝食をとると、八時から九時まで研究に集中しました。手紙を読み、エマに小説を読んでもらい、食事をし、家族と過ごす時間を大切にしました。午後は、研究と科学関係の読書、休息、それからちょっとした散歩です。

お昼には、天気がどうあろうと、一時間ほどかならず「サンドウォーク」という小道を散歩していました。この散歩のために、ダウンハウスの敷地に若干の土地を加える形で三〇〇ヤード（約二七五平方メートル）の土地を借りていました。ここに囲いを設け、一方には多種類の木や灌木を植えて、もう一方を森にしていました。これこそ、ダーウィンの愛した「シンキング・プレイス」です。同じところをめぐりながら、何回めぐってきたかおぼえておこうと、道の始まりに小石を置き、戻ってくるたびに一つ一つ蹴飛ばしていた、といいます。もっとも、これは回数を数えなければならないという、意図的な習慣ではなかったようです。エマがいっしょのときもありましたが、彼がもっとも思索に集中できたのは、なんといっても普段の孤独な散歩でした。白いテリア犬のポリーがよくお供をしていました。

わたしたちは、思索するとき脳のアルファ波のレベルを高めるよう訓練しますが、これはまさに創造的な思索につながっています。おそらくダーウィンは百五十年も昔に、散歩により緊張がときほぐされ、インスピレーションがふつふつとわき上がってくるのを知っていたのでしょう。この散歩によるインスピレーションの喚起こそ、疑いなく、ダーウィンの創造的な仕事にとってもっとも貴重な日課でした（ウィリアム・ワーズワースの章をご覧ください。彼もまた同じような散歩をしています）。

❖屋敷敷地には、ダーウィンのシンキング・プレイスである散歩道サンドウォークが残っている

※ 旅のおまけ

　このダウンハウスを訪れて、初めてダーウィンの散歩道サンドウォークを知りました。サンドウォークは、人目につかない、まったく予想外のシンキング・プレイスでした。このダウン村訪問で、ダウンハウスとダーウィンの書斎を見ることができて、そのうえ何を期待するというのでしょう。わたしたちはすっかり満足していたのです。サンドウォークは、まったく予想もしていなかったおみやげでした。

　ダーウィンの生活には、わたしたちの生活と同じように、喜びと悲しみ、希望と悩みがあったのですが、こうして屋敷を訪れ書斎に入ると、いかにも愛らしい、愛すべきダーウィン家の暮らしぶりが浮かんできます。わたしたちは、自分がどういう暮らしをしている人間であるかをつい忘れてしまうほどでした。

　ダーウィン家の大きな裏庭に出ると、サンドウォークが目の前に伸びていて、すっかり踏みならされ、木々に覆われ、こころよくいざなってくれるのです。この小道を何度めぐったか数えるために、ダーウィンは道の入り口に小石を置いていました。わたしたちはダーウィンの真似はしませんでした。たしかにわたしたちは、この道を繰り返し歩くことはしないでしょう、でも、ほんとうはダーウィンと同じように小石をわきに置いて同じように散歩をするのが、ひどく畏れ多く感じられたのです。サンドウォークは、誰のものでもありません、ダーウィンその人の「シンキング・プレイス」でした。わたしたちはカメラをもち記録を残そうとこのサンドウォークに向かったのですが、まるで、自分たちが侵入者であるように思えました。

小道を先に進むと、いかにも牧歌的な、大昔のダーウィンの時代のケント州の只中にいるようでした。天気は上々でした。小鳥のさえずりが聞こえていて、きっとダーウィンが観察しようとダウンハウスにもち込んで記録をとっていた小鳥のフィンチだったかもしれません。

道の半ばまでいくと、わたしたちは口を利かなくなりました。自分たちがいる場所がただの小道でない、ダーウィンが思索したサン

❖ダーウィンの温室と食虫植物

ドウォークではないか、創造的にものを考えねばならない場所だったのだ、とそれぞれに考えていたのです。ところで、わたしたちはサンドウォークの入口まで戻ってきたのですが、せっかくの散歩だったのに、二人ともなんら啓発的なことを考えていなかったのに気づきました。散歩で得たご褒美は、けっして十分とはいえなかったのですが、森を抜けていく美しい散歩道を楽しんだこと、そして、ダーウィンのきわめて高尚な思考力がこの散歩道で展開されたのを「実感した」ことです。

ダウンハウスに戻る途中、ダーウィンの温室に立ち寄りました。ここはダーウィンが幾度となく研究で過ごしていたところです。入ってみると、思いもしなかった「おまけ」がありました。棚の上に、いろいろな植物標本にまじって、なんとびっくりするではありませんか、ダーウィンが研究したピッチャー・プラント（食虫袋葉植物ウツボカズラ）があったのです。ダーウィンの言葉を借りれば「驚くべき奇偶」でした。

この食虫植物は、米国フロリダ州の、わたしたちが暮らすエスカンビア地方の、ごく限られた地域に自生している植物で、沼沢地の環境保全の目的でヴィーナス・フライキャッチャー（ヒタキ科の一種）と同じように、絶滅危惧種に指定されています。フロリダ州が、このピッチャー・プラントの生えている沼沢地のピッチャー・プラント・プレーリー（食虫植物成帯性土壌）を買収しています。

ダーウィンはこのピッチャー・プラントも含めて、食虫植物に興味をもっていました。遠く米国のフロリダでこうした環境保全の運動があるのを知ったら、ダーウィンも喝采を送ってくれることでしょう。あとになって知ったことですが、ダーウィンは食虫植物に関する研究を数多く発表しています。自然の、ごく特殊な、小さなことがらが、さまざまな人々、国々、そして歴史の瞬間瞬間を結びつけているのです。この結びつきに心を打たれました。

チャールズ・ディケンズ

一八一二―一八七〇年

身なりがきちんとしていれば、誰だって機嫌よく優しいが、そうだからといって、それを信用できるかどうかは別問題だ。

――『マーチン・チャルズィット』

頭脳に思慮があり、心に分別がある。

――『ハードタイムズ』

良き時代があり、悪しき時代があった。

――『二都物語』

なんといっても、あいつは手に負えない締まり屋だ。スクルージって奴は、誰からだろうと、搾り取れるだけ搾り取り、責めさいなみ、いったん握ったら離しはしない、なんでもかんでもむしり取るといった強欲な老いぼれだ！　火打石だったら、たいていはカチッと火花を散らして暖かくもなるというもんだが、奴は硬くとがった石のままだ、まるで牡蠣のように秘密屋で、無口で、独りぼっちだ。

――『クリスマスキャロル』

※

訪問記――ロチェスター(ケント州)

ロチェスターは英国の南東部ケント州にある町ですが、このロチェスターに行く街道筋に「ロイヤル・ヴィクトリア・アンド・ブル・ホテル」という大昔からの旅館があります。ディケンズ・ファンなら、きっと思い出しますね、雪景色のなか、角笛を吹きならして四頭立ての馬車が走っていくクリスマスカードの絵柄があれば、暖かい暖炉に、クリスマスのお飾りがあって、楽しい余興があるヴィクトリア朝の家庭の情景、それからそうそう、街角に古風なランプがつるされ、山高帽をかぶった一団がクリスマスキャロルを歌っている様子も。

わたしたちも、幼いときに教会のホールで催された十二月の年中行事で『クリスマスキャロル』を歌ったことがあります。ディケンズがますます好きになる思い出が、山のようにあるのです。その思い出をかきたてるようにして、イングランドのブロードステアズで開かれた「ディケンズ・フェスティバル」に参加したことも思い出の一つです。ここで映画の『クリスマスキャロル』を観たのですが、不思議なことに、これがクリスマスものだというのに、夏の何か月かの間にやっていたのでした。そうかと思うと、身を切るような冷たい霧が立ち込めるロンドンの旧市街をめぐり歩くツアーがありました。ディケンズの小説に出てくる「ジョージ街」やら「ジョージと大鷲」などの懐かしい通りや旅館をめぐるのです。

わたしたちのこれまでの経験でもっとも成果があったのはディケンズ協会名誉幹事のジョン・グリーヴズ氏に会ったことです。彼とはロンドンのディケンズ博物館で会い、その後、ディナーに誘ったのですが、これが何時間にも及ぶ彼からの素晴らしい「お返し」になったのです。

彼はディケンズとは親友なのです。正確にいえば親友といってもいいほどの「付き合い」をしているのです。ディケンズの文章を朗誦して、さまざまな色彩豊かな登場人物をその役になりきって演じてくれたのですが、表情といい身振りといい、まさにディケンズの作品に登場する人物でした。グリーヴズ氏はディケンズの作品を暗誦でき、しかもそのレパートリーすべてを披露するとなると一七時間に及ぶといいます。地方のなまりやアクセント、抑揚も使い分けるのです。これを彼は第二次世界大戦の最中に、英国の兵士たちの娯楽にしようと始めたのです。軍人だけでなく、軍で働く男女はわたしたちと同じように、この「ジョン・グリーヴズの夕べ」を楽しんだことでしょう。情報満載、面白可笑しい物語が満ち満ちて、まさに偉大なる親睦の夕べだったのです。これは後になってエリオット・エンゲル教授に教えてもらったのですが、ディケンズ協会名誉幹事グリーヴズ氏は世界中のディケンズ党に尊敬されているのです。グリーヴズ氏は、ディケンズが工夫したクリスマス・パンチのオリジナルレシピもふるまってくれました。名誉幹事グリーヴズ氏に乾杯！

ちなみに、エンゲル教授は四大陸で国際的な名声を得ている学者であり作家であり講演家で、

❖チャールズ・ディケンズが晩年を過ごしていた「ガズヒル・プレイス」。イングランドのケント州、ロチェスターの丘陵地にある

まさに現代アメリカの生んだ「ジョン・グレーヴズ」です。わたしたちにとってかけがえのない先生で、何度か講演を聴いたり、個人的にお会いしたり、ディケンズやほかの作家たちの評伝を講義したテープを聴いて学んでいます。エンゲル教授はローリー市（ノースカロライナ州）を本拠地としていますが、ここで開催された「ディケンズ・フェスティバル」にチャールズ・ディケンズの玄孫(ひひ)を招待しています。もちろん、わたしたちも参加しています。ここでエンゲル教授のWEBサイトを紹介しておきます。ホームページAuthors Ink（www.authorsink.com/では、最新情報満載のオンライン新聞も公開されています）

チャールズ・ディケンズを旅するのは容易なことではありません。初期の作品『ピックウィック・ペーパーズ』では、ピックウィック氏とお供のサム・ウェラーの主従が百を超える旅館で活躍しています。『ピックウィック・ペーパーズ』一冊に書かれている旅館について一冊の本が書かれているほどです。ディケンズの生涯もまた、旅行に終始していたといっていいでしょう。取材の旅はもちろん、二度にわたるアメリカ旅行を含めて、朗読会で各国、各地をまわっています。

ロチェスターとその周辺地域に、ディケンズの幼いときの幸せな日々と野心とがあります。成功の頂点に登りつめたとき、このロチェスター近郊のハイアムにある「ガズヒル・プレイス」を手に入れたのです。このお屋敷は、ディケンズの夢でした。

わたしたちの旅の目的はディケンズの小さな執筆用のヒュッテを訪ねることでした。ヒュッテが建てられたときは屋敷に隣接する森のなかにありました。屋根のとがったスイスの山小屋シャレーのミニアチュアで、五十八個の木箱に詰められて、スイスに行った友人から送られてきたものです。ディケンズはこの組み立てシャレーがお気に入りでよく使っていました。現在はロチェスターにある「チャールズ・ディケンズ・センター」の構内に置かれています。センターにはディケンズの作品にちなんだ展示物、壁絵、それに視聴覚教材などがあって、このセンター自体が楽しく、旅の思いがけないおみやげになっています。

「ロイヤル・ヴィクトリア・アンド・ブル・ホテル」は、まさに思い出のクリスマスカードに描かれていたヴィクトリア朝の宿屋そのものです。宣伝文に、「今皆さんがおられる宿は四百年ほど大昔に建てられたものです。その昔、同じ場所に別の宿屋がありました。『ブル』はロンドンとドーヴァーを結ぶ街道で、常時換え馬を用意している宿屋でした。毎日郵便馬車がここで馬を乗り継ぎ、乗客がしばしの憩いを楽しんだところです」とあります。

さらに、次のように紹介しています。

「この宿のもっとも有名な客人はヴィクトリア皇太子妃で、後のヴィクトリア女王です。皇太子妃は一八三六年の十一月二十九日御成りになっています。ディケンズは何度もここに泊まり、彼の代表作二作で、この宿を詳しく書いています。『ピックウィック・ペーパーズ』ではピックウィック・クラブの面々が初めて旅に出て泊まった「ロチェスターのブル旅館」として描き、『大いなる遺産』では「ブルー・ボア館」という屋号の宿屋になって、主人公のピップが、お向かいにあるギルド会館で鍛冶屋の年季奉公の証文を取り交わしていて、そのピップは後年この宿に逗留しています」

わたしたちもこのピックウィック・クラブの面々と同じように、丸一日の長旅を終え、この昔ながらの「ロチェスターのブル」で温かいもてなしを受け、これから先の冒険をあれこれと考えたのでした。

※ 人物スケッチ——チャールズ・ディケンズ

英国のもっとも有名な作家であるチャールズ・ディケンズの名前を知らない人がいるでしょうか？　若者であれば、『デーヴィッド・コパーフィールド』や『オリヴァー・トゥイスト』を読んでいるでしょうし、熟年になっていれば、数々の作品を読みあさった思い出があるでしょう。『二都物語』、『ピックウィック・ペーパーズ』、『ニコラス・ニックルビー』、『荒涼館』、『バーナビー・ラッジ』、『われらの互いの友』、未完成ながら芝居になっている『エドウィン・ドルードの謎』がありますね。ディケンズは作品を連載形式で発表していました。読者はどきどきしながら次の号を待っていました。『骨董屋』が連載されていたとき、大西洋を隔てたアメリカでは、『骨董屋』最終章の掲載誌を積んで大西洋を渡ってくる汽船を大勢の読者がニューヨーク港で待っていたといいます。ファンは、あのかわいそうな少女ネルがほんとうに死んでしまったのかどうか、確かめたかったのです（実際、ネルは死んでいました。ディケンズはいつものように情感たっぷりな、感傷的な結末を設けています）。

エンゲル教授が指摘しているように、ディケンズは世界で初めてペーパーバックという普及版を成功させた作家です。ディケンズは商売上手でもあったのですが、それは今なお彼の作品から芝居やミュージカル、映画が続々とつくられていることで証明されています。ディケンズは毎年のようにクリスマス物語を書きました。全部で五巻の短篇集になります。なかでも『クリスマスキャロル』が有名で、毎年各地で上演、上映、放映されています。

❖チャールズ・ディケンズ像（ワトキンズ画）。
チャールズ・ディケンズ博物館（ロンドン）提供

ディケンズの小説できわだっているのは会話と波乱万丈の筋立てです。もちろん、人物も、その名前を覚えてしまうほど素晴らしい描写で登場しています。彼は英国の社会の状況を鋭く観察し、孤児たちの窮状、社会的な搾取、刑罰のもたらす弊害、社会の犠牲者である幼い子どもたちの哀れむべき状態を取り上げました。『オリヴァー・トゥイスト』などにより、ディケンズが指摘した社会制度の「悪」がついには改革されたのです。

ディケンズ自身の生涯は一篇の小説を読むのと同じです。五歳から十歳にかけて、家族はケント州のチャタムで暮らし、ディケンズは幸せそのもので、楽天家の父親がいっしょだとなおいっそう楽しく幸せでした。ところが父親は浪費家でした。幼いチャールズに苦難のときが訪れます。父親が債務者監獄に送られ、家族もいっしょに監獄で暮らすことになるのです。チャールズが十二歳のときのことです。家族のなかで彼だけが監獄に入らず、靴墨問屋に奉公に出て、そこでもらう乏しい給金を家族に渡していたのです。ディケンズはこのときのことを、孤独で苛酷な少年時代であったと語っています。

わずかですが父親に親戚の遺産が転がり込んで、一家は監獄から出てきました。父親はチャールズを個人経営の学校に通わせました。ディケンズが受けた教育はごくお粗末なものでしたが、彼には才能があり、みずから学びとっていく性質があって、まれに見る成功を勝ち取っていったのです。

著書の販売促進と著作権保護の啓蒙を兼ねて、ディケンズは二度アメリカに渡っています。

自作自演の朗読会を各地で開催したのですが、それが素晴らしい舞台で、もしもディケンズに作家としての才能がないとしたら、おそらく舞台俳優として名を馳せていたであろうといわれています。まるで自作に酔いしれたように、語り手になり、主人公になり、脇役になって朗読していたのです。物語が劇的に展開するところにくると、朗読者である彼自身がすっかり興奮し、感情的になって、舞台のあとは口もきけずに寝込んでしまったときもあったといいます。何をやるにつけ、みずから好んで緊張感を高める生き方をしていたからでしょう、五十八歳と

❖キャサリン・ディケンズ像(ダニエル・マクリース画)。チャールズ・ディケンズ博物館(ロンドン)提供

いう若さで亡くなってしまったのですが、ディケンズは、ヴィクトリア朝イングランドのもっとも偉大な作家であるだけでなく、世界中の老若男女すべての人々に表情豊かに語りかけている作家なのです。

❋ シンキング・プレイス

ディケンズのあの厖大な著作が、一つのシンキング・プレイスから生まれたとはいえません。数あるなかで、夜のロンドン市街が、もっとも重要な役割を果たしていました。夕暮れから夜明けにかけて、ときには一〇マイルも一二マイルも歩いていました。こうして孤独な思索にふけるだけでなく、大都会ロンドンのさまざまな暮らしぶりを観察していて、その結果が未完の『エドウィン・ドルードの謎』を含む二十一巻の作品になっているのです。

ケント州の海浜保養地ブロードステアズにディケンズの「荒涼館」があります。彼の書いた小説に『荒涼館』がありますが、この海辺の家ではありません。この家の書斎には、北側が海に面した窓際にデスクがあり、そこに陶磁器のお猿さんが飾られています。きっと、このお猿さんがいないと落ち着いてものが書けなかったのかもしれません。デヴォンシア公爵に書いた手紙でこう述べています。

「海辺の新鮮な空気、そしてこの地にいるおかげで意欲がふつふつとわき上がり元気よく『デーヴィッド・コパーフィールド』を仕上げました」

ところで「ガズヒル」はディケンズにとってきわめてユニークなシンキング・プレイスでした。友人からスイス風の山小屋（シャレー）が贈られてきたのですが、ディケンズはこのシャレーをロチェスター街道を挟んだ屋敷の反対側にある森のなかに据えて、春と夏に使っていました。二階建てで、二階には六つの窓があります。書斎には壁に貼りつけた等身大の鏡があって、息子のチャールズが書いた『回想記』によると、芝居好きのディケンズは、執筆中、ときどきこの鏡の

❖ガスヒル・プレイスに建てられたスイス風シャレー（山小屋）で晩年はここをシンキング・プレイスにしていた

前で登場人物の表情や身体の動きなどを演じていたといいます。

二階にあるデスクからは麦畑が見えるし、そのずっと先にはテームズ川があります。ディケンズはデスクに望遠鏡を置いていました。シャレーの魅力はなんといってもインテリアにあるスイス風の装飾です。ディケンズはシャレーに飽きることはなく、後年、人目につかぬよう街道をくぐってシャレーに通えるようトンネルを掘っています。たいていは午前中に執筆し、午後は散歩をしていました。

晩年、傍（はた）の者にも彼の健康の衰えがわかるようになってきました。おそらく、そう長くは生きられない、なんとしても『エドウィン・ドルードの謎』を書き上げようと思ったのでしょう、それは一八七〇年の六月八日のことでしたが、シャレーで執筆しようと帰宅し、その夜、ディケンズは発作に襲われ、帰らぬ人となったのでした。

今日、シャレーはロチェスター（ケント州）のチャールズ・ディケンズ・センターに移設されて、誰でも見学することができます。

❋ 旅のおまけ

わたしたちのディケンズを訪ねる旅は前後二回になりましたが、それぞれに素晴らしい「おまけ」がありました。最初の旅は数年前のことですが、六月に開かれるディケンズ・フェステイバルに参加しようとブロードステアズに行ったときのことです。『クリスマスキャロル』の出しものには間に合ったのですが、泊まるところがありません。お芝居が終わったあと、ほうぼうで「ホテルはないか」とたずねたのですが、「全部ふさがっていますよ」との答えです。「素晴らしい出しものを観たというのに」と嘆いていると、

「あなたたち、『ディケンズ・ファン』なんですか?」

と訊いてくれた人がいました。なんと、それから一時間もかけて、彼はわたしたちを泊まらせてくれる民家を探し当ててくれたのです。ディケンズ万歳!

もう一つの「おまけ」は、史上名高き大英博物館「閲覧室」のチケット入手に手を貸してくれた英国の友人からのものです。驚いたことにこの閲覧室に、チャールズ・ディケンズ夫人、旧姓キャサリン・ホーガスが「レディー・マリア・クラターバック」というペンネームで書いた料理の本があったのです。本の題名は『ディナーは何を召し上がりますか?』です。息子のチャールズによると、たしかに母親のキャサリンが書いたもので、著者名「マリア・クラターバック」は、夫のディケンズがやった素人芝居で彼女が演じた役名だったといいます。いかにもヴィクトリア朝時代らしい話で、形見の品ともいえるでしょう。ディケンズ夫人はこの料理本を書いた理由を述べています。

「一家の主が自宅でディナーをとらないと嘆くご夫人方に、喜んで食事のメニューを教えて差

し上げましょう。季節によって、入手できる食材もあれば、温度が問題になる食材もあります。メニューは二、三人前のメニューと、八人、十人、十四人、十八人、二十人に出すもので違ってきます。人数が少なければお料理の品目も少なくなります。八人前から十人前で冬の季節なら、次のような料理がいいでしょう。

カレー・ロブスター、マトンの腰肉、ブロッコリ、焼きポテト、ピジョン・パイ、牡蠣のパティ、マントノン風カツレツ、ポテト、ボイル・ターキー、オイスター・ソース、ヤマシギ二羽、野ウサギ、タシギ四羽、キャビネットプディング、アップル・タルト、ロシア風シャルロット、ジャム」

キャサリンはごく普通のレシピとして、刻んだキャベツとジャガイモと肉の炒めもの、ラムの頭、ミンチ、スコッチ風ミンチ・カロップ、馬のすね肉入り野菜スープ、アルバート王子風プディング、ライス・ブラマンジェをあげていますが、ディケンズは歴史小説『バーナビー・ラッジ』で、次のように書いています。

食事といえば、まずはこうしたところ。ケトルにカップ、受け皿、小皿が所狭しとテーブルに載せられて、ギシギシ呻りを上げているというのに、ジューシーなビーフのもも肉、超一級のハム、バターをたっぷり使ったヨークシャーケーキの薄切りが何種類も、いかにも旨そうな風情でこれでもかこれでもかと積み上げられている。

『ピックウィック・ペーパーズ』では、朝食が二十五回、ディナーが三十二回、ランチが十回、それにお茶と夜食が十回に、軽食が六十五回も描かれています。若きディケンズの健啖ぶりがうかがわれますが、われらが料理本の著者キャサリンは、きゃしゃで可憐な乙女から、お太り気味のヴィクトリア朝既婚婦人へと変貌していきます。ディケンズが離婚をいい出し、子どもを残したままキャサリンを家から出したのは悲しいことです。彼には、長い間秘めていた女性がいたのです。

ところで、いくつになってもほっそりしていたチャールズはどんな様子だったのでしょう。『マーティン・チャズルウイット』には、ファッション通の小説家が描かれています。

……暖炉の前に小さなテーブルを引き寄せ、なかまで焼き上げたステーキと湯気を立てているポテトに取りかかった。見てよし、食べてよし、素晴らしい料理を楽しんだ。わきには、水差しのような大きなジョッキが立っていて、最高級のウィルトシアビールが注がれていた。何もかもが素晴らしかった。ときおり、ナイフとフォークを置き、手をこすり、いったいこれはどうしたことなのか考えるのだった。

もしもキャサリンが彼女の夫と同じように書くだけだったら、その料理本は大英博物館の棚で眠ってはいなかったでしょう。
その証拠に、『ディケンズのクリスマス・パンチ』と呼ばれる飲み物のレシピがあります。チャールズ・ディケンズ博物館のソフィー・スレードさんからの贈り物です。

スモーキング・ビショップ
（オレンジとクローヴの香り漂うポートワイン）

セビリヤ・オレンジ　六個
砂糖　二分の一カップ
クローヴ（香味料）
赤ワイン　一クォート（約一リットル）
ルビーポート（ポルトガル産酒精強化ワイン）　一瓶

セビリヤ・オレンジをオーブンで二〇分ほど、黄金色になるまで焼きます。ついで、オレンジ六個のそれぞれにクローヴを一個ずつ刺して、温めておいたガラス容器（あるいは陶器のボール）に入れます。砂糖を加え、ワインを注ぎます。ただしポートワインは別にしておきます。

容器に蓋をし、一日間、暖かいところに置きます。この後、オレンジをワインに絞り入れ、篩（ふるい）でこして、殺菌した瓶につめて保存します。食卓に供するとき、ポートワインを加え、平なべで加熱します。このとき煮立たせないように注意します。脚付きのカップ（ゴブレット）に注いで温かいビショップを楽しみます。あるいは、瓶に注いで、ぐつぐつ煮え立つ湯で温めます。こうすると、すぐ温まり、また注ぎやすくなります。季節によりセビリヤ・オレンジが入手できないときは、スィートオレンジ五個とグレープフルーツ（黄）一個を使います。

ロバート・ルイ・スティーヴンソン

一八五〇―一八九四年

ぼくにとって、旅に行先はない、どこだってよかった、行くだけだ。旅のための旅をする。大切なのは動くことだ。

――『旅はロバを連れて』

幸せになろうと思うなら、そのことを義務として努力しなければならない。

――『怠け者の言い訳』

誇りをもち、屈することなく耐え忍ぶ潔き力を与えたまえ
勇気と快活をわれらに。友と分かち合おう、静穏なる精神を、
敵なる力を鎮め和らげる知力を与えたまえ。

聖ジャイルズ寺院にあるスティーヴンソン記念像に刻まれた祈禱文

※

訪問記――地球の向こう側サモアへ

　スティーヴンソンを訪ねるのですから、当然生まれ故郷スコットランドの首都エディンバラからスタートするべきです。でも、わたしたちはそうはせず、南太平洋にある小さな島、サモアへの長い船旅をとることにしました。

　たいていは子どものとき、スティーヴンソンを読んでいます。あの童謡集の『子どもの歌の園』や冒険小説『宝島』、そしてもう少し大きくなってからは『ジキル博士とハイド氏の奇妙な事件』などを読むでしょう。後年彼は、「わたしの人生は、どんな詩よりもずっと面白い」と書いているのですが、いったいどのように生涯を送り、どのように各地を旅行したのか、話の種は山ほどあるようです。

　スティーヴンソンは旅を愛し、新しい経験を楽しみました。わたしたちはそのスティーヴンソンと同じように旅を重ね、新しいミュージカルの材料を仕入れようとしたのです。彼は冒険好きで、南太平洋の島々を航海し、短い生涯の最後の四年間をサモアで暮らしたのですが、わたしたちはその彼の生涯をたどり、多くを学びました。それはすてきなミュージカルの幕開きのように思えました。スティーヴンソンの生涯の一章を明らかにしようと思っても、サモアはあまりにも遠くにあり、長い航海をしなければなりません（わたしたちはどうにか航海ができたのですが）。

このとき、二人の人物がわたしたちのサモア行きを後押ししてくれました。友人のモーリス・ウェズナー提督が、万難を排して決行すべきだ、といってくれたのです。彼は太平洋沿岸に配備されている海軍の総司令官で、公用で何度か西サモアに行っていました。実際に、サモアの議会指導者である酋長（チーフ）たちは、提督を「大酋長（ハイチーフ）」と呼んで敬意を表していました。あとになっていろいろと学んだのですが、サモアの伝統的な部族社会では、現代でもスティーヴンソンが訪れた時代と同様に、「大酋長」がもっとも権威のある支配者であり裁きの人なのです。この「大酋長」のスポークスマンが「代弁酋長（トーキングチーフ）」と呼ばれているのも面白い話です。

もう一人は、有名なミュージカル『南太平洋』の作者R・ミッチェナーです。彼は、サモアの酋長と結婚したフェイ・アライリマが書いた『アギー・グレイ――サモア物語』に序文をよせています。この本はサモアの「アギー・グレイズ・ホテル」の歴史物語といってもいいでしょう。百年前、英国植民地移動大使のウィリー・スワンソンが戦闘的なサモアの酋長の娘ペレと恋に落ちたときから始まっています。ウィリーとペレは結婚し、アギーが生まれます。アギーは立派な事業家になり、第二次世界大戦が始まる前に、賄いつきの下宿屋を営みます。これが今日の「アギー・グレイズ・ホテル」になったのです。

勤勉でビジネス感覚にすぐれたアギーは南太平洋諸島で初めてのホテルを開きました。戦争中、この地に派遣された兵士たちは休暇が出るとアピアの町に行き、ヤシの葉で屋根をふいたホテルで素晴らしい島の料理を食べ、夜になるとアギーや美しい娘たちが現われ、いっしょに世にも名高いシヴァシヴァを踊った、といいます。

二人の友人に南太平洋を学び、さらにスティーヴンソンのことを学んでからサモアを訪れ、すぐさまヴァエア山に登り、スティーヴンソンのお墓参りをしました。お墓は、ほぼ一時間まっすぐ上へ上へと登った頂上にあります。スティーヴンソンの有名なレクイエムが刻まれています。

ひろびろと、星きらめく空の下
墓を設（しつら）え、我を葬りたまえ
楽しく生き、楽しく死す
己が意志によりここに眠る

❖スティーヴンソン、家族、ヴァイリマ屋敷のスタッフ

ここに刻むは我を弔(とむら)うの歌
かくあれと願うがところに眠る
船人は海を家とし
狩人は丘を家とし

下山はきびしく、身体がかっかと燃え立つような有り様でしたが、この後、山からの冷たい流れが注ぎ込んでいる「スティーヴンソン池」に飛び込みました。

スティーヴンソンが暮らしていた「ヴァイリマ屋敷」はヴァエア山の麓にあります。家族の話では、スティーヴンソンはその晩年、しばしば山頂に登ってはあたりを見渡し、自分が葬られるべき場所をあらかじめ決めていたようです。この屋敷はわたしたちが訪ねたとき今にも崩れそうになっていたのですが、ユタ州プロヴォの伝道グループが屋敷を復旧させる計画であるとの掲示がありました。帰国してからこのグループに接触したのですが、彼らは若いときサモアでモルモン教の伝道をしていて、最近はサモア熱帯雨林を救う運動をしていると知りました。ヴァイリマ屋敷の復旧はサモアの人々への贈り物なのです。わたしたちはこうして長年にわたって、彼らはもちろん、大勢のスティーヴンソン賛美のファンたちと友人づきあいをしています。

それから一年経って、復旧工事開始の式典に参加するためサモアに戻りました。起工式ではサモアの要人や来賓の挨拶があり、スティーヴンソンの『レクイエム』のコーラスがありました。あの墓碑銘に曲がつけられていたのです。式典ではアギー・グレイズ・ホテルのスタッフが食事を用意してくれました。工事の後援者やらユタから来た人々と知り合い、エレン・シェファーにも再会しました。彼女はこのとき八十九歳でした。もう引退していましたがシルヴェラード博物館の館長を務めていました。

シルヴェラードは、カリフォルニアのセントヘレナ山にある「ロバート・ルイ・スティーヴンソン国立公園」のことです。彼の銅像も建っています。若きスティーヴンソンがフランスで一目惚れしたファニーを追ってアメリカに渡り、苦心の末彼女を射とめ蜜月を過ごした鉱夫小屋のあるところです。ユタの

❖著者の一人キャロライン。スティーヴンソン記念小学校の生徒とともに(アピア市、サモア)

人々の尽力で、博物館長エレン・シェファーの生涯の夢であったサモア訪問の願いがかなったのです。

ワーズワースの章でも書きましたが、このとき初めて多産作家のハンター・デーヴィスとその夫人マーガレット・フォスターに会いました。二人ともよく知られた英国作家です。ハンター・デーヴィスにはわたしたちの好きなウィリアム・ワーズワースとベアトリクス・ポッターの著書があるのですが、スティーヴンソンについても情熱を傾けた素晴らしい『物語の語り手――ロバート・ルイ・スティーヴンソンを求めて』を書いています。

ハンターはとくに医者としての見解から、スティーヴンソンに興味をもっています。それというのも、スティーヴンソンが慢性的な結核の持病に悩まされていたことが、多くの作家たちの推測・憶測を呼んでいるからです。一般的にはその病気は結核症であるとされていますが、本書の著者の一人であるジャック・フレミングはさまざまな理由から、スティーヴンソンは結核ではなかった、と推定しています。ジャックは心臓病が専門で、肺疾患の医者ではないのですが、彼の意見では当時X線がまだ発見されていなかったので、決定的な診断がなされたわけではないし、また、スティーヴンソンが激痛に苦しんでいたエピソードが多々あるにもかかわらず、彼に近い人々が誰一人として同じ病気にかかっていないということから、ジャックは、スティーヴンソンの肺出血はおそらく幼児期に病んだ結核の後遺症か、あるいは体質的な、遺伝性の疾患ではないか、と述べています。ハンターも、著書のなかでこのジャックの仮説に触れています。

次の年、わたしたちは三回目のサモア詣でをしました。スティーヴンソンの死後百年目にあたり、大きな記念行事があったのです。スコットランド、ニュージーランド、日本、英国、アメリカをはじめ、それこそ世界中のスティーヴンソンのファンたちがやってきました。見事に修復されて面目を一新したヴァイリマ屋敷の開所式に集まったのです（詳しくは「旅のおまけ」をご覧ください）。

このときのために、わたしたちはスティーヴンソンを主人公として、物語と抒情詩でミュージカル『イマジネーション！　南太平洋のスティーヴンソン』を書きました。作曲は国際的によく知られているアラン・ポテです。はるか離れた太平洋の島で、しかもスティーヴンソンゆかりのヴァイリマ屋敷の復旧起工式と没後百年記念行事の二つのイベントで、スティーヴンソン記念小学校の子どもたちとサモア大学の学生たちの『イマジネーション！』のコーラスを聴くとは、いかにも心温まる楽しい経験でした。

スティーヴンソンは「旅するための旅」を愛していました。四十四年という短い生涯で、しかも健康の問題があったというのに、彼は地球のかなりの部分を旅しています。わたしたちはサモア旅行を終えてから、スティーヴンソンの足取りをたどってみました。エディンバラ、スコットランドとその周辺。妻となるファニーに出会ったフランスのグレー・シュル・ロワン。フォンテンブローの近くです。南フランスのセヴェンヌ山脈ではくいしん坊の雌ロバ「モデスティン」を友として十日ほど旅をしています。

ワインで名高いカリフォルニアのナパ渓谷にあるモンテレー、セントヘレナで、彼はファニーに求婚し結婚しました。その後フランスの地中海沿岸コート・ダジュールのイエールに行きますが、このときに出版された『シルヴェラード・スカッター（シルヴェラード鉱山滞在記）』や『宝島』の評判がよく、スティーヴンソンにとってもっとも幸せなときといえます。

サナトリウムのあるサラナクレーク（ニューヨーク州）で、スティーヴンソンはトルドー博士を訪ねて肺を診てもらい、滞在中、妻ファニーの連れ子イザベルを連れて、ハワイ王を訪ねています。太平洋諸島をめぐって航海しましたが、サモアで晩年の四年間を過ごしました。彼の健康がもっともよい時期で、充実した時間を過ごしたものと思われます。ここで亡くなりヴァエア山に葬られたのです。わたしたちは、スイスのダヴォスと太平洋の孤島を除いて、スティーヴンソンゆかりの地のすべてを旅することができました。

ところで、わたしたちの旅行で何が最高かといえば、あのウェールズで毎年開かれている歌と踊りのお祭り「アイステッドファッド芸術祭」に参加し、その後エディンバラに行ったときのことです。ウェールズから低地スコットランドに向かうドライブでのことです。芸術祭で予定以上過ごしたため、夕暮れどきにやっとエディンバラの近くまで着いたのですが、急な宿探しですから泊まるところがありません。しかも、エディンバラは恒例の「エディンバラ祭」の最中だったのです！　がっかりしていたのですが、ともかく当たってみようと、スティーヴンソンファンの友人アリスター・ファーソンを訪ねました。彼はエディンバラのスティーヴンソン・クラブの名誉会長です。ありがたいことに、彼が部屋探しをしてくれました。開業したばかりのB&Bです。しかも、所もあろうに「ヘリオットロウ十七番地」ではないですか。スティーヴンソン家が一八五七年以来暮らしていた家なのです。小さな部屋があって、窓からのぞくと昔の街灯が残っています。スティーヴンソンが少年時代を過ごした部屋です。ベッドが一台だったので、わたしたちは交替でこのベッドを使うことにしました。もう一つは下の階にある乳母のカミーの部屋です。カミーは怖いお話が得意な人で、この部屋に長いこと暮らしていました。

サモアに旅立つ前のことでしたが、カリフォルニア在住のスティーヴンソンファンと会いました。とても魅力的な女性でした。「サモアに行くなら、スティーヴンソンのお墓にこのメダルを供えてはくれまいか、わたしが愛した人の記念の品なのです、そうしてもらえればどれほど嬉しいことか」という話でした。サモアにスティーヴンソンが葬られていることが知られた今では、サモア旅行ときけば、誰もが同じことを口にするのですが、彼女はこういいました。「ひとたびスティーヴンソンの魅力にとりつかれたら、もうけっして逃れることができません！」

このときからだいぶ経ちました。この間、スティーヴンソンを記念する行事に数多く参加しました。どれほど数多くのスティーヴンソン賛美者に会ってきたことでしょう。彼女の言葉は真実でした。スティーヴンソンはわくわくするほど魅力的で、永遠に若々しく生気に満ちているのです。

※

人物スケッチ――ロバート・ルイ・スティーヴンソン

ギリシアの昔から「神が愛したもう者は若くして死す」という言葉がある。「若さ」が尊いことをいう格言だが、ここでいう「若さ」は年齢が若いという「若さ」ではなく、みずみずしい「若さ」の溢れる精神のことである――スティーヴンソンは随筆集『若き人々のために』の一節でこう述べています。これは、彼が愛した小説家、詩人、随筆家、書簡文例作家たちの生命観、人生観でもあるのです。スティーヴンソンはごく若いときから肺疾患でそう長くは生きられないと知っていたので、その短い人生を臆病に生きるよりも、大胆に、あらゆる可能性に挑戦していこうと決めたのでした。

それがどのような生涯であったか。彼に接した人々、彼の生涯を研究した人々が、異口同音に証言しています。スティーヴンソンの生涯は、彼が書いたどの冒険小説よりも心躍らせる感動的な物語なのです。彼が四十四歳という若さで亡くなったとき、どれほど多くの冒険物語や詩編が書かれることなく失われたことか。語り継ぐことなく、朗誦することなく死産してしまったことか、と人々は嘆きました。虚弱で病気がちな子どもが、おそらくは母親や乳母のカミーが過保護なまでに溺愛したからでしょうが、成人し、虚弱で病気がちのまま冒険の数々を生き抜いたのです。いったい誰が想像できたことでしょう。

箇条書きで書いてみましょう。

○若いとき、エディンバラの悪所で飲み騒いだ。
○フランスの山岳地帯をロバのモデスティンだけを友として旅した。
○一目惚れした女性を追って大西洋をめぐり航海した。この女性を追いかけて、移民列車の寒さと飢えに耐えながら、アメリカ大陸を横断した。サンフランシスコとモンテレーで、一日の

❖ロバート・ルイ・スティーヴンソン

食費わずか二五セントという耐乏生活を送った。おかげで、恋人ファニーが再婚を決心した。

○ガラガラヘビが巣食っていた廃鉱の水車小屋でハネムーンを過ごした。

○高地スコットランドで暮らし、書いた。この後、スイスの山岳地帯に行った。病気をしていたが、南フランスの魅力にとりつかれ、それからイングランド南部のイギリス海峡に臨む保養地ボーンマスに落ち着き、知人たちとの旧交を温めた。

○厳寒のなか、ニューヨーク州東部のアディロンダック山地を旅行、持病が気になり、土地の有名な医者を訪ねた。

○帆船「カスコ」をチャーターして太平洋上のマルケサス諸島、タヒチ島を探索した（帆船には妻のファニー、十歳になる彼女の息子、それと、ヴィクトリア朝様式のレースの帽子をつけたおすまし屋の母親がいて、皆太平洋に恐れをなしていましたが、船にはまさかのときにそなえて棺桶を積み込んでいました。何カ月もの航海で、彼らがどのような話をしていたのか、想像してみるのも面白いでしょう）。

○ハワイに航海し、ハワイ王家と親しくなった。

○「赤道号」で多数の太平洋諸島を訪れた。友好的に迎えてくれた島々があったが、食人風習のある島は別であった。

○生魚や諸々の成分不詳の混合飲料で生き延びている王女がいる離島を発見した。

○サモアに住むことにしたが、ここでサモア的生活、サモア的生き方を自分の生活にしようと考えた。そして、サモアの人々から「トゥシタラ（語り部）」と呼ばれた。
○外洋の激しい暴風をものともせず、何回かオーストラリアに旅行した。
○台風や熱帯の暑さに耐えながらハワイに戻った。
○ヴァイリマの地主としてサモアに定住する。召使いにはスコットランド格子縞のあるワンピースの「ラーヴァラーヴァ」を着せていた。

どうでしょう？　皆さんもわたしたちと同じように、スティーヴンソンの生涯が、彼が書いた本で活躍する人物でさえも誰一人として経験することがなかったような冒険に溢れていて、豪胆な精神がなければ耐えられなかったものだった、と思うでしょう。

エディンバラのヘリオットロウ十七番地で、あの小さな子ども部屋のベッドで、彼が空想遊びをしたとしたら、その空想世界ではいったい何が主役だったのでしょう。艱難辛苦に耐え抜く「精神力」であったかもしれません。どんな危険に直面しても、その「精神力」があまりにも豪胆なので、危険の方が怖れをなして逃げていくことでしょう。

スティーヴンソンはこの人生哲学を、後に著書『怠け者の言い訳』でこう述べています。

幸せになろうと思うなら、そのことを義務として努力しなければならない。幸せになるとは、この世界に幸せの種をまくことだ。それは誰が恵んだものかわからない。自分にも、種をまいた覚えがない。もしも種が芽を出し、姿が現われたら、驚くのは誰であろう恵み主だ。

きっと、スティーヴンソンはあの世に行ってからも未知の島々を探索しているでしょう。彼が書いてきた物語で、どれほど多くの人々が幸せになったか知ったならば、その数があまりにも多いので、あの世で驚くことでしょう。

スティーヴンソンの生涯を語るとき、妻のファニーについても語らなければなりません。スティーヴンソンも異論はないはずです。ファニーは一般にいう美人ではありませんが、最初の夫サム・オズボーンも、再婚したスティーヴンソンも、初めて彼女に出会ったときから恋に落ちてしまったのです。スティーヴンソンに従い世界の果てまでついていける女性がいたでしょうか。ファニーほど気持ちよく嫌な顔を見せずに旅したでしょうか。必要があれば、果樹園づくりを学び、慣れない環境で、一介の労働者として懸命に働きました。ヴァイリマの屋敷でも、壁紙にサモアタパ布を選び部屋によって色を変えるなどの工夫を凝らしています。そして、家事万端、生粋の主婦ぶりを示し、料理の名人でした。加えてファニーは、なんといってもスティーヴンソン同様に冒険家であったといえます。

前夫のオズボーンが金鉱を求めてカリフォルニアやネヴァダに行ったとき、彼女は二人の子どもを引き連れてあとを追いました。オハイオからニューヨークへ、それから船で中央アメリカへ渡り、パナマ地峡を横断する旅ですが、ほとんどが徒歩の旅でした。鉱山にキャンプしていたときのファニーについては、娘のイザベル・フィールドが書いた『これぞわが愛（いと）しの人生』にいろいろ面白いエピソードが書かれています。ちなみに、イザベルの本は『風と共に去りぬ』（マーガレット・ミッチェル）が小説部門でベストセラーになった一九三六年、ノンフィクション部門でベストセラーになっていました。

若いときのファニーの冒険的な話でいえば、彼女が時代に先駆けたフェミニスト（女権主張者）であったことです。夫のサム・オズボーンが彼女を裏切ったとき、彼女には行くべき道がないように思えたのですが、三人の子どもを連れてベルギーに行き、そこで将来の暮らしにそなえて絵画を学ぼうとします。美術学校のお偉方たちは、女性が絵画を学ぶはずはない、もしも裸体モデル志願だったら大ごとだ、と入学を拒否します。彼女は子どもたちを連れてパリに行き、それからフォンテンブロー近くのグレーに行きます。グレーはボヘミアンの芸術家たちの「村」で、ここでスティーヴンソンが窓から彼女の姿を一目見て恋に落ちたのでした。ファニーもまたボヘミアンであり、才能豊か、意志堅固な女性で、その生涯で数多くの男たちを虜にした魅惑的な女性だったのです。

スティーヴンソンと彼の類まれな妻ファニー、この二人の伝記ほど感動的なものはないのですが、たとえば、スティーヴンソンは詩でファニーをこう称えています。

教師であり、われを介護し、戦友で妻
永久にともに旅を重ねる旅人よ
誠なる魂の人よ
父なる神の
われに与えたもうた妻よ

ファニーについてさらに事細かく知りたくなる話があります。スティーヴンソンが亡くなったあと、ファニーは秘書兼コンパニオンとしてエドワード・ソールズベリー・フィールドを雇いました。「コンパニオン」とはこの場合「住み込みの話し相手」です。彼は「ネッド」と呼ばれていました。このときから十一年間、二人は離れることがなかったのですが、ネッドはファニーのことを語って「ほかの誰でもない、彼女のためなら死んでもいい」といっていました。ファニーが六十歳になろうというときで、ネッドは二十三歳でした。

ファニーは大きな目的をもっていました。スティーヴンソンの作品集を新たに編集出版し、これによって彼の文学を不朽のものとしようと考えたのです。この大きな目的を果たすためにネッドが役立つものと期待したのです。ネッドは劇作家でした。これは偶然ですが、ファニーの娘イザベルの息子、ファニーの孫にあたるオースティンも劇作家で、後にネッドとオースティンの作品が同じ時期にブロードウエイで上演されるようになります。ファニーの死後、娘のイザベルはネッドと結婚しました。彼女は五十六歳で、ネッドは三十四歳でした。

スティーヴンソンの女性の描写はかならずしも見事な出来とはいえません。自分にきわめて近い存在であるファニーとイザベルという、二人のきわめて個性的な女性を観察するのが精いっぱいだったのでしょう。スティーヴンソンは詩歌、エッセー、短編小説、旅行記、サモアの歴史、もちろん長編小説といったすべての文学ジャンルで作品を残しています。ただし戯曲ではW・E・ヘンリーとの共作で二曲ありますが、これらは成功していません。書簡集が残されましたが、彼の優しく寛大な人柄がにじみ出ています。いずれにせよ、もっとも多作の作家であったといえます。

一世紀以上も経った今もなお、彼の生涯と作品を研究した本が書かれています。そのいくつかは、絶版になることなく版を重ねています。彼の作品『宝島』『誘拐されて』『バラントレーの若殿』『旅はロバを連れて』では、読者の冒険心を満足させ、『ジキル博士とハイド氏(の不思議な事件)』は、この作品自体が不思議をはらんでいました。夢見のいい日のこと、よく仕事をしたあとのことですが、スティーヴンソンは書き上げたばかりの短編で、ジキル博士を書いた作品をファニーに見せました。ファニーは読んで、この物語には寓意とすべきものがない、と指摘したのです。まさに驚きでした。スティーヴンソンは彼女の批評眼を高く評価していたのでしょう、原稿を暖炉に放り込んだのです。作品を書き改めました。おかげで『ジキル博士とハイド氏』は本だけではなく、芝居や映画にもなって、今でも数百万の読者、観客が心から作者に感謝をささげる作品となっているのです。そして、この表題が「分身願望」を表わす英語の成句にまでなっています。

スティーヴンソン自身はどういう人格だったのでしょう。エピソードが数多くありますが、それから察して、彼は人々を愛し、寛大な、心優しい人物でした。交際上手で、誰とでもすぐ友人になり、いつまでもその友情を大切にしました。手紙のやり取りも楽しみ、そして可能なかぎり世界を旅し、楽しみました。サモアでの晩年を感謝しながら過ごしました。サモアは必ずしもパラダイスではなかったのですが、スティーヴンソンはサモアを愛しました。今でも、サモアの人たちはスティーヴンソンを「トゥシタラ（語り部）」と呼んでいます。スティーヴンソンはたっぷりと、豊かな人生を過ごしたのですが、あっという間に、いきなり亡くなってしまいました。年齢が若かっただけではありません、彼は神がお召しになるほどに、みずみずしい精神をもっていたのです。

※シンキング・プレイス

ミッチェナーの『世界はわが家』ではありませんが、スティーヴンソンほど世界をわが家といえる人はいないでしょう。ですから、スティーヴンソンの「シンキング・プレイス」も広範囲に及んでいます。執筆した場所はといえば、ほとんどがベッドかカウチ、それも、特別な背もたれのあるもので、そこでスティーヴンソン独特の姿勢で書いていたのです。一八八七年から翌八八年にかけてスティーヴンソンの存命中につくられたメダイヨン（大メダル）に、この姿が残されています。彫刻家オーガスタ・サン-ゴードンが作成したもので、古代ギリシアの貨幣を模した浮彫の肖像です。彫像の原型ではタバコを手にしています。このスティーヴンソン像の原型は、小さい像ですが、エディンバラの聖ジャイルズ寺院にあります。いつものタバコではなくペンを手にしています。寺院であることを配慮してのことでしょう。

もう一つ、スティーヴンソンファンにお馴染みの肖像があります。スティーヴンソンが立っていて、妻ファニーの連れ子イザベルに口述している姿です。イザベルはヴァイリマ

❖メダイヨン（貨幣型の円形浮彫肖像）。スティーヴンソンはベッドに背当てをして執筆していた。エディンバラ作家博物館提供。

屋敷での書記でした。スティーヴンソンは早起きで、ベッドに背当てをして執筆したり、ポーチに出て歩き、構想がまとまるとイザベルに口述していたのです。

スティーヴンソンは多くの人々と絶えず文通していました。誰からの手紙でも、かならず返事を書いていました。いろいろな土地の人たちと文通しながら、たくさんのことを考え、構想を練っていたのです。

スティーヴンソンの創造性、独創力について面白い話があります。それはスコットランドの妖精ブローニーのおかげだというのです。ブローニーは夜中に現われてひそかに農家の仕事をしてくれるという小妖精です。

頭のなかの劇場の可愛いマネージャーなのさ……ほんとに物語を創ったり演じたりする……ぼくが眠っている間に半分くらい仕事をしてくれる……ぼくが起きたら、ちょうどうまく片づけられるように、後の半分を残しておいてくれる。

そして、この小妖精たちは「ときにはむら気を起こして、悪夢に現われた」りしたのです。彼の想像力は幼いときに育まれたのですが、長い間世話になった乳母のカミーが語る気味の悪い、それでいてひどく魅力のあるお話のおかげだといいます。このカミーのことは『子どもの詩の園』に書いています。それと、父親が灯台の技師だったので、幼いときスコットランドの各地の海辺で暮らしていました。これも得難い経験だったでしょう。大人になってからのスティーヴンソンの「シンキング・プレイス」は世界中であったといえますが、その世界中で、幾世代にわたり今なお人々は彼の作品を読み、スティーヴンソンに負けじと想像力をかきたてているのです。

❋ 旅のおまけ

いろいろな意味で、サモアは牧歌的ともいえる南太平洋のパラダイスです。たしかに文明の波がサモアを覆うようになっていますが、この島とその温かい友好的な人々は、伝統的な魅力と美しさを失っていません。百年以上も昔にスティーヴンソンが愛したファア・サモア（サモア的なやり方）は今日でも消えずに大切にされています。

サモアに四回旅行していますが、それぞれの旅が特別なおもむきをもち、予期しなかった楽しみを与えてくれています。最初に訪れたときは、あまりにも素晴らしい景色やその文化に驚きました。二度目の旅では、大勢の新しい友人ができ、スティーヴンソンの屋敷の復旧工事が始まるのを見ました。三度目は、世界中からスティーヴンソンファンが集まり、没後百年を記念する行事に参加し、ヴァイリマ屋敷の復旧を祝いました。そして二〇〇五年の四度目の訪問では、さらに磨きがかかったヴァイリマ屋敷を見たのです。

三度目のときは、スティーヴンソン祭とサモア・カヌー大会がアピアの町の「背景」でした。サモア中からチームが集まり、南太平洋カヌー大会の準備をしていたのです。ハワイでお馴染みの、昔ながらの舷外浮材の付いたアウトリガーカヌーは近代的な細身の競技用シェルボートになっていて、若い男女がチームを組んでいました。若者たちが午後遅くまで練習をして、刻々と色彩を変えていく夕日を浴び、シルエットになっていったのです。

お祭りのパレードや、スティーヴンソンを記念した山車(だし)が出て、「ヴァイリマ・ビール」までふるまわれました。スティーヴンソンの尊称である「トゥシタラ（語り部）」の屋号を掲げた山車もありました。

まだ暗い朝のうち、観光客や町の人々が、もちろん裾の長いローブを羽織った子どもの聖歌隊もいっしょに、ヴァイリマに近いヴァエア山の裾野に集まりました。キャンドルに灯をともし参加者全員に与えられたのですが、蠟が垂れて落ちないように、蠟燭を大きな木の葉に刺していました。それは素晴らしい、感動的な光景でした。大勢の人々がちかちか揺らいだキャンドルを手にして山を登っていくのです。身体はひ弱でしたが、その精神はまるで巨人のようであった人物に敬意を表するがために、ひたすら山を登っていくのです。

人々は息せき切って山を登り、ロバート・ルイ・スティーヴンソンと妻ファニーのお墓に集まりました。墓石はサモア酋長の墓を模したもので、モルタルでつくられ白く塗られていました。スティーヴンソンのお墓には彼の『レクイエム』が刻まれ、スコットランドのアザミと、ハイビスカスの花が咲いていました。そして、ファニーのお墓には、なんとふさわしい花でしょう、オニユリがあるのです。

山の頂にあるお墓から下を眺めると、太平洋が果てしなく広がっています。太平洋からのそよ風が熱帯樹木や草木を揺るがせています。かなり強いスコットランドなまりの俳優が朗読をしました。町の人々と聖歌隊が合唱しました。お墓のそばで、キルトを巻いたスコットランド人がバグパイプを演奏し、サモア人が土地の楽器を打ち鳴らしました。息をのむような、心に深く残る光景でした。いかにも爽快な経験！　スティーヴンソンも、ファニーも、この光景がお気に召したことでしょう。

太陽が昇って大気が暑くなっているなかをでこぼこの山道を下り、下り切ったところで、

❖サモアの主都アピア近郊にあるロバート・ルイ・スティーヴンソンが晩年を過ごしたヴァイリマ屋敷

大勢の人たちが冷たい水をたたえたスティーヴンソン池に飛び込みました。この池で泳ぐのは、二回目の訪問で経験していました。次の日はヴァイリマ屋敷の開所式で、祭りの参加者全員が集まりました。屋敷は見事に改修され、回廊やベランダができていました。部屋の壁紙はタパ布で、まるでスティーヴンソンとファニーが暮らしていた当時のようです。開所式はサモアとスコットランド文化を混ぜ合わせた、「スティーヴンソン好み」というものでした。熱っぽく「トゥシタラ」を称えるスピーチがあり、民族衣装を着たサモア人と世界中からやってきた仲間たちが歌い踊りました。これまでに訪れた太平洋のどの島でも見られなかった光景です。

そしてこれはいつものことですが、「古き」知人たちとの再会、たくさんのスティーヴンソンファンとの「新しき」出会いがありました。もちろん、誰もかれもがすぐさま友人同士になりました。

スティーヴンソンの研究家、スコットランドの作家、俳優、蒐集家、大学教授の皆さんそれぞれがスティーヴンソンとファニーへの温かい思いと記憶をもって集まったのです。

ラドヤード・キプリング

一八六五―一九三六年

俺たちゃ道に迷った哀れな子羊さ　メエメエメエ！
俺たちゃ道をまちがえちまった黒い羊さ　メエエエエ！
おちぶれ英軍兵士はやりたい放題
ここでもだめなら永遠にだめさ
おお神よ　こんな俺たちにどうかご慈悲を　メエ、ヤー、メエエ！

――『落ちぶれ英軍兵士』

皮がむけるまでお前を殴ったこともあった
けれどお前を創りたもうた神にかけていおう
お前のほうが俺よりはるかにすぐれた人間だよ　ガンガ・ディン！

――『ガンガ・ディン』

弾丸にかみついてみせろよ、なあ、あいつらにおまえがちっとも
怖がってなんかいないって思い知らせてやるんだ。

――――『消えた光』

※

訪問記――サセックス

キプリングの詩をもとにつくられた歌を、昔よく歌ったものでした。口ずさんだことがある人もいるのではないでしょうか。

マンダレイへと向かう道
飛び魚どもが　空を舞う
やがては夜明け　雷(いかずち)のごとく
あの海のかなた　チャイナの地から！

この詩には、一九〇三年当時の英文学界でも屈指の作家ラドヤード・キプリングがもっていた才能、世界中をめぐった旅の軌跡、そして揺るぎない強さのすべてが凝縮されています。わ

たしたち二人もこの歌にキプリングへの思いを馳せながら、英国サセックス州の田園にある、彼の暮らしていたベイトマンズ屋敷に向かいました。

ラドヤード・キプリングは小説、詩、短編までじつに多くの作品を書き上げました。作品の多くは彼が若いころを過ごしたインドや、今はミャンマーと呼ばれているビルマが題材となっています。アメリカで数年暮らしたあと、英国に戻りましたが、そのころすでに作家としての彼の名はあまねく知れ渡っており、イースト・サセックス州のロッティンディーンにあった彼の家には、近くの保養地ブライトンからの観光客がどっと押し寄せてきました。そこでキプリング一家はサセックス州バーウォッシュ近くの、より人里離れた田舎にあるベイトマンズの館へと居を移します。一七世紀に建てられたこの館は、まわりに豊かな木々が生い茂り、いたって安らぎの得られる環境にあり、まさにキプリングの理想の家でした。彼は亡くなるまで三十年以上にわたって、ずっとここで暮らしたのです。

キプリングは、石造りの大きな館と周辺の建物も含めた三三エーカー（約一三キロ平方メートル）の広大な敷地を、当時の価格にして九三〇〇ポンドで購入しました。そこには一七五〇年につくられた古い水車小屋がありました。現在ここには庭園とキプリングが愛用したロールス・ロイスが置かれた車庫、水車とその貯水池、梨の木でつくられためずらしいアーチ、そしてダドウェル川を見下ろせる静かな一画があります。ここに来ると、キプリングが屋敷の敷地や周囲の田園風景のなかをのんびりと散歩したり、池で子どもたちと水遊びをして楽しんだであろう姿がありありと思い浮かびます。

初めてベイトマンズを訪れたのは身がぎゅっと引き締まるような冬の日で、観光シーズンは終わっていました。そういえばヴァージニア・ウルフの家を訪れたのも同じようにオフシーズンでした。季節はずれの訪問にもかかわらず、ベイトマンズの管理人はこころよく家のなかを自由に見学させてくれました。何年か後に再びベイトマンズに行ったのはよく晴れた日で、今回の訪問では家のなかだけでなく敷地内もじっくりと見てまわることができました。

木造の天井やオーク材のパネルが貼られた壁、大きな暖炉やずっしりとした家具などがあって、ベイトマンズの屋敷が一七世紀に建てられたことをしみじみと感じさせます。机やマントルピースの上に置かれた品々はすべて、まるでテントのような形をした紙製の小さなカバーでていねいに覆われていました。なんとも英国らしい、なんとも理にかなった方法で保護されているものです。いうまでもありませんが、この屋敷を訪れたいちばんの目的は、キプリングの書斎を見ることでした。

当時はめずらしいことではなかったのですが、幼いころのキプリングは英領インドで暮らしていた英国人の両親のもとから母国の英国へと送られて、養母にあずけられます。そしてその養母に虐待され、たいへんつらい思いをしたのです。いわばそのころの英国という植民地帝国の仕組みの犠牲となってしまったわけですが、インドでの彼自身の経験を考えると、帝国ならではの恩恵を受けたともいえるでしょう。彼はやがて帝国の最大の擁護者に名を連ね、英国民にとって、自国の文化を世界に広めていく宿命を背負った伝道者と位置づけられるようになったのです。

キプリングの作品を読んだ人々はたいてい、彼のことを立派な体格で生命力溢れた男性――まるで英国のシンボル「ジョン・ブル」の風刺画のような姿を思い浮かべることでしょう。力強い筆致やその生活スタイル、そして「無敵の大英帝国によせた揺るぎない擁護の姿勢」から、キプリングには不屈のたくましさをそなえた強い人間というイメージがあります。しかし実際は、人生の大半を病気がちに過ごしました。背が低く、体重はたったの一二〇ポンド（五四キロ弱）しかなかったのです。

ベイトマンズ屋敷はまるで要塞のように、たいへんがっしりとつくられ、世界に冠たる

❖イギリス・サセックス州バーウォッシュ近郊、ベイトマンズにあるキプリング屋敷

グレートブリテン島そのものを表わしてでもいるかのようです。英国を愛し、「帝国の詩人」となった人物を象徴するのにふさわしいたたずまいです。

※ 人物スケッチ——ラドヤード・キプリング

ラドヤード・キプリングについてどれだけ知っているかときかれたら、わたしたちは意外に多くのことを知っていることに気づいて驚くはずです。まずは小さいころに『ジャングル・ブック』や『なぜなぜ物語』を読んだことがあるはずです。ティーンエイジャーのころなら『兵営俗謡集』におさめられた『ガンガ・ディン』のリズムにわくわくしたかもしれません。誰かが『マンダレイへの道』や『退場の歌』を歌うのを聴いたことがある人もいるでしょうし、学生時代にはエール大学の男声合唱団の歌『ホイッフェンプーフ・ソング』を大勢で歌ったりしたのではないでしょうか。でもこの歌の歌詞がキプリングの詩のパロディだとは知らなかったでしょう。

この当時にもしも、コックニーなまり（労働者階級で話される英語）やインドの言葉を自由に駆使したキプリングの豊かなボキャブラリーに驚き、すぐれた想像力と表現力、深い慈愛の情や独特の風刺表現に魅せられ、さらに彼の行動を支えた信条に共感したというなら、大傑作『キム』も読んだことがあるのでは？　しかも同じころに元アメリカ大統領セオドア・ルーズベルトの伝記も読んだというのなら、この二人は性格も信条も似たもの同士じゃないかと思ったかもしれませんね。

しかし、キプリングの人生の多くの部分が、じつは彼自身の著作のなかで語られているということはあまり知られていないのではないでしょうか。なかでもいちばん悲しい話は『めぇー、めぇー、黒い羊さん』です。これを読めば、彼が幼いころの五年半の日々が反映されていることがわかるでしょう。この物語には、幼児虐待のたいへん痛ましい実態が描かれているとともに、一九世紀の時代に海外へと赴任した親には、わが子に冷たく心ない仕打ちをした者もいたのだという事実が告発されています。

『めぇー、めぇー、黒い羊さん』には八歳の少年と六歳の妹が登場します。二人は両親によって、冷酷で心の狭い女性に預けられます。英国の支配するインドで働き、いわば大英帝国の一翼を担っていた両親は——つまりキプリングの両親のことですね——子どもを預かってもらう女性についてよく調べもせず、ただ相手から、子どもを預かることを承知したという手紙を受け取っただけでした。ただそれだけで、子どもたちに前もってなんの説明もしないまま英国に連れていき、さようならもいわずに置き去りにして、インドへ戻ってしまいます。その後は手紙のやりとりはしていたものの、両親は五年間も子どもに会いにこなかったのです。ルディと呼ばれていた少年時代のキプリングは、いじめられて惨めな思いをしましたが、誰もなぐさめてはくれませんでした。養母は横暴な人で、妹のトリックスのことはかわいがりましたが、ルディにはたいへん冷たくあたったのです。

こんなふうに書くと、まるでディケンズが書いた小説の一場面のようですが、そうだったとしてもおかしくありません。ディケンズとキプリングにはほかにも似かよった部分がありました。まだ青年だったキプリングは、ロンドンにやってくるやいなや、あっという間に人気作家への階段をかけのぼり、その様子は「さながらディケンズが登場したときのようだ」といわれました。

二人の大作家には、ほかにも共通点があります。二人とも夜中に外を歩きまわるのが好きでした。きっとそうしていると小説のアイディアが浮かんでくることに気づいたのでしょう。キプリングはこう書いています。

そのときはまだ、夜の散歩が生涯を通じての習慣になろうとは思っていなかった。それに、南のそよ風に吹かれながら歩く夜明けの時間が、自分に幸運をもってきてくれるのだとも気づいていなかった。

キプリングの人生を考えると、環境というものが、創造性を開花させるうえでどれほど影響を与えるかがよくわかります。『めぇー、めぇー、黒い羊さん』でキプリングは、自分の幼少時代を――実際たいへん哀れな日々でしたが――忘れがたい一つの物語へと昇華させました。

さらに、彼の家庭から生まれたもう一つの不運が、キプリングの文学におおいなる幸運をもたらします。彼にはスタンリー・ボールドウィンという従兄弟がいました。ちなみにボールドウィンは、後に英国王エドワード八世がウォリス・シンプソンとの「王冠を賭けた恋」で知られる結婚のために退位したときの首相を務めていた人物です。

ボールドウィンの両親はキプリング家よりも羽振りがよく、息子を名門パブリックスクールのハロー校そしてケンブリッジ大学へと進ませました。従兄弟と同じ道を歩むことができなか

❖ベイトマンズ屋敷にあるラドヤード・キプリングの肖像画。ジョン・コリア作のラドヤード・キプリング・コレクションより。英国ナショナルトラスト提供

ったキプリングは、わが身の運命を深く嘆きました。彼は軍人の子弟のために設立された陸海軍士官学校に入りましたが、そこは二流のパブリックスクールでした。しかもキプリングは十七歳のときに経済的な理由で退学し、ふたたびインドへと戻らなければならなかったのです。

インドでは両親が、ラホールにある新聞社「シヴィル・アンド・ミリタリー・ガゼット」の編集記者のアシスタントの仕事を用意していました。このときのキプリングは、英国を去ったことで、もう立身出世の糸口は完全に断たれたものとあきらめの境地にあり、まさかインドで自分の文学の才能が花開くなどとは、夢にも思っていませんでした。

植民地インドのもつ雰囲気や異国情緒豊かな風景、交わされる言葉、そこに暮らす人々などすべてが、彼の書く物語や詩の背景となりました。そして彼のもつ才能がこうした題材の魅力を最大限に生かしたのです。赤痢やマラリアにかかったこともありましたが、このころの彼は熱心に自分の能力を磨いていました。やがてふたたび英国に戻るころには、彼の名はすでに多くの人々に知られるところとなります。余談ですが、キプリングは親もとから離れて過ごしたつらい五年間のことで両親を責めるようなことはしませんでした。母親のことを「インドでいちばんユーモアのセンスがある女性」と語っていますし、父親とも後年ずっと親しく交流を続けていました。

英国に戻ったキプリングは、アメリカ人の女性編集者ウォルコットとの合作で『ナウラーカ』という小説を出版しますが、彼女はまもなく病死してしまいます。その後キプリングはウォルコットの姉キャロラインと結婚しました。

キプリングより三歳年上のキャロラインは美しい女性で、彼にとってはいろんな意味で母親のような存在でした。二人は幸せのうちに結ばれ、アメリカのバーモント州ブラットルボロにあるキャロラインの家で数年暮らしました。しかし義理の兄弟との間に起きたいさかいが原因で、ブラットルボロを去ることになり、そのままアメリカをあとにしたのでした。

英国に戻ったキプリング一家はイースト・サセックス州のロッティングディーンで暮らすようになりました。やがてサセックス郊外の「ベイトマンズ」と呼ばれる屋敷に落ち着きますが、世界中を旅することはやめませんでした。とくに寒

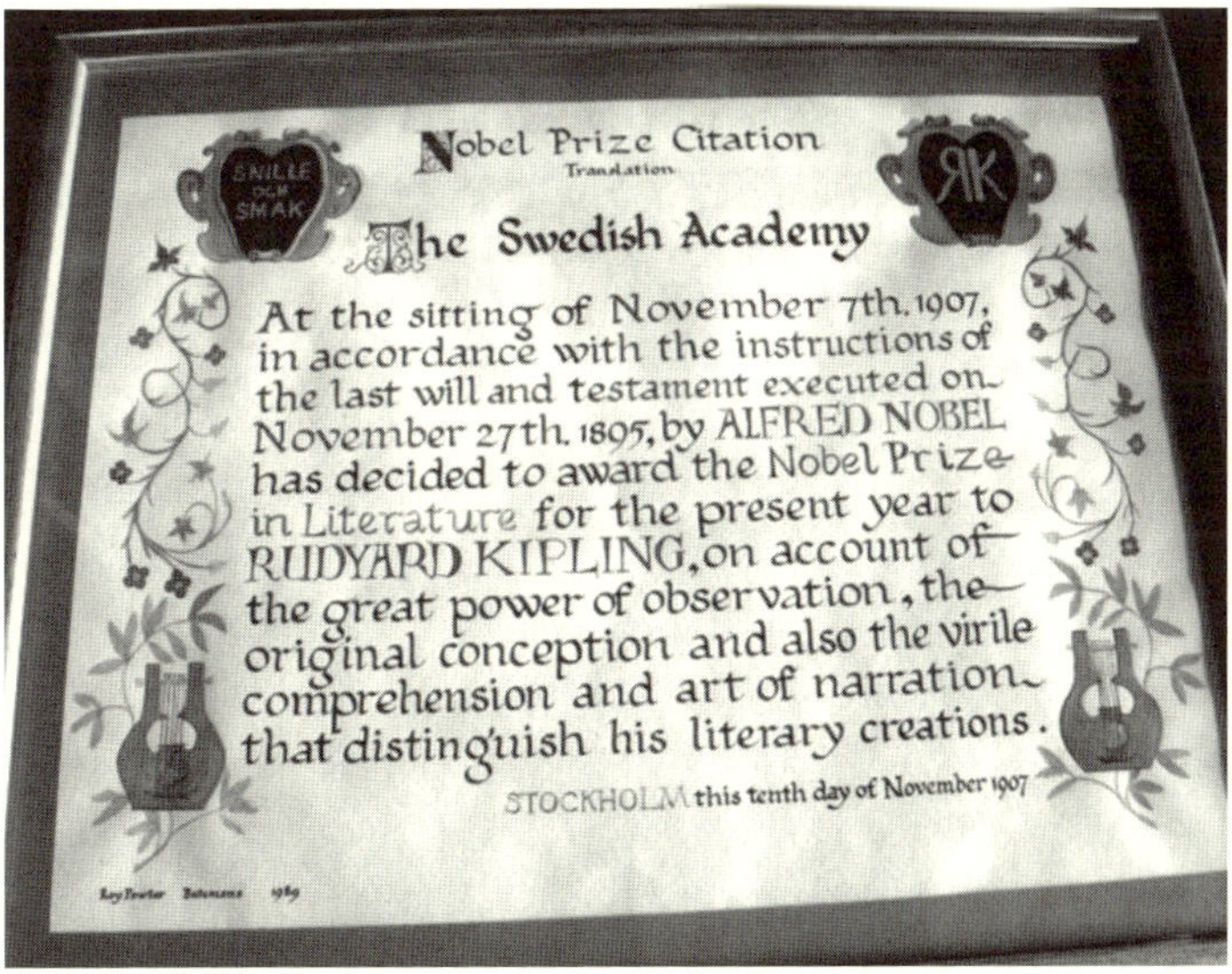
Nobel Prize Citation
Translation
SNILLE OCH SMAK
RK
The Swedish Academy
At the sitting of November 7th. 1907, in accordance with the instructions of the last will and testament executed on November 27th. 1895, by ALFRED NOBEL has decided to award the Nobel Prize in Literature for the present year to RUDYARD KIPLING, on account of the great power of observation, the original conception and also the virile comprehension and art of narration that distinguish his literary creations.
STOCKHOLM this tenth day of November 1907

❖ノーベル文学賞の授与証書

い冬の時期は、暖かい南アフリカで過ごしていました。

一家の人生は幾度となく悲劇に見舞われます。一家でニューヨークへ旅した一八九九年のこと、キプリングと長女は肺炎にかかり、キプリングはなんとか回復しましたが、わずか七歳だった長女は亡くなってしまいます。さらに第一次世界大戦に従軍した長男は十八歳の若さで戦死します。その後キプリングは戦争というものに幻滅を感じるようになりました。

キプリングが大英帝国にささげた文学作品は、第一次世界大戦まではおおいに称賛されていましたが、戦争が終わると、帝国主義的だという非難の声も上がるようになりました。彼は、日々の職務のなかで義務を果たすべく精進し、社会のために行動する「アクティヴィズム（積極的行動主義）」の理念を、何よりも大切に考えていました。自身の信仰する英国メソジスト教会の立場に立って、道徳上の義務と責任感を強く主張したのです。つまり彼は、英国は責任をもって植民地を統治支配するべきであると考えていたのです。この考え方は、やや理想に走り、感情におぼれ過ぎていたかもしれません。しかし彼は心からそう感じていました。英国は文明を世界中に広めていく義務を背負っているのだと信じていたのです。自作の詩『白人の責務』で訴えているように、より能力をもった、すぐれた人種が植民地を統治して、よりよい社会をつくり出す責務を担うべきである、これが彼の意見でした。また彼は、秩序を重んじ、職人のように自分の職務を忠実に果たすことが大切だと信じていました。そして社会全体の幸福のためには、個人が犠牲を払うべきであるという信条の持ち主でした。

性格に複雑なところがある一方、キプリングは直感力にすぐれ、ものごとの底辺を見通す能力に長けていました。ミュージカル『キャッツ』の原作で知られる作家のT・S・エリオットは、一九一九年と一九五九年の二度にわたって、「ラドヤード・キプリングの天与の才は決して色あせることはない」と高らかに称讃の言葉を贈っています。

キプリングは英国政府からの叙勲をことごとく断りましたが、一九〇七年のノーベル文学賞は断らずに受賞し、イギリス人初のノーベル賞作家となりました。

✻ シンキング・プレイス

ベイトマンズ屋敷にあるひろびろとした書斎は、がっしりとした梁が天井を支え、本棚が二つの壁をびっしりと埋めていました。その様子はいかにも重厚な雰囲気が漂っています。記録によれば昔は、キプリングが暮らしていたころにも増して手入れが行き届き、整理されていたそうです。この部屋にいると、ぼうぼうと炎が燃えさかる暖炉のそばにキプリングが立ち、いらなくなった原稿を火のなかに放り込んでいる姿が思い浮かびます。それというのも、そばで見ていた人に彼はこういったそうです。「古い原稿を見たらこう思うようになったんだよ。私が死んだら誰にも自分のことを笑いものにさせるものか、とね」。

書斎のまんなかには、キプリングが愛用していた長さ一〇フィート(約三メートル)のテーブルが置かれています。これは一七世紀の初頭につくられたフレンチ・ウォルナット製の伸長式テーブルで、天板にはキプリングがつけたインクのしみがそのまま残っています。テーブルの両側には二つの地球儀が置かれ、そばにはアルジェリア製の大きなバスケットのごみ箱がありました。きっとキプリングはこのごみ箱にずいぶんお世話になったことでしょう。というのも彼はこう語っていたのです。「ありがたいことに、ものを書くことは私にとってはごく自然な行動で、わけもないんだよ。だからうまく書けなかった原稿を捨てるのは惜しくもないし、軽く筆慣らしのつもりで書くのもちっとも苦にならないんだ」。一つの作品を仕上げるのに、彼はしばしば四回も五回も書き直していましたから、ごみ箱は大活躍したはずです。

テーブルの前には、一八世紀初頭のイングリッシュ・ウォルナット製の肘掛け椅子がありました。椅子の四本の脚の下にはそれぞれ小さなブロックが挟んであり、テーブルの高さとちょうど合うように調節してありました。テーブルの上にはインペリアル社製のタイプライターが今もなお、誰か使ってくれないかと待っているかのように置かれていますが、タイプの苦手なキプリングはめったに使うことはありませんでした。「まったくもう、あの野蛮人はスペリングさえ正しくできないんだから」。タイプライターを使っていたのは彼の秘書で、こんなふうに文句をいいながら雇い主がペンで書いた原稿をタイプしていきました。

キプリングはたいへん字が下手で「とんでもない悪筆」いや、それ以上だったようです。机の上にスズ製の特大サイズのインク容れを置き、「インクの減る量でどれだけ書いたのかわかるんだよ」と語っていたそうです。彼はペンをインク容れに勢いよく突っこんでは、机や着ている服にもインクを飛ばしながら執筆していました。インドで暮らしていた幼いころは、服がインクのしみだらけでまるでダルメシアン犬のようになってしまい、しょっちゅう叱られていたものです。何度も原稿を修正し、そのたびに小さなブラシで文章を消していったため、インクのしみはところどころ一層ひどくなる始末でした。

キプリングの娘は、仕事をしているときの父親の習慣についてこう書いています。「父は、執筆中の原稿があるときはたいてい午前中に仕事をしていましたが、実際に書いていることもあれば、一人で鼻歌を歌いながら書斎を行ったり来たり

❖キプリングが愛用した机と椅子

していることもありました。ですから父の代表作だった詩には、メロディに合わせてつくられたものが多いのです。仕事中の父は完全に自分の世界にのめり込んでいて、それ以外のことは気づきもしませんでした」

マーク・トウェインの子どものように、キプリングの子どもたちも、「父親が無事に仕事を片づけて、自分たちとの日常生活に〝戻ってきてくれる〟までじゃまをしないように、幼いころから父のいいつけや意向を守るようにしていた」そうです。

午後になると、キプリングは居間に来てゲームに参加したり、子どもたちや犬といっしょに庭や水車小屋を散策したりして過ごしました。お茶の時間が終わると、彼はよく子どもたちに自分の書いた物語を読んできかせたものです。その様子ときたら「悲しい場面を読むときは言葉に詰まってしまうほど、そうかと思うと面白い場面のときの笑いようといったら、それはもうたいへんだった」ようです。

キプリングは書斎にある机をおもなシンキング・プレイスにしていましたが、そこはいつも紙の山やちょっとした道具類でごった返していました。カヌーの形をしたラッカー塗りの細長いペン皿やたくさんのブラシ類、使えなくなった万年筆、そのほかクリップやペンなどのごちゃごちゃとした小物たちです。紙が数枚重ねられ、その上には小さなオットセイの形をした文鎮が置かれていました。たしかワニの置物もあるとどこかに書いてあったのですが、わたしたち二人が行ったときにはもうありませんでした。

この書斎でキプリングは、シェイクスピアの『真夏の夜の夢』にヒントを得て『プークが丘の妖精パック』という子ども向けの歴史物語と、その続編『ごほうびと妖精たち』を書きました。『ごほうびと妖精たち』には有名な詩『もしも』が載っています。彼はほかにも多くの物語をこの部屋で書き、英国の田園地方に暮らす人々と風土のなかに古くから息づいてきた深い思いを表現したのです。

がっしりとした石造りの家で、世の喧騒から離れて安らぎの時間を過ごしたキプリング一家はどれほど幸せだったでしょうか。歴史を感じさせる家のなかには、あかあかと炎が燃える暖炉があり、家族や友人たちに囲まれた暮らしは、炎と同じようにぬくもりに満ちていたことでしょう。鋭い洞察力をもち、読者にものごとの本質をとらえる考え方を教えてくれたラドヤード・キプリング。このような偉大な作家の、またとない素晴らしいシンキング・プレイスを訪れることができ、わたしたちもほんとうに幸せでした。

❋ 旅のおまけ

ワーズワースにディケンズ、ダーウィン、イエーツ、そしてラドヤード・キプリング、こうした天才たちはみな散歩好きでした。心のおもむくままに田園風景のなかを歩きまわって、それまで知らなかった道を見つけると、その道をたどってさらに細い道へと、好奇心にかきたてられるままに歩いていったのです。キプリングの足跡をたどってきたわたしたちにも同じことが起きました。思いもよらなかった縁やつながりが、キプリングのまわりにあることがわかったのです。

生粋の英国人であるキプリングとアメリカの一大学で流行(はや)った音楽との間に、どんな関係があったのでしょうか。キプリングはバーモント州のブラットルボロで四年間を過ごし、この間に『海の子ハービ』と『ジャングル・ブック』を書きました。数ある作品のなかでも、彼にノーベル賞をもたらしたのはこの二つの作品でした。バーモント州はコネティカット州とそれほど離れていませんが、コネティカット州にある名門エール大学の男声合唱団が歌った曲『ホイッフェンプーフ・ソング』は、べつにキプリングがわざわざエールに出向いてつくったわけではありません。これは彼の詩『落ちぶれ英軍兵士』をもじってエール大学の男性合唱団のためにつくられ、有名になった歌です。歌詞はほとんど同じで、どちらも「俺たちゃ道に迷った哀れな子羊さ　メエメエメエ!」と歌います。この曲は一九三〇年代のアメリカの人気歌手ルディ・ヴァリーやビング・クロスビー、ペリー・コモなどに歌われ、流行して有名になりました。

それではキプリングとボーイスカウトの間には何か関わりがあったのでしょうか。ボーイスカウトというと、いかにもアメリカが発祥の地と勘違いしそうですが、もちろんそうではなく、設立したのは英国のロバート・バーデン・パウエル卿です。パウエル卿の友人だったキプリングは、後に英国ボーイスカウト・プログラムの理事になり、彼の息子もスカウトに加入していました。またキプリングがつくった『ザ・スカウト・パトロール・ソング』は、スカウトの公式ソングになりました。

一九〇八年に発行された本『スカウティング・フォー・ボーイズ』で、パウエル卿は「キムのゲーム」という遊びを紹介しています。これは一九〇一年に出版されたキプリングの小説『キム』をもとにつくられました。まず三十個ほどのものをトレイに並べて上から覆いをし、覆いを取って少しの間何が置かれているかを見せ、ふたたびトレイを覆ってから、何が置かれていたかを別の人に説明するというもので、注意深く観察する能力や記憶力を高めるためのゲームです。これは小説『キム』のなかで、主人公キムがスパイになる訓練で体験したゲームがヒントになっています。

このように、好奇心のおもむくままに探究していくと、一つの手がかりからほかのことがらへとつながり、そこからささやかながら興味深い事実を発見し、さらにまた、あまり人に知られていないちょっとした面白いものごとと出合うこともあるのです。好奇心がもたらしてくれたキプリングの意外なエピソード、これが今回の旅のおまけでした。

ウィリアム・バトラー・イェーツ

一八六五―一九三九年

愛するという気持ちの奥底には、言葉にならない憐れみの情がある。

――『愛の憐れみ』

けれど貧しいわたしにあるのは夢ばかり
だからあなたの足もとに　わたしの夢を敷いておいた
どうかそっと歩いておくれ
あなたが踏むのは　わたしの夢なのだから

――『彼は天の衣を求める』

✳

訪問記——アイルランド　スライゴー州とゴールウェイ

詩人イェーツはアイルランド西部と深いゆかりがあり、「エメラルドの島」と呼ばれるアイルランド島のなかでもとびきり美しいこの地方に、強い愛着をもっていました。首都ダブリンやロンドンで教育を受けましたが、母親の親戚が島の北西部のスライゴー州に住んでいたため、夏になるとたびたびそこを訪れ、土地の民話やケルトの神話を教わって過ごしました。後にイェーツはこう語っています。「わたしの人生に何よりも影響を与えた土地はスライゴーだ」。イェーツは今、スライゴー市に近いドラムクリフ村の教会墓地に静かに眠っており、毎年多くの人々が偉大な詩人を偲んでここを訪れます。そんな人々に混じって、わたしたち二人も彼の墓地を訪れました。

スライゴーの町にあるヴィクトリア・ホールにはイェーツ協会の事務所があり、イェーツに関する展示が一般に公開されています。協会のホームページには、彼が詩のイメージの着想を得た場所がわかる地図が載っています。わたしたちはそのうちの一つ、イニスフリー湖に行ってみました。イニスフリーといえばおなじみのこの詩です。

さあ　立ち上がって行こう　あのイニスフリーへ帰ろう

壁は泥土　屋根は草葺きで　ささやかな小屋を建てよう
豆を九つの畝に植え　蜜蜂の巣箱を一つだけつくろう
そして一人静かに暮らそう　蜂の羽音をききながら

わたしたちが見たかぎりでは、湖は今でもひっそりと静まり返っていて、詩の舞台として金もうけに利用されている気配はなく、詩に歌われていた蜜蜂もいませんでした。詩には続きがあり、詩人が都会の灰色の舗道に立って湖を恋しく思う気持ちを歌っているのですが、イニスフリー湖はほんとうに静かな、心安まる場所で、灰色の都会から逃げ出したくなる気持ちもよくわかります。

一九一七年から二八年の十一年間は、イェーツにとって深い意味をもつ年月でした。この時期の彼は、バリリー塔という、一六世紀にノルマン人が建てた古い塔を改修して暮らしていました。バリリーはスライゴーの南にあり、この地域の中心街ゴートにもほど近いところです。

イェーツがこの土地に惹きつけられ、暮らすことになった理由はいくつもありますが、何より、二人の親友が近くに住んでいたことが大きかったようです。その二人というのはトゥリラ城に住んでいたエドワード・マーティンと、大荘園クール・パークに住んでいたグレゴリー夫人で、どちらもこの地域に古くから続いていた旧家の出身でした。イェーツは長年にわたってこの二人のもとをしばしば訪れ、親しく交際していました。三人が共同で設立したアイルラン

❖イェーツが好んで過ごしたゴート近郊にあるバリリー塔。アイルランド、スライゴー州

❖バリリー塔に隣接する家と塔

ド国立劇場は、後にダブリンのアベー座として、広く知られるようになります。

クール・パークは、今では広大な庭園になっています。そこはかつて大きな荘園の敷地だったところで、イェーツは足しげく訪問しました。あの有名な「署名の木」もありましたが、詳しくは「旅のおまけ」でお話しします。アイルランド西部の旅は、数々の忘れられないハプニングと、魅力的な「アイルランドのシンボルであるクローバーの咲き乱れるシャムロックの国」の人々に出会う旅でした。

❋人物スケッチ——ウィリアム・バトラー・イェーツ

詩人としての創作活動を始めたころのウィリアム・バトラー・イェーツは「現代のアイルランド詩人で最高の詩人」と呼ばれました。やがて彼の詩作の才能が花開くと、「あらゆる言語を超えて、比類のない至高の詩人」といわれるようになります。そして一九二三年にはノーベル文学賞に輝きました。

イェーツを愛称でウィリーと呼ぶと、禁欲的で堅苦しく、ともするとお高くとまっていた詩人にはふさわしくない呼び名かもしれませんが、そのウィリーにやはり才能に恵まれた弟がいました。彼の名はジャックといい、同じ世代のなかでもっともすぐれた画家として知られていました。妹も二人いて、やはり才能に恵まれ、装飾芸術の大家ウィリアム・モリスの工房で修業したあとにダブリンで出版社を設立し、美しい彩色つきの詩集などを出版しました。

ウィリーの父親ジョン・イェーツは法律の道を放棄して一流の画家を目指し、息子のウィリーも画家になることを目指していましたが、早くも十代のころに、絵画よりも詩作の才能に目覚めたのでした。父親のジョンはたいへん話術が巧みで、自身こう認めていました。「わたしのなかには、言葉にして歌い上げようという力がたしかにみなぎっていた」。しかし彼の場合、文学への意欲が肖像画家への情熱にかなわなかったのでしょう。ジョン・イェーツは息子の才能を育む手助けの役目を、妻の側つまりウィリーの母親の親族にたくしました。ジョンは「妻の一族は詩人の心はもちあわせていなかったが、詩を味わう耳をもっていた」と語っています。ウィリーは詩人の心と詩をきく耳のどちらも受け継ぎ、青年時代は、スライゴーの母の実家を訪れるたびにきかせてもらったアイルランドの伝説や民話にメロディをつけてみたいと思っていました。

父ジョンとウィリーはひじょうに仲のいい親子でした。ウィリーが十代のころ、二人はホウスの自宅から汽車に乗って、ダブリンにある父親のアトリエによく出かけていったものです。親子はそこで朝食をともにし、いっしょに詩や劇の一節を読んだりして過ごしました。父親は息子に「すべては感情で始まり、感情で終わるのだ」と教え込みました。父親のこのような励ましが、ウィリーの創造性を育む助けになったのは間違いありません。

生まれもった才能に加えて、育った環境もウィリアム・バトラー・イェーツの詩に大きな影響を与えました。アイルランドを深く愛していたイェーツは、イングランドからの独立紛争で理不尽な扱いに苦しむ祖国の悲惨な状況を深く憂えていました。祖国が世界において本来あるべき立場を確立することを強く望んでいたのです。さらには、生まれ故郷の美しい風景と、そこで繰り広げられた悲しい歴史も、彼の叙情的な感覚をかきたてました。

アイルランドほど、目に見えない霊的な世界と深いつながりをもった土地はほかにないでしょう。魔法や精霊、おとぎの国の物語が年老いた人々によって語り伝えられていました。イェーツ自身、スライゴーの海辺の洞窟で妖精を見たと信じ込んでいたほどです。彼は超常現象や神智学に興味をもつようになります。神智学とは、キリスト教とは関係がなく、人間の存在は永遠に不滅であるという真理を追究する哲学です。

イェーツは心霊の世界の思想にも惹きつけられるようになっていきます。彼の妻ジョージーが、なんと新婚旅行中に自動筆記をやってみせたのです。これは、あたかも何か別の存在に肉体を支配されているかのように、自分の意識とは無関係に文字を書いてしまう現象です。彼女はその後ちょっとした霊媒師になりました。二人はときおりいっしょに心霊実験をやったりもしました。イェーツが激しい感情を込めて書いた一通の手紙には「まことに深遠で熱狂的、そして神秘的な哲学が、なんとも奇妙な形でジョージーとわたしのもとに現われました」とあります。

イェーツが受け継いだ肉体と精神は、彼を、詩人とはかくあるべしという姿につくり上げました。長いコートを着てヒラヒラとしたリボンタイを結び、メガネにリボンをつけてぶら下げていました。近眼だったせいか、ぎょっとしたように目を大きく見開いた表情をしていました。背が高くひょろっとしていて、黒い髪を長く伸ばした姿はかなり人目を引きましたが、彼の時代のスタイルとしてはさほど常軌を逸したものではありません。

しかし彼の性格は矛盾だらけです。恥ずかしがり屋のくせに、非常に傲慢な態度をとることがありました。たいへん知的な人間だったのですが、その一方で他人の学術的な功績に対して過剰とも思えるほどの崇拝ぶりを見せました。周囲から尊敬されることを望んでいながら、やや風変わりな人々が追求していた神秘的な現象にも興味をもっていました。イェーツの教師だったジョン・マクニールはこう語っていました。「イェーツは綴りをよく間違えたが、エッセイを書かせると、いたるところに並々ならぬ天才の片鱗が見られた」。教師はこうも語っています。「年齢のわりには背が高く、色が黒くて整った顔立ちをしていて、全体的に出来のいい少年だった」。

イェーツの人生に登場した女性たちのなかでも、とりわけ背がすらりと高く、美しさも抜きん出ていたモード・ゴンは、彼に大きな喜びと苦しみをもたらしました。ともにアイルランド国民党に入っていたモードとイェーツは、いろいろな意味で心が結びついた盟友のような間柄でした。しかしモードの情熱は、イェーツに対してではなく、アイルランドの政治的自由の実現に注がれたのです。

それでもイェーツは何年も彼女を想い続けましたが、ついに自分の愛が報われないことを悟るときがきます。彼女がほかの男性と結婚してしまったのです。そしてイェーツはといえば、別の美女と結婚しました。彼女の名はジョージー・ハイド・リーズ。そう、心霊実験の友となったジョージーです。

ジョージーと結ばれる以前にも何人かの女性がイェーツの人生に登場しますが、みな美人でした。ジョージー以外にもっとも彼の人生に影響を与えたのは、グレゴリー夫人としてよく知られるオーガスタ・グレゴリーです。劇作家で詩人、ケルト文学の復興運動の中心的人物だった彼女は、夫サー・ウィリアム・グレゴリーの死後、アイルランドらしい風光明媚な大荘園クール・パークを相続しました。

イェーツに初めて会ったグレゴリー夫人は、彼に「たいへん魅力的で、ケルト文化の復活を体現する人物」という印象をもちました。彼女の目的はイングランドの支配下にあったアイルランドに尊厳と誇りを取り戻すこと、そしてイェーツが目指していたのはアイルランドに国立の劇場を設立することでした。二人の壮大な目的はぴったりとかみ合ったのです。イェーツは、夫人の暮らすクール・パークで三十年もの間、夏を過ごしました。ときには冬もここで過ごしたものです。二人が出会ったとき、夫人は四十五歳。イェーツより十三歳年上だった彼女は、恋愛を抜きにした親友となりました。夫人と出会ってまもないころ、イェーツはモード・ゴンへの報われない愛に悩み、精神的にひどく落ち込んでいましたが、夫人の温かい気遣いと励まして、立ち直ったのです。

イェーツとグレゴリー夫人、そして劇作家エドワード・マーティンの三人がアイルランド国立劇場の設立に尽力した功績は、おおいに認められるべきでしょう。ダブリンのアベー通りにあったこの劇場は、後に「アベー座」と呼ばれ有名になりました。記念すべき初演を飾ったのは、イェーツの書いた『キャサリーン伯爵夫人』、これは彼が恋焦がれたあの美女モード・ゴンをモデルにつくられた作品です。グレゴリー夫人の創作した『噂の広まり』も初舞台を飾りました。アイルランドの文芸復興運動に力を注いだ劇作家のなかでも随一の存在といえば、ジョン・ミリントン・シングですが、彼の傑作『西の国のプレイボーイ』もアベー座で初演が行なわれました。ダブリンのスラム街出身の劇作家ショーン・オケイシーの作品も、やはりこの劇場で好評を博しました。

アベー座の演出方法は、英国やアメリカとはまったく異なっていました。作品には静寂な雰囲気が漂い、動きは最小限に抑えられ、出演者たちはセリフをいう間、ずっと身動き一つしないのです。しかし、しだいに身ぶり手ぶりを加えた常識的な演出手法へと変わっていき、イェーツの望んだ演出とはかけ離れていきました。彼は日本の能に興味を惹かれるようになっていたのです。能は、セリフをしゃべって演じる代わりに、「謡」と呼ばれる声楽と、「囃子」と呼ばれる笛や太鼓などの楽器演奏に合わせて、無言で、舞いと身ぶりだけで演じます。ですからどちらかというと、大きな劇場よりもこぢんまりとした客間で演じるのに向いている演劇スタイルです。イエーツの『踊り子のための四つの劇』は、能にヒントを得てつくられた作品の一つです。

演劇への関心を高めていったイエーツですが、詩作もやむことなく続けていました。しかしそのスタイルは、夢を見ているようなロマンティックで装飾的なものから、より簡潔でやや辛らつ、かつ雄々しい雰囲気をたたえたものに変わっていきます。『緑のヘルメットおよび詩』と詩集『責任』はこの時期に生まれました。その後に書かれた劇『窓ガラスに刻まれた言葉』は、彼の書いた劇のなかでも指折りの傑作と評価されました。

イエーツはイタリアのラパロでしばらく過ごし、アイルランドに戻りますが、その彼を待っていたのはなんと「詩人の塔」でした。彼は、クール・パークからさほど遠くないゴールウェイに、古代ノルマン人が建てた「バリリー塔」を見つけたのです。

若いころのイエーツはロマンティックそのもので、想像の世界と神秘主義を信奉していました。しかし年を重ねてからは、詩は現代の世界が抱える問題をテーマにするべきだと考えるようになりました。この目的のために、みずからの表現スタイルを単純なものにして、日常生活で使われるような言葉や韻律を選んで詩をつくるようになりました。それでも彼は、神秘的な世界への情熱を捨てることはありませんでした。自分自身の存在の核であると考えていたのです。

アイルランドは一九二二年にアイルランド自由国としてイングランドから独立し、翌一九二三年、イェーツは同国の上院議員になります。彼が何人かといっしょに写っている写真がありますが、彼だけがフロックコートを着てシルクハットをかぶり、足を組み、手には手袋をもっています。この写真から、この当時のイェーツの性格の特徴をいくつもうかがい知ることができます。風変わりなくせに堅苦しいところがあり、誇り高くてきまじめで、彼の伝記を書いた作家にいわせると「ユーモアのセンスも、親しみやすさのかけらもない」人間性が垣間見られます。ですが、彼と同時代の人々が彼のうわべの態度をどのように感じようと、そんなことはどうでもいいではありませんか。何より評価すべきは、彼が、同時代の人々だけでなく後世のわたしたちに残してくれた、数多くのすぐれた詩そのものなのですから。

❋

シンキング・プレイス——ゴールウェイ南部 イェーツの暮らした塔

現在アイルランドに残っている数々の塔は、この国のたどってきた戦乱の歴史を無言のうちに語っています。もともとこの地に暮らしていたアイルランド人と侵入してきたイングランド人が、国土と宗教をめぐって長年にわたって戦ったのです。また、北欧からノルマン人、イングランドやウェールズからアングロ・ノルマン人の民族が移動してきて、一三世紀から一四世紀にかけて広大な土地を買ったり開拓したりする一方、近隣や北方からの侵略にそなえるために城や要塞を築きました。

ノルマン人の部族ブルゴウ（その後バークと改姓）は、一二世紀ごろからアイルランド西部、現在のクレア州からゴールウェイ州にまたがる広い地域を支配していました。彼らはこの地域に三十二の要塞をつくり、城や塔を築いて防備を固めたのです。部族は拡大していき、繁栄しますが、たび重なる戦争や敵対勢力との権力争いに敗れ、やがてほとんどが滅亡の道をたどります。ブルゴウが建てた塔もしだいに所有者が変わり、壊されていきました。

一九一七年、イエーツは荒れ果てた塔を買うと、建築家や工事業者を雇って、増改築をほどこしました。彼の詩『塔』や『黒い塔』にも登場するように、塔は、イエーツにとって象徴的に大きな意味をもっていました。塔のらせん階段は精神の高揚を表わしています。彼の心のなかでは、塔の古びた狭い部屋のなかで「遠い昔、武器がガチャガチャとぶつかり合っていた」音が響き合うのが聞こえてくるのでした。塔のすぐ横には小川が流れ、ひっそりと静寂に包まれた美しい風景はイエーツを魅了しました。塔からは、森を散策しながら二人の親友の屋敷を訪ねることもできました。親友とはもちろん、クール・パークのグレゴリー夫人とティリラ城のエドワード・マーティンのことです。

塔とそのとなりに建つ古い家の改修が終わった一九一九年、イエーツは結婚して二年になる妻ジョージーと幼い娘とともにそこへ移り住みました。塔の一階にはダイニングルームがあり、二階と三階は寝室になっていました。そして四階は、とうとう最後まで改修が終わらなかったのですが、イエーツが思索をめぐらすための部屋となりました。

❖イェーツのシンキング・プレイスのひとつで、バリリー塔のなかにある部屋

❖塔のなかのらせん階段

イェーツは、一階の、川の流れを見下ろせる大きな窓辺に置かれた机に坐り、よく詩作にふけっていました。夜遅くなると、暗やみに揺らめくロウソクの火のもとで創作に没頭しました。またあるときは、妻のベッドの傍らに坐り、妻の寝顔を見つめながら、やはり詩を書いていることがありました。いうまでもないことですが、イェーツはしばしば、ふつうの人間とはかけ離れた世界に入り込んでいきました。日の高いうちから、まるで夢遊病者のように森のなかをふらふらと歩き回ることがたびたびあり、地元の住人たちに警戒されるほどでした。

一九二二年、内戦の嵐がアイルランドを揺るがします。それはイェーツの人生をも根底から揺さぶりました。ある夜のこと、バリリー塔の横にあった橋が爆破されたのです。イェーツは危険を感じ、塔を去りました。それでも一九二五年までは、愛してやまないバリリー塔をときおり訪れ、しばらく滞在することがありましたが、一九二八年を最後に、二度と塔に足を運びませんでした。やがて一九三二年、心の支えでもあった親友グレゴリー夫人がこの世を去り、塔のあるゴールウェイ南部の地域とイェーツを結んでいた絆はとうとう断ち切られたのです。こうして持ち主のいなくなった塔はすっかり荒れ果ててしまいました。イェーツは塔の運命を詩で予言しています。彼は、この詩が石碑に刻まれ、バリリー塔のそばに立てられることを望んでいました。

われ　詩人ウィリアム・イェーツは

古木の板と緑のスレートで
ゴートの鍛冶が打ち鍛えた鋳鉄をもって
妻ジョージーのためにこの塔を蘇らせた
すべてがふたたび無に帰るとしても
ここに刻みし文字が永久に残らんことを

この詩が刻まれた石碑が立てられたのは、イェーツの死後九年が経った一九四八年のこと、アベー座の役員会の尽力でようやく実現したのです。一九五八年には、地元の文学遺産の保存活動を行なう団体であるキルタータン協会が、バリリー塔の修復を始めました。ときの流れと紛争によって塔はすっかり荒廃していましたが、今では力強く、しかも優美な姿で空に向かってすっくと建っています。その傍らには、何世紀もの間塔を守るように流れてきた川が、今も静かに横たわっています。

❋ 旅のおまけ――ゴールウェイ州

ゴールウェイへの旅のおもな目的地は、なんといってもイェーツの暮らしたバリリー塔でした。けれど、よくあることですが、いろいろ調べているうちに、ほかにも興味を惹かれるものがたくさん見つかったのです。

旅行情報のサイト「アイルランド・ウエスト・ツーリズム」を開くと、「ゴールウェイ、メイヨーそしてロスコモンの三つの州は美しい自然に恵まれ、生きたゲーリック文化に触れることができます。なかでもゴールウェイとメイヨー、そして風光明媚なアラン諸島には、今もなおアイルランド語が確固とした日常語として話されている地域があります」と書かれていました。

わたしたちは船に乗って、ゴールウェイ湾沖にあるアラン諸島へ日帰りの旅をしました。アイルランド独特の、何百もの石をびっしり積んでつくった塀で囲まれた、岩だらけの小さな農場や原野を眺めていると、まるでタイムマシンに乗って、何世紀もの昔にさかのぼったような気分になりました。わたしたちは、この土地でたくましく生きる人々と、たがいのアクセントを織り交ぜながらいろんな話をし、幾世代にもわたって苦難の人生を歩みながらも、誇り高く耐えてきたであろう姿を目の当たりにしました。

ゴールウェイ地方とクール・パークを訪れると、イェーツが、この土地の風景と歴史的遺産に魔法をかけられたように惹かれ、土地に伝わる文化や神話に深い共感を寄せるようになったのも無理はないとつくづく思いました。

グレゴリー夫人の屋敷があったクール・パークは現在、野生動物公園となっています。ゴート村から北に数マイル行ったところにあり、近くにはバリリー塔があります。また、グレゴリー夫人にまつわる品々や作品、地元の歴史紹介の展示などがあるキルタータン・グレゴリー博物館も近くにあります。

グレゴリー家の人々が代々暮らした屋敷は、堂々とした歴史と風格を誇っていたのですが、悲しいことにグレゴリー夫人の死後は廃墟となり、一九四一年にアイルランド林業省によって取り壊されてしまいました。しかし広大な庭園は保存され、背の高いイチイの並木に沿って長い遊歩道が整備されています。

庭園の敷地には有名な「署名の木」が大切に保存されています。グレゴリー夫人はイェーツ以外にも数多くの芸術家や俳優、政治家、アイルランド語の保護活動家、民俗学者、演奏旅行中の音楽家まで、さまざまな人々を自分の家に招きました。そうした著名な招待客たちが、庭にある巨大な赤ブナの木にサインやイニシャルを刻みました。作家のジョージ・バーナード・ショーにジョージ・ムーア、桂冠詩人のジョン・メイスフィールド、アベー座で作品が演じられた劇作家ショーン・オケイシーにジョン・ミリントン・シング、そしてアイルランド初代大統領ダグラス・ハイドまで、錚々たる名前が彫り込まれていったのです。

クール・パークのビジターセンターでは、「クールの魔法」と「クールのグレゴリー夫人」と題した展示や映像の上演を楽しむことができます。ティールームや自然遊歩道、湖のまわりをめぐる散歩道もあります。クール・パークは、古くからの歴史が残るシンキング・プレイスにふさわしい記念碑といえる存在です。

グレゴリー夫人はアイルランド独立派のゴールウェイ地方議員サー・ウィリアム・グレゴリーの未亡人で、たいへん思いやりがあり、世話好きな女性でした。彼女が、亡き夫から受け継いだ屋敷や地位、財産を利用して、ひたすら周囲の人々への奉仕に生きたという記録が、あらゆる文献に書かれています。大地主でもあった彼女は、借地人たちが幸せに暮らせるよう深く気にかけ、息子のロバートともども、地元の人々からたいへんな尊敬を受けていました。

グレゴリー夫人は数多くの作家や作家団体を援助しただけでなく、本人も作家でした。彼女の作品選集は現在、大学の講義で使われています。戯曲もいくつか書いていて、アベー座で上演されました。アベー座は、グレゴリー夫人がイェーツやエドワード・マーティンとともに一八九六年に設立したアイルランド文芸協会の努力の結晶でした。

グレゴリー夫人の創造性に溢れた生涯を祝い、アイルランドの文芸復興への貢献に感謝するための「グレゴリー夫人記念秋季大会」が毎年開催され、秋になると、彼女について学べる講義や作品の上演、コンサートやクール・パークの散策などのイベントが行なわれます。

アイルランドのゴールウェイで見つけたとっておきの旅のおまけは、イェーツと、そして誰よりもグレゴリー夫人が果たした重要な役割と、今に受け継がれている彼らの影響について、より深く知ることができたことです。二人はケルトの歴史とゲーリック文化、そしてアイルランドに伝わる神話を復興させ、人々の関心を高めるために、並々ならぬ努力をしたのです。

ビアトリクス・ポター

一八六六―一九四三年

むかしむかしあるところに、四ひきの小さなウサギがいました。なまえは、フロプシーにモプシー、カトンテールにピーターといいました。

――『ピーターラビットのおはなし』

わしはほぐれた糸のようにくたくただ。すっかり疲れ果ててもうおしまいだ。もうボタン穴をかがる糸はなくなってしまったんだから。

――『グロースターの仕立屋』

※ 訪問記――湖水地方

イングランド北西部のカンブリア州にある湖水地方を旅したとき、とりわけ忘れることのできない三つの思い出ができました。一つは湖と山々の織りなす、目を見張るような広大な風景、二つ目は「湖水詩人ワーズワースのふるさと」ともいえる村を訪れ、彼が暮らしていたダヴ・コテージとライダルマウントの家を訪ねたこと、そしてもう一つは、「ピーターラビット」の生みの親ビアトリクス・ポターの暮らしていたヒルトップの家とその周辺を訪れたことです。

湖水地方は魅力溢れる村が数多く見られるところで、それぞれ、ニア・ソーリー、ファー・ソーリー、ロウ・レイにハイ・レイ、そしてコッカマウス、ホークスヘッド、ボウネス・オン・ウィンダミアといった名前がついています。

ニア・ソーリー村のヒルトップの家は、ビアトリクスの絵本に描かれた挿し絵さながらのたたずまいで、花々で溢れた小道が庭をめぐり、家の入口へと導いてくれます。家のなかに入ると、ビアトリクスが集めたアンティーク家具や、彼女ならではの趣味が偲ばれる調度品が飾られており、窓辺には一対の椅子と机が置かれていました。そこは彼女のシンキング・プレイスの一つだったのかもしれません。

ソーリーの小さな村にある居心地のよさそうなティールームで、わたしたち二人は英国伝統のイングリッシュ・クリームティーを楽しみました。通りを歩くと、溢れんばかりの花々で彩られた庭がそここに見られました。そしてなぜか、村中にそこはかとなくビアトリクスの気配が感じられるのです。

湖水地方はどこを見ても目の保養となるばかりか、あらゆる感覚に喜びを与えてくれます。ワーズワースの暮らした町グラスミアやアンブルサイド周辺もたいへん素晴らしい景勝の地ですが、ポターゆかりの地を訪れるのなら、ニア・ソーリー村のヒルトップ、ホークスヘッドにある「ポター美術館」、アンブルサイドの「アーミット美術館」はなんとしても訪れるべきです。物語のジオラマ展示やグッズショップがあるアトラクション施設「ワールド・オブ・ビアトリクス・ポター」もはずすことができません。これはボウネス・オン・ウィンダミアの町にあります。

ビアトリクスと湖水地方を結びつけたきっかけは、少女時代に家族とともに夏の休暇をこの地で過ごすようになったことでした。以来二十一年もの間、一家はここで夏を過ごしたのです。三十七歳になった一九〇三年には、彼女はすでに自分の作品を出版して収入を得るようになっており、ニア・ソーリー村に初めて土地を購入できるようになりました。まず一九〇五年にソーリー村の小さな農場ヒルトップを、さらにその後カースル農場を買いました。ここが後に彼女の湖水地方での拠点となったのです。一九二三年にはトラウトベック・パーク農場を購入し、この地方原産のハードウィック羊の繁殖技術を身につけていきました。のちに彼女はハードウィック種綿羊飼育者協会初の女性会長に選ばれましたが、就任を前に病気のため亡くなりました。

ビアトリクスの死後、面積にして六二〇万平方メートルの、十四か所にもおよぶ大農場が、彼女が育てた羊とともに「ナショナルトラスト」に寄付されました。このトラストは自然保護や史跡などの保存のために設立された基金です。トラストの資産価値はしだいに上がっていき、ほかからの寄付のおかげもあって、今では九十一か所もの高地農場を所有し、二万五千頭の羊を飼育しています。ホークスヘッドにはトラストが管理する「ポター美術館」がありますが、ここは彼女の夫となった弁護士のウィリアム・ヒーリスの事務所として使われていた建物です。内部にはビアトリクスの描いた絵画が展示され、彼女について学ぶのにうってつけの資料や書物、印刷物などがあります。

ビアトリクスに関する本は数多くありますが、なかでもわたしたちがとても気に入っているのは友人のハンター・デイヴィスが書いた『ビアトリクス・ポターと湖水地方』で、女性写真家ピゴットによる写真が掲載されています。この本を読むと「この地に天啓を受け、この地のさまざまな場面を描き、将来にわたってこの地を守っていくことに力を尽くした」一人のごく内気な女性と、美しい湖水地方の田園とのつながりを知ることができます。また、ナショナルトラストが発行している『リアル・ワールド・オブ・ビアトリクス・ポター』には、彼女をよく知る人々へのインタビュー記事のほか、彼女がトラストをどのように支援し、トラストの農

偉大なアイディアの生まれた場所
シンキング・プレイス

ご記入・ご送付頂ければ幸いに存じます。　初版2011・1　**愛読者カード**

❶本書の発売を次の何でお知りになりましたか。

1 新聞広告（紙名　　　　　　　　　　）2 雑誌広告（誌名　　　　　　　　　）
3 書評、新刊紹介（掲載紙誌　　　　　　　　　　　　　　　　　　　　　　　）
4 書店の店頭で　　5 先生や知人のすすめ　　6 図書館
7 その他（　　　　　　　　　　　　　　　　　　　　　　　　　　　　　　　）

❷お買上げ日・書店名

年　　月　　日　　　　　　市区町村　　　　　　書店

❸本書に対するご意見・ご感想並びに今後の出版のご希望等をお聞かせください。

■小社にご注文の際、本の料金とは別に次の送料及び代引手数料がかかります。
※本の冊数にかかわらず、お買い上げ金額が1,500円(税込)未満の場合は送料及び代引手数料として500円、1,500円以上(税込)のお買い上げの場合は200円となります。

書名・著者名	定価(税込)	冊　数
愛しのアガサ・クリスティー ヒラリー・マカスキル　青木久恵訳	3,675円	冊
ウディ・アレンの映画術 エリック・ラックス　井上一馬訳	3,990円	冊
矛盾だらけの禅 ローレンス・シャインバーグ　山村宜子訳	2,625円	冊
レニ・リーフェンシュタールの嘘と真実 スティーヴン・バック　野中邦子訳	2,730円	冊

ご愛読・ご記入ありがとうございます。

郵便はがき

料金受取人払郵便

神田支店
承認

2510

差出有効期間
平成24年5月
31日まで

101-8791

509

東京都千代田区神田神保町3−7−1
ニュー九段ビル

清流出版株式会社 行

フリガナ		性	別	年齢
お名前		1.男	2.女	歳
ご住所	〒 TEL			

お勤め先または学校名	
職種または専門分野	
購読されている新聞・雑誌	

※データは、小社用以外の目的に使用することはありません。

場の運営方針にどんな影響を与えたかが記されています。

アンブルサイドのライダル・ロードにある「アーミット美術館」には、ビアトリクスが描いたキノコやコケ、化石の水彩画やスケッチ画が数多く展示されています。やはり湖水地方に暮らしていたアーミット三姉妹は、博物学の研究と湖水地方の自然保護に深い関心を寄せていました。ビアトリクスはこの三姉妹を支援し、経済的に援助していたようです。彼女たちの活動は、小さいけれど非常に価値のある美術館として実を結びました。

❖「ワールド・オブ・ビアトリクス・ポター」に展示されたピーターラビットの人形

湖水地方を再訪したとき、わたしたちはボウネス・オン・ウィンダミアのオールド・ランドリーにあるアトラクション施設「ワールド・オブ・ビアトリクス・ポター」で楽しい時間を過ごしました。「お子様からお年寄りまで家族みんなで楽しめる魔法の一日」をうたい文句にしたこの施設には、あやつり人形のショーや、英国風庭園を眺めながらお茶や食事ができるティー・ガーデンがあります。そして時期によってはビアトリクスに扮した女優による物語の読み聞かせが開催されるなど、いろんなテーマのアトラクションやイベントを楽しむことができます。またビアトリクスが生み出した数多くのキャラクターたちにも会えます。

いろんな芸術家のなかでも、わたしたちはビアトリクス・ポターをとりわけ愛しています。悪意はないものの何かと高圧的だった両親によって、ともすればその精神も才能も封じ込められて、もしかしたら悲惨な人生を送ることになったかもしれない暮らしのなかで、彼女は自らの力ででき得る限り、最善の努力をしました。これは彼女の根気強さとひたむきさの賜物にほかなりません。彼女の描いた物語とイラストは多くの読者を喜ばせ、明るい気持ちにさせてくれました。さらに彼女は、愛する湖水地方の発展と保護のために、並々ならぬはたらきをしました。あらゆる作家や芸術家のなかでも彼女がひときわ称賛を集めているのは、こうしたことのためなのです。

※

人物スケッチ——ビアトリクス・ポター

一八六六年生まれのビアトリクス・ポターが生み出した『ピーターラビットのおはなし』という絵本物語は、何百万部もの売上げを記録しました。それは、あのウォルト・ディズニーがミッキーマウスという名のネズミを描いて一大帝国を築くよりはるか昔のことです。ピーターラビット、アプリイ・ダプリイ、アヒルのジマイマ、リスのナトキンをはじめ、その後に続いて出版された本に登場する数多くの動物たちは、子どもたちにとって実際の遊び友だちと同じような存在となっています。ヴィクトリア女王の時代から今日の宇宙時代まで、なんと五世代にもおよぶ子どもたちが、時代に寄り添っているようにも、時代を超越しているようにも見える空想上の動物たちとともに、幼少時代を過ごしてきました。

当初ビアトリクスが自費で出版した本はあっという間に大人気となり、一九〇二年には、れっきとした出版社フレデリック・ウォーン社から『ピーターラビットのおはなし』が出版されました。その後、十年にもわたって、この本は大ベストセラーとなりました。ビアトリクスは、出版に関する打ち合わせなどの作業をすべて一人でこなしました。頼りになる優秀なブレーンがそろっていたわけでもなく、事務員はおろか秘書もいなかったのです。いったい彼女はどうやってやり遂げたのでしょうか。

類まれな才能とビジネスへの洞察力にも恵まれていたのですが、おそらく彼女自身は、叔父のロスコー卿、ペットのウサギ、牧師のローンズリー氏、そしてノエルという少年に信頼を寄せていたのでしょう。この三人の人物と一羽のウサギに、彼女の創造性が育まれていくうえできわめて重要だった四つの要素がそなわっていたといえます。それは励ましであり、創造への刺激、援助、そしてきっかけです。もしもこの四つがそろっていなかったならば、ビアトリクスは第二のキャリアであった牧羊業の道にもっと早くから進んでいたことでしょう。実際、牧羊でも大成功をおさめています。

ビアトリクスの大好きだったロスコー卿は、姪の描くイラストに目を留め、クリスマスカード用のイラストを描いて出版社に売り込んでみるよう勧めました。するとある出版社がイラストを買い取り、クリスマスカードに使ってくれたのです。この成功に勇気づけられ、ビアトリクスは物語絵本を創作しようと思い立ちます。

ペットのウサギはベンジャミン・バウンサーと名づけられ、革ひもでつながれてビアトリクスの散歩のお供をしていました。ベンジャミンはクリスマスカードのイラストのモデルとなってくれたうえに、今度は飼い主の想像力をかきたてるようになります。ビアトリクスは独自のユーモアを織り交ぜてベンジャミンの物語を書きました。クリスマスカードの売れ行きに気をよくした彼女が、モデルのお礼にとカップ一杯の麻の種をベンジャミンにあげると、ベンジャミンは酔っ払ったように手がつけられなくなってしまいました。そのときの様子を彼女はこう語っています。「それからわたしはベッドに入り、明け方二時ごろまでくすくす笑いながら横たわっていました。そのあとで、ウサギが白い木綿のナイトキャップをかぶってベッドの横に来て、わたしをひげでくすぐるイメージが浮かんできました」。

湖水地方の教会の牧師だったハードウィック・ローンズリー氏には数多くの功績がありますが、なかでも作家として本を出版したことのある彼は、ビアトリクスの本を出してくれる出版社探しを応援し、いろいろとアドバイスをしてくれました。

ではノエル少年はどうだったのでしょう。ノエルはかつてビアトリクスの家庭教師だったアニー・ムーアの息子でした。この少年が病の床にあったことがきっかけとなり、ビアトリクスは、死後に出版された二冊を含めて二十四冊もの絵本を生み出すようになります。ビアトリクスが病床のノエルにウサギの絵を添えた手紙を書いたのは、彼女が三十歳のときのことです。この手紙こそが絵本作家として活躍していくスタート地点となったのです。

かわいいノエル坊やへ
何を書いていいのかわからないので、四羽のウサギのお話をしましょう。名まえはフロプシー、モプシー、カトンテール、そしてピーターといいました……

ノエルの母親アニー・ムーアがかつての教え子からの心踊る手紙を読み、この物語を出版してはどうかと提案したのでした。

ビアトリクスの境遇には喜ばしくない側面もありました。彼女の成功のよりどころは幼少期を過ごしたヴィクトリア朝時代にあったといえるでしょう。道徳観念や規律の厳しかったこの時代は、子どもにとって、ともすれば陰気で息が詰まりそうな時代でした。そんな環境だったからこそ、ビアトリクスは想像力をいっぱいにふくらませ、自律心を育てていく必要があったのです。

大好きだった父親は法廷弁護士で、写真が好きでした。一方、冷ややかで近寄りがたかった母親は、ビアトリクスや五つ年下の弟バートラムとともに過ごすよりも、社交界での友人知人を訪問したりもてなしたりして過ごす時間のほうが長かったといわれています。とはいえ、このような習慣はそのころの上流家庭の多くでごく当たり前のことでした。当時はガヴァネスと呼ばれた住み込み家庭教師の時代で、両親の助けを受けつつガヴァネスが子どもを育てたのです。気立てがよく思慮深かったビアトリクスは、こうした環境でも性格のゆがんだ女の子にならなかったようで、責任をもって年老いた母親の面倒をみました。しかし残念ながら、母親の気性は最後まで改まることはなかったようです。

この時代にはビアトリクスに好ましい影響をもたらした社会的な慣例もありました。欧米の伝統である春の大掃除の時期に、ポター一家は二週間ほど家を留守にしていました。そして夏が始まるころからは、使用人を引き連れてスコットランド地方で三か月を過ごしました。その後スコットランドの家が借りられなくなったため、一家はイングランドの湖水地方で休暇を過ごすようになったのです。

大都会から離れた地で、観察力と豊かな感性に恵まれたビアトリクスは、これまで以上に自然の素晴らしさに目覚めていきました。そして何よりも好きなことに没頭するようになります。ありとあらゆるものをたいへん精密に描いていったのです。ウサギにネズミ、ネコ、ケムシにテンジクネズミ、ヤマネに花、フクロウやキノコ、そして気に入った部屋のなかの様子や家具、いつまでも覚えておきたいと感じた景色を描きました。幼いころから絵を描くのが得意だった彼女の才能は、描くほどにさらに磨きがかかっていきました。

ビアトリクスは、もう一つ才能を授かっていました。これこそが作家への道を歩む素晴らしい兆しであるといえます。それは、まるで井戸水のように汲めども尽きない想像力です。しかも彼女は純朴で、なんでも素直に受け入れる気質の持ち主でした。アイルランドの詩人イェーツのように、ビアトリクスも妖精の存在を信じていたのです。スーザン・デニヤーの著書『ビアトリクス・ポターの家で』によると、ビアトリクスはかつてこう書いていたそうです。

思えばわたしは小さいころ、半信半疑ながら、妖精たちとよくいっしょに遊んでいました。子どものときの妖精と遊んだ世界をいつまでも失わないで、その一方で知識と常識をほどよく身につければ、夜とともにやってくる恐怖におびえなくなるでしょう。それでもなお、ほんのわずかでも生命の物語に心から感じ入り、学ぶことができたら、それにまさる真実はないでしょう。

こんな考えの持ち主だったビアトリクス・ポターの本を読んだ子どもたちは、きっと安らぎの手のなかに包まれるような気持ちになったことでしょう。

作家ヴァージニア・ウルフが「ある程度のお金と自分だけの部屋」を強く望んだように、ビアトリクス・ポターも自立するために少しばかりの収入が欲しいと願いました。「自分で暮らしていけるだけのお金を手にすることができたのだと思うと嬉しくなります」と彼女は語っています。十分な資金が貯まると、彼女は湖水地方のソーリー村にあるヒルトップ農場を購入しました。そしてもとからあった家を母屋にして、自分で設計した別棟を加えました。

以前から農場で暮らしていた借家人たちにはそのまま住み続けてもらい、彼女自身は母屋に住むことにしました。やがて母屋にはかねてから憧れていた、彫刻がほどこされた年代物の立派な家具をそろえていきました。両親にいろいろな用事で呼び出され、思うようにヒルトップで暮らすことはできませんでしたが、ともかくも彼女の夢は実現し、さらにほかにも家を建てていきました。その後、彼女はいっぱしの女性農場主になっていきます。

ビアトリクスには、農家の生活に影響を与えるような政治的な問題にまで熱心に取り組む一面もありました。ではほかの興味はどうだったのか、ロマンティックな恋を夢見たことはなかったのでしょうか。それは遅れてやってきて、しかも最初の恋はほろ苦い結末を迎えます。ビアトリクスは、彼女の絵本を出版したフレデリック・ウォーン社を経営する一族のノーマン・ウォーンという男性と出会い、五年にわたって交際していました。ノーマンは、勇気があり気だての明るいビアトリクスに憧れを抱いていましたが、内気な性格だったために手紙でプロポーズしました。手紙を読んだビアトリクスは大喜びでしたが、一つ問題がありました。彼女の両親、なかでも母親が、三十九歳になる娘が「商人」に嫁ぐことに反対したのです。

それでもビアトリクスはプロポーズを承諾し、彼から贈られた婚約指輪を断固としてはずしませんでした。ただし両親の意向に従って、当分の間二人の婚約を公表せずにおこうと提案しました。この「当分の間」が二人に残された最後の時間であったことなど、このときの彼女は想像すらしませんでした。

ビアトリクスは家族との休暇のためにウェールズへ出かけていきましたが、内心、ノーマンの体調がどうもよくないことが心配でした。彼女は旅先からウサギのことや「散歩用のステッキを買いましたよ。これであなたの奥さん（自分のこと）を叩いてやればいい」などと記した「たわいもない手紙」をノーマンにあてて送りましたが、その手紙が読まれることはありませんでした。彼は急性の白血病にかかり、たった数週間で亡くなってしまったのです。これが二人の婚約期間となりました。

ビアトリクスは悲しみに打ちひしがれました。そしてつらさを紛らわすかのように、ヒルトップでのさまざまな用事に明け暮れました。ノーマンの死後も、贈られた指輪をずっとはめていましたが、自分が所有する風光明媚な土地での仕事にさらに没頭していきます。そして「ヒルトップ・ガーデン」を実現し、そこでヒツジなどの家畜を飼い始め、そのかたわら本も書き続けました。

古くからの友人で、ビアトリクスを敬愛していたローンズリー牧師とその息子が、この地方での飼育に適したハードウィック種のヒツジを育ててはどうかと彼女に勧めました。やがて彼らは「ハードウィック種綿羊飼育者協会」を設立します。さらにビアトリクスは、関税制度の改正のための活動にも取り組みました。

ビアトリクスに新しい心配の種ができました。それは水上飛行機です。大西洋の向こうのアメリカでは航空機設計技師のグレン・カーティスが飛行機を製造し、飛行機レースで新記録を出していましたし、イギリスでもさまざまな種類の飛行船や航空機が造られるようになりました。しかしビアトリクスは、この水上飛行機という最新の機械がウィンダミア湖のやっかい者になると考えたのです。彼女はこう語っています。「……まるでアオバエが大群になって飛んでいるかのような騒音を出すのです。今日もブンブンと何時間も上がったり下がったりして、馬が驚いて飛び出し、行商人の荷馬車を粉々に壊してしまう始末です」。彼女は新聞の賛同を得て、「水上飛行機製造工場建設反対」の請願署名を成功させました。こうして、予定されていた工場は建設されなくなり、騒音の元凶はウィンダミア湖から去っていったのです。

一九〇九年、ビアトリクスはカースル農場を購入し、そこでの農作業に励んでいました。そのころ、一つの深い絆が生まれました。それはウィリアム・ヒーリスとの関係です。彼は地元の事務弁護士で、カースル農場をはじめとする不動産の取引について彼女にいろいろ助言をしてくれました。六年にわたる親交の末、ウィリアムはビアトリクスに結婚を申し込みます。またもや両親からお決まりの反対にあいますが、ビアトリクスは彼のプロポーズを承諾しました。二人はロンドンで結婚し、新たに大きな部屋を設けたカースル・コテージで暮らすことにしました。このときウィリアムは四十二歳、ビアトリクスは四十七歳でした。

同じころ、彼女は『ブタのピグリン・ブランドのおはなし』を出版しました。物語に登場する子ブタのピグウィグは、実際に農場にいたバークシャー種がモデルでした。このブタは色が黒いので農場で受け入れられなかったのです。ピグウィグを血統書つきのほかのブタたちといっしょに飼育することを農場の管理人から拒まれ、ビアトリクスはこの子ブタをバスケットに入れて自分のベッドのわきに置き、哺乳ビンでミルクをやって育てました。この子ブタだけでなく、彼女は生涯ずっと動物たちに深い愛情を注ぎました。きちんと面倒をみて、病気になれば原因を突きとめ、休暇先にまで連れていきました。それに対して動物たちは、物語の主人公のアイディアを提供することで、彼女の愛情に報いてくれたのです。

ビアトリクスをめぐるロマンスには一つおまけがあります。彼女のよき理解者だったローンズリー牧師の家族によると、妻に先立たれた牧師は、ビアトリクスと再婚できたらと望んだようですが、一人身になったときはすでに遅く、彼女とウィリアムが結ばれてから二年が経っていました。そのため彼は別の女性と再婚したのでした。残念ですが、それが人生というものですね。ビアトリクスは一八九五年に設立された自然保護団体「ナショナルトラスト」を熱心に支援していましたが、この団体の創設者の一人にローンズリー牧師が名を連ねているというのも、なんとも興味深い話です。

ビアトリクスはもともと、ウィリアムと自分の死後には所有地をトラストに寄付する心積りでいましたが、生前からそれを実行に移していきました。自然保護に強い信念をもっていた彼女は、トラストへの寄付により、何千エーカーもの土地が開発から守られることを確信して、おおいに喜びます。

絵本を書いて得た豊富な印税を使って、ビアトリクスは引き続き湖水地方の土地を買い続けました。第二次世界大戦の最中には、政府に自宅を接収されてしまった家族のために家を用意したり、友人に家を使ってもらうなどしました。さらに、ガールスカウトの前身であるガールガイズ（Girl Guides）の少女たちのために、自分の土地を喜んでキャンプ地として提供しました。戦時中とはいえ、自分の所有地は人里離れた辺鄙なところにあるから、まさか敵の飛行機に襲われることはないと考えていたようですが、ガールガイズにはテントは木の下に張りなさい、そうすれば敵から見えにくくなりますよ、と勧めていました。

執筆活動を続けるかたわら、ビアトリクスは牧羊の専門家としての才能を発揮していきます。

ヒツジの品評会では審判を務め、ハードウィック種のヒツジが湖水地方の気候や地形に適したヒツジであることを世間に宣伝する活動に携わりました。このころになると、古いオーク製の家具や美しい陶器を買い集めて楽しむだけのお金のゆとりもありました。彼女が暮らしていたヒルトップ・ハウスに行けば、こうした収集品を見ることができます。彼女のコレクションは二つの役割を果たしました。彼女自身が心ゆくまで楽しんだのはもちろんのこと、大切に保存されたおかげで後世の人たちも楽しむことができるのです。

❖ヒルトップ滞在中のビアトリクス・ポター。英国ナショナルトラスト提供

ビアトリクスが取り組んだもう一つの賢明な行動は、ウォルト・ディズニーの商業アイディアの先駆けとなりました。彼女は手始めにピーターラビットの人形を売り出し、続いてほかの人形も売り出しました。さらに塗り絵本やディナー用マット、カードに雑誌など、数多くの子ども向けの製品がライセンス商品として売られるようになりました。これらは現在でも買うことができます。なかでもとくに希少価値があるものは、ヴィクトリア・アンド・アルバート博物館の英国国立アートライブラリーに遺贈されました。一九七九年にはピーターラビットの切手が発売されています。

ビアトリクスの本は当初六つの言語に翻訳されましたが、最近わかったところでは三十か国語にまで翻訳されています。一九八〇年に設立された『ビアトリクス・ポター協会』には、世界中からたくさんの会員が参加しています。一九八七年から翌年にかけて、ロンドンのテート・ギャラリーやニューヨークのピアポント・モルガン・ギャラリーでは彼女の手紙やイラストなどの展覧会が開かれ、好評を呼びました。

ビアトリクスは心から愛した動物たちを素晴らしい技法で描きましたが、その技法を超える才能にも恵まれていました。動物たちがまるで人間に見えるように、情感豊かに描くことができたのです。彼女が描いたグリーティングカードには、母親ウサギが子どものウサギにスプーンで薬を飲ませている絵が描かれたものがあります。子ウサギの頭はベッドカバーからほんのちょっと見えるだけ、そしてベッドの足もとには二羽の友だちウサギが背筋を伸ばして立ち、ベッドのなかをじっとのぞき込んでいます。病気の子ウサギを心配し、優しく思いやる二羽の友だちウサギの気持ちが、ピンと立った耳やふわふわした尻尾から、まるで手に取るように伝わってきます。

ビアトリクス・ポターの人気はとどまるところなく、永遠にたくさんの読者の心をとらえ続けることでしょう。ときに悲しみや孤独にさいなまれ、困難にもぶつかりましたが、彼女ならきっとこういうでしょう。つらい経験もあったけれど、幸せで満ち足りた人生によって報われたし、それ以上に素晴らしい一生だったと。

❋ シンキング・プレイス

ヴィクトリア朝時代の家庭に生まれ育ったビアトリクス・ポターには、思索にふけり創作に思いをめぐらす時間がたっぷりとありました。彼女は学校教育は受けず、ガヴァネスが先生役を務めました。きっとよいガヴァネスに恵まれたか、あるいは、少なくともビアトリクスがもっていた自然への探究心を抑えつけたり、芸術的な才能の成長を妨げるような教師ではなかったのでしょう。動物好きをはじめとする、彼女にそなわったあらゆる気質が、その想像力を育んだのです。それはロンドンにいても湖水地方にいても変わりありませんでした。ですからきっと、ときが経つとともに数多くのシンキング・プレイスが生まれていったことでしょう。

ビアトリクスが絵本の出版にもっとも精を出したのは、ヒルトップ農場を購入した一九〇五年から結婚した一九一三年までだったといわれています。娘が自分たちから離れていくのを恐れた両親からいろいろといわれ、彼女はヒルトップに定住することはできませんでした。しかし家具をそろえたり部屋のなかを飾ったりしながら、ヒルトップの家でずいぶん長い時間を過ごしたようですから、彼女の人生でもっとも創作活動が花開いたこの時期に、この家でもきっといくつか物語を書いたことでしょう。

❋ 旅のおまけ

思い出が、現実としていちどきに現われることなどあるものでしょうか。思い描いていたとおりのものが目の前に現われることなどめったにないでしょうね。でもビアトリクス・ポターが初めて購入したソーリー村のヒルトップのすべては、まさにわたしたち二人の思い描いていたとおりだったのです。庭の小道を歩きながら、畑でいたずらをしていたピーターラビットが畑の主のマクレガーさんに見つかり追いかけられて、慌てふためき逃げていく姿が見られるのではないかと、なかば本気で期待してしまったほどです。

色とりどりの夏の花が風に揺られて、小道のところどころをふさぐようにしてこうべを垂れ、ほどよいまとまりのなさが魅力となっていました。そして庭にはタチアオイの花が咲いていま

❖英国カンブリア州、ソーリー村にあるヒルトップ・ハウス

❖ヒルトップ・ハウスのシンキング・プレイス

した。子どものころはよく、重なった花びらをぎゅっと閉じて、なかにいたハチを閉じ込めては放して遊んだものです。

ビアトリクスが暮らした家に入ると、なぜか既視感を覚えました。どうしたことでしょう。前にここに来たことがあるような気がしたのです、でもいったいどうして、いつのことでしょうか。きっとビアトリクスの絵本のおかげでそう感じたのでしょう。どうやら若いころの記憶、初めて経験した記憶には、より長く人の心に残り続け、より凝縮されたかたちで心に長い間影響を与え続けるものがあるようです。現に、もう何年もビアトリクスの本を開いていなかったのに、登場するキャラクターや物語が、昨日読んだ新聞よりもはるかに鮮やかに、きらめくばかりに心の内に浮かんできたのです。

これが、わたしたち二人の旅のおまけです。あいまいな感覚であるにもかかわらず、とても確かなものとして感じることができました。懐かしい安らぎ、そして親近感、それがヒルトップの訪問でもらった旅のおまけなのです。過去は、過ぎ去ってしまったのではない、そのことを確かめることができ、なんとも心休まる思いでした。過去は今もわたしたちとともにあります。幼かったころビアトリクス・ポターの絵本を読んで聞かせてくれた大人は、わたしたちとつながっているのと同じようにビアトリクスとつながっています。そして彼女とわたしたちも結びついているのです。

湖水地方の美しい風景をうっとりと眺めていると、この地を愛したビアトリクスへの親しみがしみじみとわいてきます。彼女はこの地を守ってくれたのです。同じようにこの風景を愛するようになったすべての人たちのために。

心の奥で「ありがとう」の言葉をかみしめてみたとしても、とても十分に感謝したとはいえないでしょう。言葉というものは往々にして、どうにも表現できない感情を不完全ながらもなんとか伝えようとするための、単なるシンボルに過ぎないのです。

ヴァージニア・ウルフ

一八八二―一九四一年

この世の美には二つの刃（やいば）――心をばらばらに切り刻んでしまう、笑いと苦悩の刃――がそなわっています。

――『自分だけの部屋』

女性たちはこれまで何世紀もの間、男性の姿を実物の二倍にして映し出す甘美な力をそなえた魔法の鏡としてつかえてきました。

――『自分だけの部屋』

彼女はつねに美のたいまつを身のまわりにかざしている。それを自分でも意識せざるを得なかった。まっすぐ掲げられたそのたいまつを、足を踏み入れるすべての部屋に運び込む。それをベールで覆い隠そうとも、美しさゆえの単調なふるまいを避けようとも、彼女の美は明らかだった。彼女は賞賛され、愛された。

――『灯台へ』

❋ 訪問記――マンクス・ハウス

イングランド南部、サセックスのロドメルにあるヴァージニア・ウルフの家を初めて訪れたのは、同じくサセックスのライにあるヘンリー・ジェームズ（アメリカに生まれイギリスで活躍した小説家）の「ラム・ハウス」を見にいった日のことでした。以前そこにはジェームズが作中に鮮やかに描き出していたお気に入りのシンキング・プレイス、「ガーデン・ルーム」がありましたが、第二次世界大戦の空爆によって破壊されてしまいました。わたしたちはせめて彼の住んでいた家だけでも見たいと思ってその地を訪ねたのですが、見学には予約が必要で、あいにくなかに入ることはかないませんでした。

その後、わたしたちはロドメルに向かいました。「マンクス・ハウス」は村のはずれを走る大通りのそばにありましたが、なんとその時期はオフシーズンだったため、窓越しにしか家のなかを見ることができませんでした。もちろんわたしたち以外に人の姿はありません。風の吹きすさぶ寒い日で、まだ日中だというのに空はどんよりと重く、あたりには湿った空気が立ち込めていました。ヴァージニア・ウルフが人生の晩年にかけて過ごした日々もきっとこんなふうに陰気だったのだろうと、そんなことを思いました。しかしその一方、彼女がもっとも幸せなときを過ごし、もっとも多くの作品を書き上げたのも、ここマンクス・ハウスでした。ここは、彼女が選んだシンキング・プレイスだったのです。

裏庭の花壇も見捨てられ、春になって植物が蘇生するのをじっと待っているようでした。しかしその奥には、わたしたちがどうしても目にしたかったもの、寒空の下ここまでやってきた目的のものが、ひときわ輝きを放つように建っていました。ウルフが「ロッジ」と呼んでいた灰色の小さな執筆ヒュッテです。そのたたずまいは、わたしたちが思い描いていた姿そのもの——一人閉じこもって執筆をするための、隔離された孤独な場所でした。

数年後、今度は十月の晴れた午後、たくさんの観光客でにぎわうマンクス・ハウスを訪れました。わたしたちは階下の部屋を見てまわりましたが、そこには庭に面したウルフの寝室もありました。趣味のよさが際立つその部屋は、ウルフの姉で芸術家のヴァネッサ・ベルと、ダンカン・グラントによる内装でしたが、前日、近くにあるヴァネッサの色彩豊かな「チャールストン・ファームハウス」を見学していたわたしたちには、それがすぐにわかりました。

❖ロドメルにあるヴァージニア・ウルフの家

❖ヴァージニアの執筆ヒュッテ

❋

人物スケッチ――ヴァージニア・ウルフ

ヴァージニア・ウルフの人生、そしてその人間性には、神話のような雰囲気が漂っています。彼女はまるでおとぎ話に出てくる美しいお姫さまのようでした。おとぎ話の妖精はたいていい主人公のお姫さまを助けてくれますが、それと同じようにウルフを見守る妖精もたくさんの天分を彼女に授けました。一風変わったドレスを着ても損なわれることのない美貌、高い知性、優しい夫、いつも褒めてくれる友人たち、そして斬新な手法で独自に物語を紡ぎ出していく類まれな才能です。

しかしどういうわけでしょう、優しかった妖精は邪悪なものへと化し、みずから才能を与えたかけがえのない女性に、今度は暗い影を落とし始めるのです。不幸な出来事が立て続けにお姫さまの身に降りかかりました。若くして母が亡くなり、その後ウルフの面倒を見てくれていた義理の姉も亡くなります。父と兄も数年のうちに相次いでこの世を去りました。義理の兄弟からは性的虐待を受け、心から信頼できる味方はただ一人、姉のヴァネッサだけになってしまいました。そこへ追い打ちをかけるように、もっとも耐えがたい不幸が精神の病という形をとり、彼女を襲ったのです。病は四度にもわたって彼女を打ちのめし、お姫さまのほかならぬ最大の才能――創作力を脅かしました。

しかし、妖精はお姫さまの願い事を一つだけ叶えてやりました。それは、たがいに忠誠を誓いながらも競争心の見え隠れする姉妹の愛によく似たものなのかもしれません。たった一つウルフに与えられたものとは、苦しい試練をずっとそばで支え、愛し続けてくれる夫でした。彼の存在はとても大きな原動力となり、ウルフは自分の内に存在する、才能をむしばむ病魔を追い払おうと心に決めたのです。さらに、『英国人名辞典』の編集で世界的に名の通った父サー・レズリー・スティーヴンに匹敵する仕事を残そうと決意しました。

自分にはまだ小説を書く力が残っている——お姫さまがそのことに気づくと、恐るべき暗い影はしだいにその力を弱めていきました。残念ながら、最終的に重い病に打ち勝つことはできませんでしたが、一途に耐え忍んだそのこころざしは報われることになりました。おとぎの国の公正な「おきて」に従って、ウルフの小説やさまざまな著作はそれぞれに命を吹き込まれ、彼女の亡きあともこの世に残ることになったのです。

ヴァージニア・スティーヴン・ウルフの生涯は、おとぎ話のハッピーエンドみたいに「それからもお姫さまはずっと幸せに暮らしました」というわけにはいきませんでしたが、彼女は生きている間にそれに見合うだけの幸せをたくさんもらいました。

姉のヴァネッサと二人の兄弟とともにロンドンの文教地区ブルームズベリーに転居したときのことでした。兄のケンブリッジ時代の友人が家に集まるようになったのをきっかけに、毎週木曜日の夜、四人の家は芸術家や作家たちの知的な交友の場となりました。その集まりは広く知れ渡り、「ブルームズベリー・グループ」と呼ばれるようになります。ヴァージニアにとってグループの仲間はとても刺激的で、毎日満ち足りていました。そんな最中、ヴァージニアはインドから帰国したばかりの文芸評論家で編集者のレナード・ウルフと出会い、結婚を決めます。自立した暮らしを放棄することへの恐れ、あるいは以前患った精神衰弱を不安に思う気持ちからか、その結婚に躊躇もしましたが、ともかくも二人は結婚し、いろいろな点で型にはまらない夫婦生活を幸せに過ごします。二人を訪ねてやってくる親友も多く、そんなとき彼らは熱い出版談義を繰り広げたのでした。

ロンドンでの生活は刺激に溢れたものでしたが、二人はヴァージニアが選んだ別荘「マンクス・ハウス」に引きこもるのが好きでした。当初、水道も電気もガスも通っていなかった家を、財政状態が許す範囲で徐々に永住できる家へと改造していきました。それでもはじめのうち、マンクス・ハウスでの生活はきびしいもので、あまりの寒さにヴァージニアがペンを握れない日もありました。二人はサセックスの高原地という自然の美しさを取る代わりに、そこでの不自由に果敢に耐えたのです。

それまでにもいくつかの家に住んでいましたが、マンクス・ハウスがもっとも満足のゆく場所だったのでしょう。ヴァージニアはそこで料理をしたり、ロールパンや食パンやケーキを焼いたりするのが好きで、そうしていると自然と彼女の気分も落ち着きました。夫のレナードは裏庭に花壇をつくり、花や鉢植えの植物で家中を満たしました。家の装飾はすぐれた芸術家である姉のヴァネッサと芸術家仲間のダンカン・グラントに任せましたが、居間だけは大好きなグリーンで塗ってほしいとヴァージニアは頼んだのでした。居間の雰囲気にぴったりと合った明るくて淡いグリーンは、今でもマンクス・ハウスで見ることができるでしょう。

ヴァージニアがレナードと共同で出版社「ホーガス・プレス」を始めたのは、ロンドンの家に住んでいるときでした。事務所はヴァージニアの書斎と兼用で、立ち上げのころはキッチンのテーブルですべての出版作業をこなしていました。しかし、だんだんと出版社は大きく成長していき、ついにはT・S・エリオットの『荒地』をはじめとして、ジークムント・フロイトなどの著名人、そしてヴァージニア自身の作品を世に送り出すようになりました。

当時、大学教育を受けていた女性はほとんどいませんでしたが、ヴァージニアは自分が大学に行かなかったことを深く悔やんでいました。そのような背景が彼女のフェミニズム的観念を展開させ、『自分だけの部屋』ではその信念が雄弁に語られました。彼女はまた平和主義者であり、社会主義者でもありました。

ヴァージニア・ウルフは多作の作家で、数々の小説や五百を超えるエッセイなど多くの著作を残し、さらに彼女の日記を収録した全五巻の本も出版されています。彼女の作品は「意識の流れ」あるいは「内的独白」の手法を駆使した独特の作風によって高い評価を得ました。その文章は明快で論理的、きわめて精緻な構造で書かれることもあれば、詩的な文体で書かれることもありました。

女性たちの経験を描き出し、表面からは見えない内面をとらえるために、それまでのストーリー中心の伝統的な小説作法を捨てました。そして、筋の運びではなく登場人物の感情を明らかにすることで、人物の性格描写を展開していったのです。『ジェイコブの部屋』ではその手法を実験的に、『ダロウェイ夫人』や『波』ではより巧みに取り入れていきます。そのようにして書かれた作品のなかで最高傑作といわれるのが『灯台へ』です。また、ユーモラスな作品『オーランドー』からは、ヴァージニアが時間と歴史の謎に魅了されていたことが見て取れます。はじめは少年だった主人公のオーランドーが、四世紀の後に男性から女性へと変貌するという話です。舞台はサックヴィル家の館「ノウル」、オーランドーのモデルとされるのが友人女性のヴィータ・サックヴィルウェストで、本にはヴィータ自身の写真が挿入されました。ヴァージニアとヴィータは何年か同性愛の関係にありましたが、このようなかたちの友情は、ヴァージニアとレナードが結婚前に所属していたブルームズベリー・グループのなかではそれほどめずらしいものではありませんでした。現代社会における精神的、社会的、そして性的曖昧さに対してヴァージニアが抱いていた並々ならぬ関心が『オーランドー』に表現されています。

今日、ヴァージニア・ウルフはこれまでにない注目を集めています。最近では『ダロウェイ夫人』が小説と映画『ザ・ヴォイス』になって見事に再現され、またジョーン・ラッセル・ノーブル編集『回想 ヴァージニア・ウルフ』のなかでは、同世代の友人らによってヴァージニアの姿が蘇っています。その筆者たちが口をそろえて語るのは、彼女が天才だったということです。

「外見も内面も、どこをとっても彼女は詩的な人でした」と、友人の一人は当時のヴァージニアをふりかえっています。寒さが恐怖といっていいほど嫌いだったヴァージニアは、暖炉のそばに坐って身体を左右に揺らしながら、すらっとした美しい手を火にかざすように動かしたり、自分を抱きしめるみたいにぎゅっと腕を組んだりして、何かを真剣に考えていました。そうしているときの彼女ははっとするほどきれいでした。特徴的なワシ鼻、彫りの深い繊細な顔立ち、深くくぼんでともすればグレーにも輝くグリーンの目。彼女はなかば禁欲的ともいえる洗練された雰囲気を醸し出していました。時の経過、絶え間ない変化、秩序と無秩序——ヴァージニアが強く惹きつけられていたこれらの事柄を一途に思いつめているとき、彼女はこのような印象をまわりに与えたのでしょう。

ヴァージニアには明るい一面もありました。おしゃべりが大好きで、うわさ話だって喜んでしました。友人に数え切れないくらいたくさんの質問をしたり、あだ名をつけたり、人のタイプを決めつけたりすることもあったといいます。冗談半分にいたずらをするようなユーモアもありました。新顔が入るとその人のすべてを知りたがって素性をあれこれと想像し、それをよく仲間に話してきかせたそうです。彼女はひたすら純粋な人で、思ったことを臆することなく言葉にしました。「誰よりも魅力的で話し上手でした」と、友人の一人は彼女の印象を語っています。

ヴァージニアが何よりもこだわったのは、肉体の感覚を意識すること、知性と知識、大学教育のもたらす恩恵と権力でした。反面、社交的な人でもあり、仮装パーティーにはよくだぶだぶの柔らかいカーテンのような服を着て出かけていったようです。ほかにはジェスチャーゲームや、家族や友人といっしょに出かける旅行が好きでした。また意外にも、気晴らしに散歩をするのが喜びだったようです。車の運転はしませんでした。友人もたくさんいましたが、もっとも近い存在だったのは夫のレナードと、スティーヴン家のもう一人の美女、芸術家の姉ヴァネッサでした。

五十九歳のとき、ヴァージニア・ウルフはポケットに重たい石をたくさん詰め込んでウーズ川に身を沈め、みずからその生涯に終止符を打ちました。彼女はその少し前にも自殺を図っています。少女時代から四度にわたって精神病の発作にみまわれ、一九一三年から一五年にかけては偏頭痛を伴う激しい躁うつ病に苦しみ、精神錯乱につながることも心配されました。奇跡的にも彼女は病を克服し、数々の傑作を生み出したのです。

ヴァージニアはレナードにあてて遺書を残しています。そこには、いろいろな声が聞こえて読むことも書くこともできないこと、その狂気に耐えられそうにないことが書かれていました。彼女は生涯で最高に幸せな時間をくれた彼に感謝しました。ヴァージニアの読者たちもレナードに感謝すべきでしょう。彼女が作家としての職分をまっとうできたのは、ひとえに彼の献身的な愛に守られていたからでした。そして、ヴァージニアはその時代の一流女性作家となった

❖庭にあるヴァージニアの胸像

❖庭にあるレナードの胸像

のです。

＊ シンキング・プレイス

ヴァージニア・ウルフの「ロッジ」は、庭の奥のほうにぽつんと建っています。となりの土地には古い教会が、その板張りの質素な建物に覆いかぶさるようにそびえていました。静寂と孤独を好んだウルフらしいシンキング・プレイスです。冬の寒さに耐える建物ではなかったため、彼女はおもに夏の時期にその場所を使っていました。

入口の扉とその上の壁はめずらしいガラス張りになっていて、そこから太陽の光が家具のまばらに置かれた部屋にたっぷりと注がれていました。窓越しになかをのぞくと書斎があり、彼女の執筆机と青い原稿用紙の束が見えました。彼女が遺書を書いた、お気に入りの原稿用紙です。ヴァージニアは背の高い製図用の机を前にして立ったままものを書く習慣がありましたが、一九一九年にマンクス・ハウスを手に入れてからは、長時間ロッジの机に向かうようになりました。朝早くから何時間も一人でこもったそうです。緑のインクを浸した金属製のペンを使って、彼女はきちょうめんにその特徴的な文字を書き綴ったのでしょう。

一九二八年、ウルフ夫妻はマンクス・ハウスに翼棟を建て増ししました。一階は「ヴァージニアのグリーン」の居間、上階は寝室でした。これらはすべてヴァージニアのヒット作『オー

❖裏庭にあるロッジと隣接した教会の尖塔

❖ウルフのシンキング・プレイスだった執筆ヒュッテ、ロッジの室内

ランドー』の売上で建てられ、電気の設備を整えるための資金は『波』の売上でまかなわれました。ヴァージニアは新たに増築した居間でもときどきペンを執りましたが、彼女にとってのいちばんの執筆場所、シンキング・プレイスは、やはりロッジでした――お天気さえ許せば、ですが。

❋ 旅のおまけ

ヴァージニア・ウルフが執筆ヒュッテとして使っていたロッジは、俗世界と隔離された、わたしたちの思い描くシンキング・プレイスそのものの姿を見せてくれました。同時にそれは、寒々とした日に初めてその地を訪れたわたしたちにとっての「旅のおまけ」でもあったのです。二度目の訪問では、明るい秋の日差しの下、印象的な色彩で飾られた家や庭のなかに実際に立ち、ウルフ夫妻がマンクス・ハウスをこよなく愛した理由を理解することができました。

さらに、ヴァージニアとレナードの家を訪ね、わたしたちは二人の関係をもっと知りたいと感じました。そしてヴァージニアの本をもう一度手に取り、独創的な才能に溢れた、喜びと悲しみの波乱万丈の物語を再読したいと思ったのです。

わたしたちがヴァージニアからもらった大切な贈り物、つまり旅のおまけは、最後に彼女が夫に残した愛と感謝のしるしです。二人の間には嵐のような苦悩がつきまとい、ヴァージニアは「またあの狂気がやってくる」という不安をつねに抱えて生きてきました。それにもかかわらず、彼女は心の奥底にあった想いをレナードへあてた最後のメモにこう綴ったのです。

「……あなたのおかげで、わたしの人生は幸せでした」

トマス・アルヴァ・エディソン

一八四七―一九三一年

天才とは一パーセントのひらめきと九九パーセントの努力のたまものである。
勤勉に代わるものはない。

❊ 訪問記――ウェストオレンジとフォートマイヤーズ

シンキング・プレイスをめぐる旅を始めるずっと前、ニュージャージー州ウェストオレンジにあるトマス・アルヴァ・エディソンの実験室と彼の住んでいた家を訪ねたことがありました。わたしたちはそのとき、光と音のエネルギーを利用することでエディソン以上に世界に貢献した人はいないことを知り、彼のことをもっと知りたいと思ったのです。

独立した小国のようにも感じられるエディソン国定史跡は、エディソンの心のうちで異なる志向が共存していたことを物語っています。まず、いくつもの巨大なエンジンや機械がそなえつけられた煉瓦造りの一大機械工場があり、そこは施設のなかでも堅牢で重々しい雰囲気を醸し出していました。機械工場の奥にあるのがエディソンの発明に不可欠だった基礎素材をおさめた部屋で、数百もの整理棚や引き出しが床から天井にかけて一面に取りつけられています。

一方、図書館のある建物はというと、天井までの高さが四〇フィート（約一二メートル）あり、天井はパイン材の羽目板張り、床は寄木張りになっていて、大聖堂を思わせる立派な窓から、そのひろびろとした部屋にたっぷりと光が注がれていました。書架は手すりがついた三段構えで、部屋を取り囲むように据えられています。ぎっしりと本が並べられ、各段は階段でつながっています。暖炉は使われていませんが、マントルピースの中央に立派な時計が置かれ、部屋の一角にある大きなパイプオルガンがあたりを圧していました。

この国定史跡では、「キネトグラフィック・シアター」あるいは簡単に「ブラック・マライア」と呼ばれるアメリカ初の映画制作スタジオも見学することができます。約五〇フィート（約一五メートル）ある横長のいびつな建物で、開閉式の屋根からスタジオ内に自然光が入るつくりになっています。スタジオの外壁は黒一色に塗られていました。当時の夏の映画撮影は、きっとひどく暑かったことでしょう。

そこから少し行ったところに、アン王女時代の建築が取り入れられたヴィクトリア朝様式の大邸宅があります。エディソンがマイナと結婚する直前に家具つきで買った家で、そちらも見学できるようになっています。

そして、フロリダ州フォートマイヤーズには、現在市によって保存・運営されているエディソンの冬の別荘があります。広いベランダのある大きな家が二戸、マイナとエディソンが冬を過ごしたときのままに保たれ、エディソンが「アキノキリンソウ」という植物を使ってゴムの合成に成功した実験室も再建されています。ほかには、一四エーカー（約五万六〇〇〇平方メートル）の広さを誇る庭園や、今でも使えるスイミングプール、広大な植物園、数々の発明品やエディソンの愛用車が所蔵されているエディソン博物館が見どころです。また、エディソンの生涯の友人であったヘンリー・フォードの別荘がすぐ近くにあり、そこも訪れることができます。

エディソンをたどったウェストオレンジとフォートマイヤーズへの旅は、過去——とりわけ「メンローパークの魔術師」と呼ばれたエディソンが、その非凡な創造的才能と勤勉によって光と音に命を吹き込んだ、重要な時代をたどる旅でもありました。

※ 人物スケッチ——トマス・アルヴァ・エディソン

「人類史上もっとも偉大な発明家」といわれるエディソンは、祖国であるアメリカをはじめ、さまざまな国からたくさんの栄誉を授かりました。とはいってもこの偉人、かつては担任の先生に「きみの頭は腐っている」といわれ、勉強など無理だからと家に帰されてしまうような少年でした。最期までけっして学ぶことをやめなかった天才に対する評価としては、かなり予想外のものです。なにしろエディソンは八十という歳で植物学に興味をもち始め、人工ゴムを合成するために一万七千種類以上の植物を研究し、それから四年後、八十四歳で亡くなる前に、アキノキリンソウを使って見事にそれを成功させた人物なのです。

エディソンは生涯のうちで一三二八件の特許を取得し、その名で発明と発見のリストを数ページにわたって埋め尽くしました。三年生レベルの教育しか受けてこなかった彼は、生まれもった知性、数千の本や論文、保管していた二千五百冊の自分のノートだけを頼りにしてきました。「それは無理だ」とか「今までやった人はいないから」などと、自分の限界を決めることはありませんでした。エディソンの偉大なる才能の一つは、発明力と忍耐力に裏づけられた強い好奇心だったのです。「あらゆることに興味をもっています」——彼は植物界の発明家ルーサー・バーバンクを初めて訪ねたとき、自分の名刺にそう書いたそうです。また、彼はこうもいっています。

「天才は一パーセントのひらめきと九九パーセントの努力のたまものです。そう、そのほとんどは努力なのです」

エディソンはじつに高い知能の持ち主でしたが、誰にでもあるように、彼独特の奇癖がありました。たとえば彼は企業家として、また興行主として素晴らしい才能に恵まれていたものの、お金に困ることがよくありました。それというのも、すでに完成した発明品からの収入よりも多い額を次の実験費に注ぎ込んでしまうからで、そのためつねに現金は不足した状態、実際に借金の返済に苦労したこともあったようです。また、人間は眠り過ぎだと考えていて、一日の睡眠時間は四、五時間に満たず、疲れると実験室の机で本を枕代わりに仮眠をとりました。さらに、必要ならフォーマルなシルクハットをかぶることもありましたが、そうでなければ、たいていは化学薬品でしみになったしわくちゃのスーツを着ていました。スーツを新調するときは、あらかじめ測ってある寸法どおりのものを郵便で注文したといいます。髪は自分で切りました。実験に対しては、「わたしはうまくいきそうにないことを百万回試してきたから、何がうまくいかないのかがよくわかっている。そこから消去法で研究しているのだ」と語っているように、じつに謙虚でした。

そんなエディソンの母親はじつに理解のある人でした。彼の成功は母ナンシーの存在なしにはあり得ません。「頭が腐っている」というレッテルを担任の先生に貼られても、母は息子の能力を信じました。みずから家で勉強を教え、子どもには難しすぎると思われる本をたくさん与えました。聖書やシェイクスピア、ギボンの『ローマ帝国衰亡史』、シアーズの『世界史』、ペインの『理性の時代』などで、その後もエディソンは生涯を通してむさぼるように本を読み続けました。ナンシーから与えられた本のなかでも好きだったのがR・G・パーカーの『自然・実験哲学概論』で、それをきっかけに彼は化学に対して永遠に変わらぬ興味を抱くようになります。そんな彼が数学を苦手としていたというのですから、わからないものです。

エディソンは十二歳で学校をやめると、当時すでに集めていた化学薬品を買うお金ほしさに、列車のキャンディ売りになります。車内の通路を歩きながら乗客相手にキャンディや雑貨類を売り、駅では主婦たち相手に新鮮な野菜を売りました。その後、少年を何人か雇って雑誌を売る店を開いたものの、従業員のもめごとがあって店を閉めるはめになります。それでも、列車が彼の職場であることに変わりはありませんでした。空の貨車のなかに実験室をつくり、小さな印刷機を置いて『ウィークリー・ヘラルド』新聞を編集・発行したのです。それは、走る列車のなかで刷られた初めての新聞でした。そして列車の運行スケジュールに長時間の空きが出ると、エディソンは公立図書館に行っては本を読みあさりました。

あるとき、彼の発明家人生を推し進める一つの事件が起こります。貨車で薬品が少しこぼれてぼや騒ぎがあり、これはもう伝説になっている話ですが、エディソンは実験室ごと列車の外に投げ出されたのです。そのとき負った怪我がもとになって、彼は新しい仕事を始めることになり、同時に難聴という一生の障害を負うことになりました。これについてエディソン本人は、走る列車から落ちそうになった彼を列車の乗務員が助けようと両耳を引っ張り、そのとき耳が聞こえなくなったのだといっていますが、真意のほどはわかりません。もともとエディソンは幼年時代から耳が少し不自由でした。それをふまえて考えると、彼が学校の授業についていけなかったのにも説明がつくかもしれません。

彼の耳は年を追うごとに悪くなっていきました。妻のマイナは彼のとなりに坐り、会話や晩さん会での話をモールス信号に置き換え、膝をトントンと叩いて伝えたそうです。不思議な話ですが、耳の聞こえなかったエディソンが好きだった発明品は、音を再生させる蓄音機でした。彼は歯と頭蓋骨を通して音を聞くことができるといい、ときどき実際にピアノを噛んでその音調を聞き分けていました。音盤に歌を録音するため歌手のオーディションをしたときには、音の高さを細かく変化させる声よりも、まっすぐに伸びる声のほうがうまく響いて録音に向いていると判断したほどです。

十五歳のとき、迫りくる列車の前で轢かれそうになっている幼い子どもをすんでのところで救い出しました。その子の父親は感謝のしるしとして、彼に電信の技術を教えます。最初の実験室をつくるまでの間、エディソンはこのとき学んだ電信の技術で生計を立てていきました。

今ある知識に発明の才と臨機の才を組み合わせる――それが、若いうちからエディソンが企業家として、また発明家として成功をおさめてきた秘訣です。南北戦争中に起こったシャイローの戦いののち、彼は電信係を説得し、戦いに関するニュースを鉄道の駅に逐一電報で伝えてもらうようにしました。読者が戦いのニュースを切望することを知っていたエディソンは、普段は一〇〇部のところ一五〇〇部の新聞を掛けで買い、それを列車から転売したのです。さらに、それぞれの駅で新聞の料金をだんだんと引き上げていき、平然と売りさばきました。そのときエディソンは、まだほんの十五歳の少年だったのです。

それからの六年は職場を転々と渡り歩きます。いつもみすぼらしい身なりをして腹をすかせ、懐はさみしく、ややもすれば一文無しということもありました。あるとき彼はニューヨークでみずからを発明家だと名乗り、ウェスタン・ユニオン社での職を得ます。そこで電信機の改良品を発明し、その対価として、考えていたより八倍も多い額をもらいました。大金を手にしたエディソンはニューアークに移って有志をつのり、小さな実験室を構えます。そしてその一年後、可憐なメアリー・スティルウエルと結婚しました。

一八七六年、実験室をニュージャージー州のメンローパークに移し、工業製品を研究開発するための本格的な実験室をつくります。まもなくエディソンは「メンローパークの魔術師」の異名をとり、英国の新聞各紙はこぞって研究所のことを「発明工場」として取り上げました。

エディソンは新たな実験を始める前には必ずそのテーマを発表していました。実験室には二匹のペット――セントバーナード犬と水銀のしずくを拾い上げようと実の結ばない挑戦に時間を費やしていたアライグマ――がいて、風景の一部になっていたようです。

明るい面だけを見る楽天主義、そして努力することに誇りをもち続けるエディソンの生き方が、この時期に功を奏します。従業員たちは愛きょうのある彼の立ち居ふるまいが好きでした。研究室の過酷な労働に文句をいう者はおらず、それというのも、エディソン自身が誰よりも一生懸命働いていたからです。一日十時間以上、週に六日の労働を進んでこなし、それ以上働くこともよくありました。そんな毎日ですから、睡眠というものを煩わしく思っていたでしょうが、その点、彼にはどんな場所でもすぐさまぐっすり眠れるという特技がありました。

初めて特許を取った発明品は政治団体へ向けてつくった「投票記録機」でしたが、そこには問題が一つありました。政治家がそれを欲しがらないという根本的なもので、エディソンは早々と次の発明に取りかかりました。

一八八四年、最初の妻メアリーが脳腫瘍と思われる病気で亡くなります。彼女との間には娘が一人、息子が二人いました。その二年後、エディソンはマイナ・ミラーと結婚します。マイナの父ルイス・ミラーは農作業用の刈り取り機を改良した発明家、またショトーカ湖畔で活動する生涯学習施設「ショトーカ・インスティチューション」の創設者の一人でした。エディソン夫妻は夏になるとよくその地へおもむいては楽しいときを過ごしていました。

二人はフロリダ州フォートマイヤーズにあるエディソンの冬の別荘でハネムーンを送ります。そこには美しいヴィクトリア朝様式の家が二戸、熱帯の花々や木々に囲まれて並んでいます。家の材木はあらかじめ切った状態でニューイングランドから船で運ばれました。敷地内にはもうひとつ別の建物――エディソンがアキノキリンソウを使って合成ゴムの実験を行なった実験室が誇らしげに建っています。また、「エディソン・ポートランド・セメント」でつくられたフロリダ初のプールは、現在まで水漏れがいっさいないそうです。別荘では毎日何紙もの新聞を読んだそうですが、独学で速読術を会得していたエディソンにとってそれはたやすいことだったのでしょう。

エディソンの発明の数はその後も増え続けます。ベルが発明した電話をより実用的にした改良品を生み出し、さらに新たな発明品も続々と世に送り出していきました。ほんの一部を紹介します。

○自動電信機
○電気ペン（謄写版）
○電話機
○蓄音機
○白熱電灯
○エジソン効果（現代の電子工学における基本原理）
○中央発電所
○映画撮影用カメラと映写機
○映画スタジオ（「ブラック・マライア」）
○鉄鉱石精鉱工場
○腕木信号機
○蛍光電灯
○アルカリ蓄電池

❖フロリダ州フォートマイヤーズにある冬の別荘「セミノール・ロッジ」。ニュージャージー州ウェストオレンジのエディソン国定史跡提供

❖フロリダ州フォートマイヤーズにあったエディソンの実験室。「知られざるフロリダ」(フローレンス・フィッツ、1963年)より

❖マイナとエディソン。エディソン国立史跡提供

○キネトホン（映画に音をつける装置）
○鉱夫のための安全手提げランプ
○合成石炭酸の製造工程（第一次世界大戦によって供給が不足）
○改良セメントの製造（引き続いてプレハブ住宅の開発）

こうした発明のなかで、一件だけエディソンが特許を取らなかったものがありました。レントゲンによって発見されたエックス線の実験中に、エディソンは「エックス線透視装置」を開発したのですが、医療活動においてそれがいかに重要なはたらきをすることになるかを考え、その発明を公有財産としたのです。

また、エディソンのもとには聴覚障害を解決するよい方法を発明してほしいという依頼が次々と寄せられましたが、それに応じることはありませんでした。そこには特別な理由があったようです。彼はかつて「自分は周囲から隔離（遮音といったほうがよさそうですが）されているおかげでものを深く考えることができる。現代生活においてわたしたちの神経を疲労させる要因は、おもに耳から入ってくるのではないだろうか」と語っています。

一九一四年十二月九日、この日ウェストオレンジの研究室は火事に見舞われます。五棟が全焼、ほかの七棟は外壁を残して焼けてしまいました。その損失は五〇〇万ドル、保険はかけられていませんでした。しかし、そのときのエディソンのコメントはいかにも彼らしいものだったのです。

「新しいスタートを切るのに遅すぎるということはけっしてない」

彼はそのとき六十七歳。火事があった三十六時間後には、研究所の復興作業が開始されました。

一九二八年、エディソンは米国議会から勲功章を受け、翌年にはフーヴァー大統領はじめ世界の首脳たちから白熱灯の発明五十周年を記念した名誉を与えられました。フランスからはレジオンドヌール勲章、その後、最高位のコマンドール勲章を授かり、パリ万国博覧会のときには、彼の展示がアメリカに割り当てられたスペース全体の三分の一を占めました。さらに、ジョシーファス・ダニエルズ海軍長官の要請で海軍顧問委員会の議長に就任します。栄誉はさらなる栄誉を呼び、彼は生涯のうちでたくさんの栄誉を授かったのです。

そんなエディソンにとっての喜びはもっぱら、仕事をすることと妻のマイナに深い愛を注ぐことでしたが、そのほかにもう一つ大きな楽しみがありました。自動車王のヘンリー・フォード、タイヤ産業を興したハーヴィー・ファイアストーン、自然史家のジョン・バローズとの生涯にわたる親交です。彼ら「四人組」は、ときにはそれぞれの妻を伴ってよくキャンプ旅行に出かけました。

トマス・アルヴァ・エディソンが残した功績は語り尽くせるものではありません。そのことをもっとも端的に語ったのが、ヘンリー・フォードでした。

「エディソンの恩恵を受けたことがない者、何か利益を得たことがない者を探すには、ジャングルの奥地まで入っていかなくてはなるまい。エディソンこそ、もっとも偉大なアメリカ人である」

※シンキング・プレイス

トマス・アルヴァ・エディソンは「シンキング・プレイス」の概念を毎日の仕事のなかで実証していました。研究棟には可動式のシンキング・プレイスがあり、彼は一つの実験室から別の実験室へと自在に移動したのです。それは引き出しが二段ついた、よくある小さな作業台でした。大事なのはその配置で、従業員が目に入らないよう内向きに、壁を向く形で置かれました。エディソンは気が散るのが嫌いだったのです。その一方で、彼が日常業務をこなした机は巨大な実験室と図書館の中央、あわただしい作業現場のどまんなかにありました。仕事中に思索にふけるという点では、彼の聴覚障害は役に立っていたのです。

エディソンの自宅、グレンモントの二階にある寝室のとなりの居間は、穏やかに過ごす家族だんらんの部屋として使われていましたが、夕方になるとエディソンお気に入りの引きこもり場所となり、彼はそこにある「思索の椅子」にいつも坐っていました。伝記作家のボールドウィンによると、エディソンはセメント会社について考えをめぐらせていたとき、よく知られるある種の「幻覚追復状態（フーガ）」に陥って週末中グレンモントに引きこもり、五〇ページにもわたる

❖ニュージャージー州ウェストオレンジにあるエディソンの家「グレンモント」。
エディソン国立史跡提供

❖寝室のとなりの部屋で「思索の椅子」に坐るエディソン。週末になるとこの部屋に閉じこもり、新しいアイディアを練り上げるまで「幻覚追復（フーガ）状態」に陥った。
エディソン国立史跡提供

手書きの事業計画書をもってそこから抜け出してきたことがあったそうです。グレンモントでは、週末の大半を「思索の椅子」に腰かけて過ごしたのでしょう。

たまに同僚といっしょに釣りに出かけることもあり、そんなときエディソンは針に餌をつけないで釣り糸を垂れていました。じっと押し黙ったまま何かを考えているその集中力に仲間たちは敬服しました。エディソンが何かを考えるために特定の椅子に坐ったり特定の場所に行ったりするようなときには、家族や仲間たちはそれを察知し、彼をそっとしておいたのです。

❋ 旅のおまけ

わたしたちはショトーカで「旅のおまけ」をもらいましたが、ショトーカとはいったいどこで、何をするところなのか、トマス・アルヴァ・エディソンとどのような関係があるのか、皆さんご存じでしょうか？

ショトーカ湖はニューヨーク州バッファローの南六〇マイルほどに位置します。湖のほとりに設立されている「ショトーカ・インスティチューション」はフェンスで囲まれた共同体で、一八七四年にキャンプのような形から小規模に始まりました。現在では学問、道徳や宗教の教育、音楽、ダンス、演劇、レクリエーション、家族集会などを行なう主要な教育センターとして発展しています。強い好奇心の塊だったエディソンがいかにも好みそうな場所ですが、実際にそうだったのです。

現在も残る色彩豊かなヴィクトリア朝様式のコテージや家々、宿やホテルは、一九〇〇年以前に建てられたものです。一八九六年につくられた五千人を収容する屋根つきの野外円形劇場は、今でも夏季休暇中に九週間にわたって実施されるさまざまな講演会、音楽や演劇の公演の中心的センターとして使われています。

生涯学習施設の「ショトーカ・インスティチューション」が創設されてから四年後の一八七八年、今もアメリカで続くもっとも古い読書クラブ「ショトーカ学習科学クラブ(CLSC)」がスタートしたそうです。ショトーカの共同創立者の一人、メソジスト派主教のジョン・ヘイル・ヴィンセント師はCLSCの目的を、「とくに教育環境に恵まれてこなかった人たちの読書習慣を促進し、自然や芸術、科学、そして素晴らしい不朽の文学作品を勉強すること」だと述べています。選定書のなかから一年で一定の冊数を読むという四年コースへの参加者は初年度だけで八千人に上り、一九二〇年代までには三十万人相当が参加しました。

では、このショトーカ・インスティチューションとエディソン、そこにはどのようなつながりがあるのでしょうか。一八四七年に生まれたエディソンは、国家の成長期のまっただなかに育ちました。それはかつてない新しいものが次々と現われ、進化していく動乱の時代でした。ショトーカとその活動は、あらゆるものに対して意欲的で、そして知識欲に溢れた当時の潮流にぴったりと合うものだったのです。

とりわけエディソンは、最初の妻が亡くなった二年後、オハイオ州アクロンのマイナ・ミラーと結婚したことで個人的にショトーカと関わりをもつようになりました。マイナの父はショトーカの共同創立者のひとり、ルイス・ミラーです。マイナとエディソンは夏になると当時ショトーカ・センターの近くにあったミラー家のコテージをよく訪れました。

　エディソンはCLSCの一九三〇年のメンバーで、ちなみに彼のクラスには「エディソンクラス」という名前がつけられました。一八七四年の最初のクラスは「パイオニア」、ほかのクラスは大作家の名から「ディケンズ」、メイフラワー号のアメリカ到着記念史跡である「プリマスロック」、英雄イアーソンに従って大船アルゴーで遠征した勇士「アルゴナウテース」などと名づけられました。

　スイス伝統の山小屋（シャレー）に似たミラー家のコテージは、薄いグレーに塗られ、側面にはひときわ目を引く十字型の板が張りつけられていました。一九二二年にマイナとエディソンによって改装され、現在もまだきれいな状態のまま残っています。そこからはショトーカのもともとの集会場だったミラー・パークを見渡すことができました。

　ミラー・コテージは華々しい歴史に彩られています。アメリカでもっとも古いプレハブ住宅のひとつで、材木などの部品はアクロンから船で運ばれ、一八七五年の夏、ユリシーズ・S・グラント大統領の訪問演説にぎりぎり間に合うように組み立てられました。グラント大統領はイリノイ州ガリーナの生まれで、長年にわたってヴィンセント師の教会区民であり友人でもありました。一八八〇年にはガーフィールド大統領がコテージを訪問します。一九六六年、コテージは国定史跡に指定され、その式典にはエディソンの息子でニュージャージー州知事のチャールズ・エディソンが出席しました。

一九二九年、ショトーカはルイス・ミラーの生誕百周年とエディソンの白熱電球の発明二十五周年を記念して「光のフェスティバル」を執り行ないました。円形劇場ではショトーカ・シンフォニーによる公演、オペラ『マーサ』の初回公演、そしてエディソンとヘンリー・フォード、『ニューヨーク・タイムズ』の編集者アドルフ・オックスによるシンポジウムが開かれました。

❖ショトーカのミラー・パークを見渡すミラー・エディソンコテージ

ショトーカでは一年を通して著名人による討論会や演説が行なわれ、そのなかにはウィリアム・マッキンリー大統領、セオドア・ルーズベルト大統領、ウィリアム・ハワード・タフト大統領、「わたしは戦争を憎む」という有名なスピーチを残したフランクリン・ルーズベルト大統領など、錚々たる面々が含まれています。

わたしたちがその人生に圧倒され、インスピレーションをもらったトマス・アルヴァ・エディソン、彼はまさに不世出の天才発明家です。わたしたちが尊敬してやまないエディソンとショトーカが、ショトーカの起源の地であるミラー・パークを見渡す小さなスイス・シャレーによって結びついていたのです。このことを知り、わたしたちはこのうえない喜びを感じました。

アレクサンダー・グラハム・ベル

一八四七—一九二二年

航空実験協会（AEA）は今や過去の遺産です。航空史に足跡を刻んだその業績は、人々の記憶のなかに生き続けるでしょう。

——『協会ニュース』

いつも公道を歩いていてはいけません。ほかの人たちが歩んだ道だけを歩き、ヒツジの群れのように人々のあとについていくだけではだめです。たまには踏みならされた道からはずれて、森のなかに踏み込んでみるといいでしょう。そうすれば、今まで見たこともないものが発見できるに違いありません。

たしかに、それは小さな発見かもしれません。しかし、無視してはいけません。それを追求し、どこまでも探求するのです。一つの発見は、別のもう一つの発見につながります。おわかりでしょう、それこそ心頭滅却して考えるに足るものなのです。真の大発明はすべて、思考の結果なのです。

――『送る言葉』

※ 訪問記――美しい山「ベン・ブレーア」

電話の発明という大成功をおさめたアレクサンダー・グラハム・ベルは、電話会社と研究所を設立した数年後、妻のメイベルとともにワシントンDCに引っ越しました。しかし、ワシントンDCの夏の暑さはベルにとってあまりに耐えがたいものでした。二人は夏の別荘を建てる場所を探し、そしてカナダのノヴァスコシア州バデックの近くに、ちょうどよい場所を見つけたのです。ニュー・スコットランドを意味する「ノヴァスコシア」の入り組んだ海岸線と海を見下ろすように広がる低い山々は、ベルに祖国を思い出させました。ベルはこの地を選んだ理由を、地元の人たちにこう話したといいます。

「世界中を旅して、ロッキー山脈やアンデス山脈、アルプス山脈やスコットランド高地を見てきました。だけど純粋な美しさという意味で、ここノヴァスコシアのケープブレトンに勝るところはありませんでした」

そうして、ベル夫妻はゲール語で「美しい山」を意味する「ベン・ブレーア」の高台に立派な家を建てることになりました。ベン・ブレーアは塩水の内陸湖であるブラドー湖に突き出した半島の先端にあります。ベルの家族生活と精力的な創作活動は、このベン・ブレーア・ホールで最盛期を迎えました。ベルの曾孫のガーディナー・マイヤーズ博士によると、地元の人たちはこの家を「ザ・ビックハウス」と呼び、ベルの家族は半島の先っぽにあることから「ザ・ポイント」と呼んでいたそうです。

わたしたちはバデックとベン・ブレーアを訪れ、そこで一生に一度の経験をすることになるのですが、それはわたしたちが書いたミュージカル『水上飛行機』（アラン・ポテ作曲）のおかげでした。このミュージカルに、ほかならぬアレクサンダー・グラハム・ベルが主役で登場するのです。ミュージカルでは、

❖カナダのノヴァスコシア、ベン・ブレーアにあるベルの別荘

初期の航空史におけるベルの活躍を詳しく書きました。

ノヴァスコシアへの旅は、もともと計画にはなかった偶然のめぐり合わせでした。それというのも、ミュージカルのための調査を重ねたあと、わたしたちはニューヨーク州ハモンズポートへ行くことにしていたのです。そこは、グレン・カーティスの故郷であり、一九〇八年にアメリカにおいて初めて一般公開された重航空機の飛行で、カーティスが賞を獲得した場所でもあります。その飛行実験は、アレクサンダー・グラハム・ベルとグレン・カーティスを含む飛行実験協会メンバー五人の頭脳の産物でした。

ニュージャージー州ニューアークの空港で乗り継ぎ便を待っているとき、時刻表にノヴァスコシア州ハリファックス行きの飛行機が表示されているのに気づきました。ハリファックスといえば、ベルの家の近くではありませんか！　わたしたちはすぐにそのチケットを取ってハリファックスへ飛び、そこからバデックまで車を走らせたのです。数日後、わたしたちはモントリオールまで飛行機で戻り、そこから車でアディロンダック山地を横切って無事ハモンズポートに行くことができました。それはまさしくとっさの、そして最高の決断だったのです。紅葉は目を見張る美しさでした。さらに、ベルの家だけではなく、ハモンズポートからそれほど遠くない、ニューヨーク州エルマイラにある大作家マーク・トウェインの別荘と彼のシンキング・プレイスにも行くことができたのです。これはほんとうに運のよい、思いがけない贈り物でした。

この目でベン・ブレーアを見ました。そして、ベルの三人の娘、キャロル・マイヤーズ夫人たちに会うことができたのです。なんという素晴らしい訪問だったか。詳しくは「旅のおまけ」をお読みください。現在、ベン・ブレーア・ホールはベル・グローヴナー家財団が管理しています。

バデックを発つ前にアレクサンダー・グラハム・ベル国立史跡を訪れました。地元ではベル博物館と呼ばれ、展示や建築の基調となっている四面体構造が特徴的です。その複合施設には、ベルの使った道具、思い出の品、凧、発明品のレプリカなど、最大規模の収蔵品が展示されているほか、最初の電話のレプリカ、水中翼船「HD-4」の実物大のレプリカなどもあります。三つある展示ホールを見学するだけでも、バデックに行く価値があるのではないでしょうか。

※ 人物スケッチ――アレクサンダー・グラハム・ベル

ベルは数多くの発明品を残しましたが、そのなかで電話がいちばんのお気に入りというわけではなかったようです。しかし、一八七六年三月七日に正式に登録された174465号のベルの電話特許は、アメリカ合衆国特許局史上、最高といってよいほど価値ある特許の一つだとされています。ベルはよく電話のことを「迷惑もの」といっていたようです。もちろんその発明の重要性に気づいてはいましたが、彼にとっては特許訴訟に悩まされる「迷惑もの」でもあったのです。後に光線電話を発明したとき、ベルはみずからそれを「今までで最高の発明品」と称しました。そのときから一世紀が過ぎ去ってようやく登場するレーザーや光ファイバーの先駆けだったことを考えると、光線電話は本人の想像以上に大きな発明だったといえるかもしれません。電話と光線電話は、近代における高速コミュニケーションの到来を告げるものだったのです。

それ以外にも、ベルの発明品は人々の生活に革命をもたらすものでした。その一部をあげてみましょう。

○海水の脱塩
○人工呼吸を制御する金属呼吸ジャケット。これは、鉄の肺（小児麻痺患者などに使う鉄製呼吸補助装置）の先駆けとなりました
○金属探知機。ガーフィールド大統領が襲撃されたとき、その体内から弾丸を探し出すために考案されました。今日、金属探知機はセキュリティーの面で重要性を増しています
○聴力測定器。聴力の喪失の度合いを数値で表わしました
○四面体構造。各面がいずれも三角形の四面体で、強度にすぐれ、建築術に恩恵をもたらしました
○ヒツジの品種改良。これにより、ヒツジの多胎が可能になりました

○水中翼船。ボールドウィンとともに完成させ、第一次世界大戦中、初の駆潜艇として設計されました。時速七〇マイル（約一一〇キロメートル）という船舶速度の世界最高記録を達成し、この記録は四十年間破られることはありませんでした

ベルはつねに時代を飛び越え、将来の必要性を予測しました。その時代、彼はすでにソーラーパネルや冷暖房、代替燃料、大気汚染の対処法を考え出そうと実験を繰り返していたのです。さらに、テープレコーダーやハードディスク、フロッピーディスクの着想までもっていました。晩年は凧やグライダーなどの飛行実験を繰り返し、グレン・カーティスら若手の技術者とともにAEAを結成しました。ベルは航空界に大きな功績を残しましたが、それでもやはり彼の残したいちばんの功績は、電話でしょう。

電話はもっとも価値ある特許というだけでなく、ほかの発明家たちからもっとも多くの議論を呼んだ特許でもありました。電話特許をめぐってその権利を主張する者が続出し、六百もの特許侵害訴訟が発生してベルをおおいに悩ますことになったのです。新たなアイディアが生まれて製品化されていくとき、このような同時発生はよく起こることですが、電話はまさにそれを例証するものでした。同じようなことがチャールズ・ダーウィンの生涯においてもありました。トマス・アルヴァ・エディソンも同類の装置を研究していた多くの発明家の一人でしたが、後にベルとエディソンは共同で「オリエンタル・テレフォン・カンパニー」を設立しました。

一般的には、ベルがトマス・ワトソンとともに電話の考案を発展させ、実用に耐える発明品として成功させたことが認められています。その後、ほかの科学者たちによって電話は改良を加えられていきました。音の強さを表わす単位「デシベル」（単位ベルの十分の一）もほかの人によって提案されたものですが、ベルの名前にちなんだこの単位が一般に受け入れられることにより、ベルの正当性はさらに強調されることになりました。

電話を発明したとき、ベルはまだ二十九歳という若さでした。おそらくわたしたちは、白髪で白いあごひげをたくわえた老年のベルの写真を見る機会が多いために、このことを実感しにくいのでしょう。彼はどのように電話を発明していったのでしょうか。たしかに、彼はとても粘り強く、すぐれた観察力や創造力をもち、興味をもった事柄について心ゆくまで考える人でした。しかしそれだけではありません。ベルは彼の輝かしい経歴をあと押ししてくれる、素晴らしい家族にも恵まれていたのです。

彼の父も祖父も言語矯正と発声法の先生でした。父メルヴィルは一六八版を重ねた『標準エロキューショニスト』の著者で、世界的に名の通った人です。皆さんはオードリー・ヘップバーンの『マイ・フェア・レディ』を覚えておられるでしょう。この作品の原作は劇作家バーナード・ショーの『ピグマリオン』ですが、ショーは序文で、ここに登場する音声学教授のヒギンズのモデルはメルヴィル・ベルであることを述べています。

メルヴィルは自身のもっとも有名な論文『視話法』のなかで、唇、口、舌、喉から出るすべての音をあらゆる言語に対応する記号で表示しました。この視話法は聴覚障害者に話し方を教えるときに役立つものでした（聴覚障害者は発声法を習わずにいると、数年後には話し方を忘れてしまうことがよくあります）。聴覚障害者は目で他人の唇の動きを見ることにより、言葉の発し方を学びました。

若きベルも父の視話法を受け継いで熱心な言語教育者となります。ベルの母は難聴者で、長年にわたってラッパ形補聴器を使っていました。ベルはスコットランドにいたころから音響学

❖29歳のベル

に興味を抱くようになりますが、それはこうした理由からでした。このような背景があってベルの関心はもっぱら聴覚障害者たちの教育に向けられ、ひいては電話として進化する、音声を送る装置の実験へと向けられたのです。

アレックことアレクサンダー・グラハム・ベルは、スコットランドのエディンバラに生まれ、その後、ロンドン、カナダのブラントフォードへと移ります。ブラントフォードはオンタリオ州ハミルトンとニューヨーク州バッファローの近くに位置するなだらかな丘の小さな町です。ベルの二人の兄弟が結核のため亡くなるという悲劇があり、一家は産業大国イギリスの汚染された空気から幼いベルを守るため、カナダへの移住を決めました。一家の友人が住んでいたということもあり、ブラントフォードから数マイル離れた町、タテロ・ハイツに落ち着くことになりました。

このころ父のメルヴィルは、マサチューセッツ州ボストンにあるろう学校の教師たちに向けた視話法の実演を依頼されます。後にその学校で教職に就くよう頼まれた彼は、自分の代わりに息子のアレックを推薦しました。ベルは聴覚障害者に視話法の講義や個人レッスンをしながら見事にその役目を果たし、やがてボストン大学の教授に就任しました。そして、ボストンとブラントフォードを往き来する間に聴覚の研究を再開し、一本の電線を通して一度に多くのメッセージを送ることのできる調和式多重電信機の実験を始めたのです。

ベルは夏の時期や休暇にはブラントフォードのタテロ・ハイツに帰省し、決まった一階の寝室に寝泊まりしました（この部屋は現在宿泊できるようになっています）。そこでもベルは実験を続けました。居間ではよく音叉をもってピアノの前に長時間坐り、ペダルを踏みながら一つの鍵盤を繰り返し叩いては、呼応するピアノ線の振動に耳を澄ませました。彼は聴覚障害者を助ける装置がつくれないものかと考え続けていたのです。そしてついに設計図を練り上げ、ブラントフォードを出るときがきます。それは、後に電話の特許につながるものでした。家の敷地にある銘盤には、「一八七四年七月、この家でアレクサンダー・グラハム・ベルは電話を着想した」とあります。

ベルはブラントフォードにいる間、その土地に暮らす北米先住民のモホーク族と交流をもちました。彼らとともに過ごしながらその習慣を身につけ、視話法を使って言葉を勉強したのです。モホーク族の人たちはベルのことを高く評価し、ベルに名誉モホーク族の称号を与え、部族の衣装一式を贈って出陣の踊りを教えました。伝えられるところによると、ベルは何か嬉しい知らせがあると、よくモホーク族の踊りをしては鬨（とき）の声を上げたそうです。

運命は、母に次ぐもう一人の聴覚障害者をベルのもとに引きよせました。将来、彼の妻となり、大切な人生のパートナーとなるメイベル・ハバードです。メイベルは六歳のときにかかった熱病のため聴覚に障害をもち、ベルが教鞭を執っていたクラークろう学校に通っていました。彼女が十七歳、ベルが二十八歳のとき、ベルは狂おしいほどに彼女を愛してしまいます。その愛は真剣そのものでした。メイベルの母に六か月待つようさとされ、ベルはそれを承諾しましたが、一八七五年の感謝祭の日、メイベルの十八回目の誕生日に二人は婚約します。ベル――彼女の呼び方ではアレック――は、メイベルより十歳年上でした。

彼女の父であるガーディナー・グリーン・ハバードはボストンの（後にワシントンDCの）優秀な弁護士でした。彼はベルを励まし、実験を経済的に支援するとともに、後に起こる特許紛争においては弁護士としてベルを助けました。ハバードはワシントンDCのナショナル・ジオグラフィック協会の創設者で、初代会長でもあった人物です。

ベルは研究のなかで、「枠にとらわれず物事を考える」、あるいはみずから語ったように「たまには踏みならされた道をはずれて森のなかに踏み込んでみる」ことを実行していきました。彼は聴覚障害者への授業で、フォノートグラフという音の振動に応じてその波形が煤を塗ったガラスに記録される金属の装置を使っていました。ボストンのある聴覚科学者が、死人の鼓膜（きぬた骨）に針を刺したもので、同じような記録装置をつくってはどうかとベルに提案しました。ベルがそこから着想を得てつくったのが、音声によって震える振動板でした。電磁石を近づけると、振動板の震えは波状の電流を引き起こします。その電気信号を、電線を伝って同じような装置に送ると、受信側の装置はそれを音声に変え、音を再現するのです。つまりそれは、電話の基本的な原理でした。

ベルはボストンの家でも研究を続け、そして一八七六年三月十九日、地下室にいた助手を呼ぶ「ワトソン君、すぐに来てくれたまえ！」という有名な言葉とともに、初めて電話の実験に成功しました。装置越しにその声を聞いたワトソンは、興奮して地下室からベルの部屋へかけ上ってきました。ひょっとしたらベルはそのとき、モホーク族の踊りをしながら鬨の声を上げていたかもしれません。

ベルはその年フィラデルフィアで開催された独立百周年記念博覧会に電話を出展し、それを契機にハバードらの協力を得て電話会社の設立に取りかかります。一八七七年、ベルとメイベルは結婚し、ベルは彼女に真珠の十字架とベル電話会社の株、千四百九十七株を贈りました。ベルが自分のためにとっておいたのはほんの十株だけでした。二人はその後まもなくさまざまな土地を旅行してまわりますが、そのときに初めて、ベルは自分がすっかり有名人になっているのを実感したのです。二人は一年間ロンドンで電話会社設立の準備をし、そして会社の本拠地となるワシントンDCに引っ越しました。

ベル夫妻はすぐに裕福になったわけではありませんでしたが、やがて何不自由なく暮らせるほどの収入を得るようになりました。二人は社交界よりも科学的な集まりによく出向き、スミソニアン協会の仲間たちと親しいつきあいを続けました。

夏になると、ワシントンの息苦しい湿気に加え、いつ終結するかわからない特許争いがひどい重荷となってベルにのしかかってきました。しかし、ベルが実験中に正確なメモをとっていたことが幸いし、彼が訴訟に負けることは一度もありませんでした。

ベル夫妻は夏の別荘を建てるための場所を探し、その地をノヴァスコシアのバデックに決めます。広大な別荘はさわやかな気候に包まれ、彼の望みどおり、二人の娘は長ズボンをはいて遊ぶことができました。彼らはそのヴィクトリア朝様式の家をベン・ブレーア・ホールと名づけます。岬からは眼下に広がる湖と原生林を一望することができました。

ベルとメイベルはその場所で二人の娘を育てました。エドワードという名の男の子もいましたが、生まれてまもなく呼吸不全で亡くなりました。その悲劇の後、ベルは人工呼吸器のバキューム・ジャケットを発明します。それを実際に使ったのは数年後、ベン・ブレーアで一頭のヒツジが意識を失った状態で水から引き上げられたときのことでした。ベルがそのヒツジにジャケットを装着させると、ヒツジは意識を取り戻したといいます。

生涯最後の十年も、ベルはあいかわらず実験に打ち込む忙しい日々を過ごします。一八七〇年代に入ると、ベルは投票権を含む女性の権利の主唱者となりました。彼は男性より女性のほうが電話交換手に向いていると聞いて喜んだといいます。また、すべての人種が平等の権利をもつべきだという信念を抱いていました。そんなベルがもっとも親しいつきあいをした同僚の一人が、アフリカ系アメリカ人の執事チャールズ・トムソンで、彼にはホワイトハウスの執事になるチャンスがありましたが、ベル一家といっしょにいたいがためにそれを断ったほどです。トムソンによると、ベルはどんな場所であろうと足を運び、難聴の人たちを助けるために講演をしてまわったといいます。

ベルの頭のなかには新しいアイディアがとどまることなく溢れ続けました。「わたしたちは燃料の浪費家です。鉱山から石炭を掘り出すことはできるくせに、それをもとに戻すことはけっしてできません。石炭や石油がなくなったとき、わたしたちはいったいどうしたらよいのでしょう？」。ベルはそういって将来を憂い、太陽光エネルギーを使った実験も行なっています。さらに、ナショナル・ジオグラフィック協会の会長を務め、機関誌を一般大衆にもなじむような雑誌に変え、一時期会員の減った協会の復活をはかりました。彼はまた、科学・文学・芸術界の由緒ある社交クラブ、ワシントン・コスモス・クラブの発起人でもありました。このように、ベルは研究と学びという長年の習慣をいつまでも養っていったのです。

　そんなベルも、夜になると研究室での作業を離れ、子どもたちや孫たちの歌に合わせて

❖ベルの墓から望む草原。ガーディナー・マイヤーズ博士提供

よくピアノを弾きました。メイベルは両手をピアノに添えて立ち、そこから伝わる振動を頼りにリズムを取っていっしょに歌いました。アレックの朗々としたバリトンがみんなを先導したそうです。若いころにはコンサートピアニストを目指したこともあったようですが、おそらく彼はそれを覚えてさえいなかったでしょう。天才はしばしば複数の才能をあわせもっているといわれますが、まさに彼はそれを証明していたことになります。

彼の体は徐々に衰えていき、一九二二年八月二日、アレクサンダー・グラハム・ベルはベン・ブレーアにおいて貧血症と腎不全のため息を引き取りました。そして、望みどおり、美しい山の頂上にある開けた場所に埋葬されました。

告別式には多くの人が参列しました。ベルの娘のデイジーはそのときのことを詳しく語っています。アメリカとイギリスの国旗が半旗の位置に掲げられ、ベルの同僚がつくった木棺の後ろにベン・ブレーアの三十人の従業員が列をなしました。棺の上には、飾りのない月桂樹の輪、小麦の束、ピンクのバラの花が置かれ、賛美歌九十番から数節が読まれました。『春の朝(あした) 夏の真昼』と『砂州を越えて』が歌われ、ロバート・ルイ・スティーヴンソンの『レクイエム』から数節、ロングフェローの『人生賛歌』、そして『主の祈り』が唱えられたそうです。

ベルはスコットランドに生まれましたが、墓碑銘にはアメリカ合衆国の市民であることが誇らしげに、はっきりと記されました。それから五か月経った一九二三年一月三日、メイベルはがんのため亡くなり、ベルのとなりの墓に埋葬されました。

ベルは生涯を通して聴覚障害者の教育とみずからの研究・学習に身を投じてきました。「独習は生きているかぎり続けます。物事をつねに観察し、それを忘れずに記憶にとどめ、どうしてなのか、なぜなのかと次々とわき上がる疑問の答えを探し求めることをやめないかぎり、誰であれ精神の衰えなどあり得ません」と彼はかつて語っています。彼はこうした生きる原動力をもちながらも、謙虚さと優しさ、あらゆる人々に対する敬意をけっして忘れませんでした。

＊ シンキング・プレイス

アレクサンダー・グラハム・ベルは、日常に生じる問題を解決するための実用的な方法をつねに考え、頭に浮かんだ思いつきやその理論を次から次へと実行に移していきました。それはシンキング・プレイスについても同じで、よい場所を見つけたとしても、もっとよいシンキング・プレイスはないものかといつも探し続けました。タテロ・ハイツの両親の家では、自分の机や、家の下を流れる川の岸辺がベルのシンキング・プレイスでした。あるとき大木が川に倒れ、その跡がえぐれていたことがありました。ベルはそのえぐれたところに板を打ちつけて自家製の「フローリング」をつくり、そこに椅子を置いてよく何時間も坐っていたといいます。彼はその場所を「夢見る場所」と呼んでいました。

スコットランドの気候に慣れ親しんだベルにとって、ワシントンDCの夏場の蒸し暑さは身体的に耐えられないものでした。そこで、ベルとメイベルはワシントンでまだ誰ももっていなかったプライベートプールを自宅の敷地につくったのです。ベルはそのプールを眺め、地下室はどんな場所よりも涼しいシンキング・プレイスになるだろうと考えました。なんと、彼はプールの水を抜き、上にふたをかぶせ、かつてプールの底だった場所に書斎をつくったのです。その「地下室」で秘書に指示を送るベルは、きっと見ものだったに違いありません。

次に、家の屋根裏にキャンバス地の水槽を取りつけ、水槽を氷で満たします。そして、キャンバス地の「通気管」を書斎まで延ばし、「ワシントンの避暑地」に冷気を運んだのでした。

ベル一家が涼しいノヴァスコシアにベン・ブレーア・ホールを建て、その地で夏を過ごすようになって、ようやく蒸し暑いワシントンの問題は落着しました。ひろびろとした家と庭を手に入れたベルは満足し、心地よい気候と美しさに包まれたノヴァスコシアという特別な場所で家族とともに幸せに暮らします。

ベルの曾孫のガーディナー・マイヤーズ博士によると、実験室と倉庫は家の近くに建てられ、近くの山に凧の格納庫と凧上げをする草原があったそうです。ベルがおもに使っていた書斎は格納庫のなかにありましたが、これらすべての場所で、彼はつねに実験をし、考えをめぐらせていました。ベルは自身のアイディアと観察内容のすべてをとりつかれたようにノートに記録し、その大量にたまった「思索ノート」を大事に保管しました。

ベルのもっていたハウスボート「ベン・ブレーアのメイベル号」で家族は素晴らしい余暇を

楽しみました。ブラドー湖やその湖岸線を探検し、夜通しで周遊することもよくあったようです。そのうちボートが古くなり遊びに使えなくなると、ベルはベン・ブレーア・ホールから少し離れた水際にコンクリートブロックをつくり、その上にボートを固定しました。そして、その固定ハウスボートを書斎として使うようになりました。多くの創造的人物と同じように、ベルもとくに週末になると、にぎやかな家族生活から逃れ、人にじゃまされることのない静かな場所を必要としたのです。

ベルはよく一人でそのハウスボートに引きこもりました。そこはベルにとって「考えることだけに専念できる場所」だったのです。そんなときボートに入ることが許されたのは、ランチを届けるために顔を出すメイベルと、信頼できる従業員であり友人でもあったチャ

❖「シンキング・プレイス」のハウスボート

ールズ・トムソンだけでした。マイヤーズ博士いわく、そのハウスボートは事実上「入室禁止の週末のシンキング・プレイス」だったようです。

ボートは革新的なデザインの双胴船で、はね上げ戸がボートの内側から水面に向かって開くようになっています。はね上げ戸の近くには肘掛け椅子が設置されていて、ちょっと釣りをしながら思索にふけるのに都合がよさそうでした。

❋ 旅のおまけ

覆いかぶさった木々が道路に影を落としていました。家に向かってカーブした坂道を上っていったところで、わたしたちは息を呑みました。家があまりに巨大だったのです。変化に富んだ屋根、小さな塔まであるヴィクトリア朝様式の三階建ての屋敷が、わたしたちを見下ろすようにそびえているのです。この「木造の要塞」に入城許可され、意気揚々としていたわたしたちは、一気に身を縮めてしまいました。果たしてここに来るための正しい手続きをしっかり済ませてきただろうか、と不安になったのです。

訪問の許可をもらうための説明はいたって単純で、「現在、初期の航空を扱った『水上飛行機』というミュージカルの台本を書いています。そのなかでアレクサンダー・グラハム・ベル博士が重要な役どころとなっているのですが、わたしたちはぜひとも博士の個性を劇のなかで正しく伝えたいと思っています。そこで、二〇分ほどインタビューをさせていただけないでしょうか」という簡単なものでした。

誰に会うのかさえ知らされていませんでした。電話で話した人は、ベルの孫娘たちがベン・ブレーアに来られるかもしれないといっていましたが、いったい誰が入城許可を出してくれたのでしょう。正面玄関が開いたとき、その答えがわかりました。一人のスタッフが顔を見せ、なかに入るよういいました。そして、ベルの孫娘たちにわたしたちの訪問を伝え、許しを得たと説明してくれたのです。彼女に導かれて入っていった玄関ロビーでは、巨大な剥製のクマがまっすぐ立ち、わたしたちを出迎えてくれました。

感じよく家具の並んだ快適な部屋に通されました。そこには高齢の女性が三人、三角形をつくるような格好で向き合って坐っていました。三人の女性はそれぞれ、ワシントンDCに住み小児科医をすでに引退したメイベル・グローヴナー博士、マイアミとワシントンを行ったり来たりしているキャロル・マイヤーズ夫人、フロリダに住むバーバラ・フェアチャイルド夫人でした。おそらく二人は七十代後半から八十歳くらい、もう一人の女性は九十歳近くだと思います。

彼女たちは、ちょうどわたしたちが頭のなかで抱いていたベル博士像とよく似ていて、ていねいで温かい感じのする女性たちでした。チャールズ・トムソンがベル一流の握手を忘れなかったように、わたしたちも人を安心させるような彼女たちの笑顔をずっと忘れないでしょう。

エドウィン・S・グローヴナーとモーガン・ウェッソンの著書『アレクサンダー・グラハム・ベル』のなかで、ベルの執事でありよき友であったトムソンの言葉が引用されています。

彼はにこにこと愛想のよい笑顔を浮かべながら手を差し出し、まるで数年来の知り合いであるかのようにわたしの手を握りしめました。そのときまで十八年間生きてきましたが、わたしはあのような握手を味わったことはありませんでした。体中に電流が走ったような感覚です。その瞬間からわたしはベル博士をお慕いしました。もしその日に屋敷を離れ、彼に二度と会えなくなっていたとしても、あの握手を忘れることはけっしてなかったでしょう。

彼女たちは訪問の目的を理解すると、ベルの思い出を語り始めました。音楽に包まれた夕暮れのこと、おじいさんの弾くピアノのこと、素晴らしい声のこと、おじいさんが部屋に来ると場の空気が活気に満ちて緊張感が伝わったこと。ベルはとても穏やかで優しく、年齢や地位にかかわらず、すべての人に対して興味をもつ人だったそうです。ヘレン・ケラーがベル博士にささげた自叙伝にも、そんなことが書かれていました。

祖母であるメイベルの人間的な強さについても語ってくれました。メイベルはとても上手に意思の疎通をはかるので、彼女たちがまだ幼いころはメイベルの耳が不自由だということにまったく気づかなかったそうです。

ほかには、朝眠っているベルを起こさないように静かにしていたことや、よく芝生に人が集まっていたこと、カスタードソースの上にメレンゲを浮かせたフローティング・アイランドが大好物だったことなどを話してくれました。彼女たちはベルがどんなに優しい人だったか、そして話し相手の一人ひとりに意識を集中させていた様子を、力強く繰り返しました。それから、写真と思い出の品々を一つずつ見返しました。部屋にあるブーメラン、南アフリカやスペイン

❖ベルとヘレン・ケラーとアニー・サリバン。1894年、ショートカで行なわれた聴覚障害者のための話法教育推進会議にて。
Gilbert H. Grosvenor Collection of Photographs of the Alexander Graham Bell Family(米国議会図書館)提供

の装飾的なあぶみなどの旅行のおみやげは、ギルバート・グローヴナーとエルシー・ベル・グローヴナーによって収集されたそうです。ベン・ブレーアは、ベル夫妻がそこに生きていたころのままに保たれているようでした。

わたしたちがテレグラフ・ハウス・インに泊まるつもりだと伝えると、マイヤーズ夫人は電話をかけてくるといって中座しました。なんと彼女は「一号室」に泊まれるよう、手はずを整えてくれていたのです。その部屋は、ベル夫妻が初めてバデックへ旅したときに泊まった部屋だそうです。ホテル側も彼女の要望に応えてくれ、わたしたちはこれ以上ないほどにありがたく、嬉しく思いました。

インタビューが終わって腰を上げると、彼女たちは昔からの友人に対してするような別れのあいさつをしてくれました。その日のわたしたちの記憶にも、三人は長年の友人としてとどめられています。マイヤーズ夫人はわたしたちをベルの墓に案内するといってくれました。彼女の運転する車でベン・ブレーアの頂、ベル夫妻が眠る場所へと行きました。そこからの眺めは素晴らしく、数マイル先まで見渡すことができます。墓を取り囲む環境は平和的で、喜びに満ちているようにさえ見えました。わたしたちはその場所で、素晴らしい人生を生きた二つの生命を心に刻みました。

三人の魅力的な女性と出会えたベン・ブレーアの旅に、これ以上の「旅のおまけ」を求めることができるでしょうか。わたしたちはアレックとメイベルを今まで以上に深く理解することができ、今まで以上にその温かい人間性に感じ入りました。そして、思いがけず二人の美しい墓を訪ねられたことで、この素晴らしい旅は最高潮に達したのです。

ブッカー・T・ワシントン

一八五六―一九一五年

迷わず、その場でできることに手をつけなさい。

――アトランタ棉作博覧会での演説より

ともに苦役に耐えて、初めてその人の信頼が得られる。

――典拠不詳

畑を耕すことは、詩を書くのと同じくらい威厳のある行為です。黒人であろうといかなる人種であろうと、このことを学ばないで繁栄できるものではありません。

――『奴隷より立ち上がりて』より

※

訪問記――タスキーギ

わたしたちは以前にもタスキーギの地を訪れたことがあり、「学院」と呼ばれていたときのタスキーギ大学をざっと見学したことがありました。しかし、そのときは世界の歴史に残るこの重要な学校をしっかり見てまわろうとするだけの知識をもち合わせていませんでした。学院がタスキーギ大学となってから、わたしたちはこの特別な地を二度訪れ、この大学でもっとも有名な二人の人物、ブッカー・T・ワシントンとジョージ・ワシントン・カーヴァーについて学んだのです。カーヴァーはワシントンと同じアフリカ系アメリカ人で、ワシントンに学んだ教育指導者です。彼を記念する博物館などがこの大学のキャンパスに残っています。

タスキーギはかつて植民地だった町で、アラバマ州の南西部、モンゴメリーとオーバーンの間に広がる粘土質のなだらかな丘陵地帯にあります。近くにはいろいろな楽しみ方のできるタスキーギ国立森林公園があります（詳しくは「旅のおまけ」をご覧ください）。

二度目に訪れたときは、大学に着いたらまずワシントンの家とカーヴァー博物館の利用時間を尋ねようと思っていました。それ以外ほとんど何も知らなかったわたしたちは、そこで嬉しい驚きに包まれます。最初に来たときから十五年か二十年が経っていましたが、その間の進歩を示すかのように、大学のキャンパスはいたるところで見事な変化を遂げていました。そして、わたしたちは印象的なワシントンの記念像と、彼が住んでいた家を初めて目にすることができたのです。

一八八一年、この学校が小さな建物一棟と三十人の生徒で小規模に始まったことを考えれば、キャンパスの大きな発展ぶりに誰もがびっくりするでしょう。今では一五〇〇エーカー（約六平方キロメートル）の土地に百六十を超える建物が建ち並び、伝統的な建築様式でつくられた初期の建物と、現代建築の新しい建物とがよく調和しています。初期の建物が建つ敷地はアメリカ国立公園局が管理しています。

門のある入口の近くに、ひときわ目をひくワシントンの記念像と、レストランやホテルが併設された近代的な観光案内所があります。案内所のすぐわきの歩道はジョージ・ワシントン・カーヴァー博物館に続いています。そして、少し離れたところには新しい教会の塔がそびえ、キャンパス全体の雰囲気をつくり出していました。

記念像のほうへ歩いていくと、二台のバスで乗り込んできた大勢の学生と先生たちが堂々と建つ記念像に見入っていました。刻まれた銘文を熱心に読む彼らの顔はとても誇らしげに見えましたが、それもそのはずです。そこには次のような文章がありました。

ブッカー・T・ワシントン記念ブロンズ像は、彫刻家チャールズ・ケックによって制作されたものである。かつて奴隷だったとされる黒人男性のそばに立つワシントンが、その男性の顔から無学のベールを取り除くところが描かれている。黒人男性はすき、、と鉄床の上に坐り、開いたままの本を抱えている。開いた本は、ワシントンが教育の道を切り開いたことを表わし、また農工の道具であるすき、、と鉄床は、ワシントンの初期の教育方針を示している。ブッカー・T・ワシントンの人生行路は、黒色人種に教育という名の光を投じることであった。

❖タスキーギ大学構内にあるワシントン博士の記念像。無学のベールを取り除くところが描かれている

記念像は「キャンパスの中心」と考えられていて、一九四一年にタスキーギ学院で軍用パイロットの養成プログラムが始まったとき、その開会式が行なわれた場所でもありました。記念像の両側には大理石のベンチがあり、それぞれにワシントン博士の言葉を引用した碑文が彫られています。

> 労働が尊いものであり、栄(は)えあるものであることを学ぶにつれて、わたしたちは繁栄していくでしょう。
>
> そして、日常の仕事に頭脳と技能を生かすのです。

また、記念像の下にある碑文には次のようにあります。

> ブッカー・T・ワシントン　一八五六年生、一九一五年没
>
> 黒人同胞の無学のベールを取り除き、教育と産業を通して進歩する道を示した。

キャンパスから通りを横切って正門のちょうど東側に行くと、美しいヴィクトリア朝様式の建物があります。それがワシントンの住んでいた家です。銘文には次のように記されていまし

た。

「ザ・オーク」ブッカー・T・ワシントンの樫の木の家　タスキーギ。

ブッカー・T・ワシントンとその家族が住んだ家は、彼が生涯をかけた仕事、タスキーギ職業訓練校の設立に取りかかってから十八年後、キャンパスに隣接したワシントンの所有地に建てられた。

後に「ザ・オーク」と呼ばれるこの家は、煉瓦の一つからすべてタスキーギの生徒と教員らの手によってつくられた。「一人の黒人が設計したこの立派な家を実際に見てほしい。彼がこれから建てるべき家、あるいは建てられたかもしれない家についての記録を読

❖アラバマ州タスキーギにあるブッカー・T・ワシントンの家「ザ・オーク」

むより、十倍以上の説得力がある」とワシントンは語った。
家の設計は、アフリカ系アメリカ人として初のマサチューセッツ工科大学の卒業生であるロバート・T・テイラーがあたった。

※ 人物スケッチ——ブッカー・T・ワシントン

一八五六年に奴隷としてこの世に生を享(う)けたブッカー・T・ワシントンは、二十六歳という若さでタスキーギ学院の初代校長となり、後にアフリカ系アメリカ人のための学校として世界でもっとも有名になるこの学院を土台から築き上げます。そのわずか二十六年後、アラバマ州で拡大を続けるタスキーギ校のキャンパスにアメリカ大統領の訪問を受け、やがて「ワシントン博士」となった彼は、セオドア・ルーズベルト大統領のゲストとしてホワイトハウスに招待されました。彼は講師としていたるところに招かれ、また作家としても注目の的になったのです。

このような短期間でこれほどの偉業をどのように成し遂げたのでしょうか。とても十分とはいえない資金で、いったいどのように一歩を踏み出したのでしょうか。ワシントンの生涯は、わたしたちに目標を設定すること、粘り強くやり抜くこと、創意工夫すること、信念をもつことの大切さを教え、あらゆる国の、あらゆる人種の人々に、人間のあるべき姿を見せてくれます。

当時のヴァージニア州では、奴隷が読み書きを学ぶことは違法でした。そのため、ワシントンもいっさいの教育を受けていません。一八六五年、南北戦争で発布された奴隷解放宣言は、彼らに自由だけでなく、教育を受ける可能性も与えました。そのときほんの九歳だった少年は、どのように学費を払ったのでしょうか。ワシントンはウェスト・ヴァージニア州の塩田と炭鉱で二年間働きながら、仕事の合間学校に通いました。十六歳になり、彼はヴァージニア州のハンプトン学院に行くことを決めます。しかし、自分が入学できるのかどうかさえ彼にはわかりませんでした。ハンプトンのような立派な学校に通うこと自体どういうものなのか、何ひとつ知らなかったのです。そこまで行く手段さえありませんでしたが、一ドル五〇セントをポケットに入れ、五〇〇マイル（約八〇〇キロメートル）の道のりを歩いたり、頼み込んでバスや汽車に無賃で乗せてもらったりして先を目指しました。ようやくたどり着いたとき、彼は無一文でひどくお腹を空かせていました。

ハンプトン学院は、教育者を育てることを目的にサミュエル・チャップマン・アームストロング大将によって設立された学校です。彼は生徒一人ひとりが何か熟練を要する仕事を身につけるべきだという方針をもっていました。ワシントンは学校の用務員に選ばれました。アームストロングは職業指導のほかにも、学問、衛生学、道徳、自己修養、独立独行の精神を重んじていて、ワシントンがタスキーギ学院を設立するとき、それにならってこれらの規範を教育目標に組み込みました。一八七五年、ワシントンはハンプトン学院を首席で卒業しました。そして三年後、さらなる知識を求めてワシントンDCのウェーランド・バプテスト神学校に入学します。

後にアームストロング大将は優秀な生徒だったワシントンのことを思い出し、彼をハンプトンに呼び戻しました。そうして、ワシントンは学校で教鞭を執ることになったのです。それから九年後、彼はハーバード大学から名誉学位を与えられて記念演説を行ない、さらにその二年後にはダートマス大学からも名誉学位を与えられます。

その九年の間にはさらに重大な出来事がありました。アラバマ州では政治公約を実行するため、黒人のための教育機関を設立することが決まり、その校長に白人の教育者を推薦してほしいとの要請がアームストロング大将にありました。アームストロングは、白人ではなくワシントンを指名し、彼はこの大役を引き受けたのです。その後、学校は驚くばかりの成長を遂げることになります。

一八八一年の開校当時は、地元の教会が所有する掘っ建て小屋と、職員の手当がかろうじて支払える年二〇〇〇ドルという予算があるだけでした。ワシントンは、生徒こそがもっとも価値ある学校の資本なのだという思いから、ハンプトン学院と同様の教育課程を組みます。学科に加えて実践的な教育を必須科目とし、同時に個性を重視することにも力を注ぎました。生徒は煉瓦づくり、大工職、家具製造、農業、靴づくりなどの技能を学びながら、自分たちの学校を実際に建てることになります。ワシントンはハンプトン学院から資金を借り、放置されていた農地を買い取ったのです。生徒たちは彼の期待に応えて一生懸命働きました。朝の五時半から作業を始め、夜の九時半まで続けることもよくあったといいます。そして、ついに自分たちの学校をつくり上げました。一八八八年には生徒数は四百人に上り、五四〇エーカー（約二平方キロメートル）の土地を所有するまでになりました。ワシントンは優秀な教師陣を招きますが、そのなかには、ワシントンに引けを取らない劇的な人生を歩んだジョージ・ワシントン・

❖ブッカー・T・ワシントン。
アラバマ州タスキーギ、ジョージ・ワシントン・カーヴァー博物館提供

カーヴァーの姿もありました。

一八九五年、ワシントン博士はアトランタ綿作博覧会の開会式で演説をしました。ハンプトン時代の訓練のたまものである雄弁な演説によって、彼は全国的な著名人として認められるようになります。もう一つ重要な演説として、ウィスコンシン州マディソンの文芸協会で行なわれた「南部における教育の展望」があげられます。ほかには、シカゴの平和祝典、ジェームズタウン博覧会、第四回年次平和会議での演説などがあり、多くの人々が、彼をアフリカ系アメリカ人の代弁者として認めたのです。

ワシントンの保守的な思想のおかげで、学校には鉄鋼王アンドリュー・カーネギーなどの名士から多額の寄付金がよせられました。それと同じころ、ウィリアム・マッキンリー大統領が学校を訪問し、その後セオドア・ルーズベルト大統領がワシントンをホワイトハウスに招いて政権人事について意見を求めました。ワシントン博士は、おそらくはその穏やかな人柄や、アラバマの白人と平和的に共存したいという彼自身の望みがあったために、政治的に宥和路線をとっていました。アフリカ系アメリカ人は公民権が認められるまで、投票権を求めて運動すべきではないと考えていたのです。

ナイアガラ運動の先導者であるアフリカ系アメリカ人のウィリアム・デュボイスは、著書『黒人のたましい』のなかで、ワシントンに敬意を払いながらも、一方でその妥協的な政治思想を批判しています。校長であるワシントンは財政面での大きな責任があるため白人富裕層の恩恵を受けているのだ、と主張しました。ＮＡＡＣＰ（全国有色人種向上協会）の設立者の一人でもあったデュボイスは、二十二人のアフリカ系アメリカ人の前で以下の声明に署名しました。

今日、黒人が大部分を占める八つの州において、無学の白人の大部分が投票できるのに対し、資産をもつ黒人や大学教育を受けた黒人は、通常、法律によって投票することを禁じられている。黒人最高層の個人財産を白人最低層への慈悲に充てる、という政治的な悪しき行為が日に日に広がってきている。

ワシントン博士はこれに反論します。

原則として、わたしは一般に自由選挙が認められるべきだと信じています。しかし、ここ南部では、多くの州において——少なくともしばらくの間は——教育を受けているか、資産があるか、あるいはその両方による資格評価によって選挙権が認められるという厳しい状況に直面せざるを得ないでしょう。しかし、たとえどのような選挙権の資格評価が義務づけられようと、それらは、白人と黒人の両人種に等しく公平にされなければなりません。

このように、対立した立場にあった二人の指導者は、意見の違いを臆することなく公然と、力強く述べたのです。

ワシントン博士は一つの信念に従って生き、それを広く説いてきました。「迷わず、その場でできることに手をつけなさい」――彼は南部の黒人が仕事を求めて北部へと移動していくのを咎め、南部に残りその土地で仕事を求めよ、と呼びかけたのです。彼は多くの課題を抱えていましたが、その一つ一つに冷静に立ち向かいました。そして、たくさんの賞と栄誉を受け、ニグロ・ビジネス連盟などの重要な組織を数多く創設していったのです。

招待を受けて二度足を運んだヨーロッパでは、大勢の有名な聴衆相手に講演を行ない、ヨーロッパの農民をとりまく状況について勉強しました。このように忙しく働いた彼でしたが、空いた時間を使って四十冊もの本を執筆しました。十一歳のとき、幼年時代にもっていたたった一冊の本『ウェブスター版　青表紙綴り字教本』を誇らしげに抱えていた彼にとって、これは素晴らしい記録です。著書のなかでもっとも有名なものは、自叙伝の『奴隷より立ち上がりて』です。そのほかには、『私の受けた価値ある教育』『はるか彼方に立つ男』『人格形成』などがあります。

彼はアラバマ州の栄誉殿堂に選ばれ、生誕百周年のときにはそれを記念した三セント切手が発行されました。また、タスキーギにおける彼の功績を称え、生まれ育った農場がアメリカ合衆国内務省によって国定公園に指定されました。タスキーギ大学にはブッカー・T・ワシントン記念像が建てられ、さらにワシントンの自宅とカーヴァー博物館はタスキーギ大学に寄贈され、国立史跡に指定されています。

彼の生涯は短いものでしたが、その内容を考えると密度の濃い豊かな人生だったといえます。奴隷として生まれ、名前をもたなかった幼い少年は、自国の初代大統領の名字から自分の名をつけました。母親が自分にブッカー・タリフェーロという名をつけていたことを知ったのは、だいぶあとになってからでした。今日、全米中に広がるたくさんの学校や教会には、「ブッカー・T・ワシントン」という名が冠されています。

❋ シンキング・プレイス

巨大な木々に覆われた一角に、切妻屋根の大きな二階建ての家があります。堂々と建つヴィクトリア朝様式のワシントン博士の家は、修復のため一時的に閉鎖されていましたが、国立公園局のガイドがわたしたちのために開けてくれました。

家のなかに入るとまず、時代ものの家具、修復のため部分的に上張りされた東洋製の手織りラグ、立派な食堂の壁にほどこされためずらしい帯状の装飾が目にとまりました。天井のすぐ下をぐるりと囲むようにめぐらされた装飾には樹木と芝が手塗りで描かれていて、その緑の陰影がほかの家具とよく調和していました。部屋には色の濃い木材工芸品が飾ってありましたが、あれはカーヴァー博士がピーナッツからつくり出した「ミッション・ステイン（材木の仕上げ塗装剤）」で仕上げられたものだったかもしれません。すべての部屋が広いつくりになっていました。おそらく学生や教師、学校の行事などの来訪者がたくさん宿泊したのではないでしょうか。

わたしたちは一階の見学を早々に切り上げました。というのも、ガイドが教えてくれた二階にあるというワシントン博士のシンキング・プレイスを早く見たかったからです。階段を上りきり、ワシントン博士の書斎に入りました。二面に窓のある、明るくひろびろとした部屋です。そこに入った瞬間、わたしたちは神秘的で独特な感覚をおぼえました。それはシンキング・プレイスを訪れたときに感じるもので、めったにあるものではないのですが、きっとその場所にその人の存在を感じることから起こるのだと思います。

ワシントン博士のシンキング・プレイスは、わたしたちがこれまで訪れたどの場所とも違っていました。部屋は今までにない大きさで、家具は今までにないめずらしいものでした。

書斎には凝った彫刻のほどこされた重厚な木製家具が四つありました。一つは部屋の中央にある長テーブルで、紅色の東洋製手織りラグの上に据えられています。テーブルのまんなかには三本の柄のついた銀製のタンカードが載っていました。部屋を囲むように並んだたくさんの椅子にまじってテーブルとそろいの豪華な補助椅子が置かれ、部屋の一角には彫刻のほどこされたワシントン博士の机が、そろいの椅子とともに置かれていました。机の上には、二枚の写

❖書斎の机

❖「ザ・オーク」の書斎

真と大理石のインクスタンド、陶磁器製の花瓶、ランプ、小さな書物の山が二つありました。その一方のいちばん上には、W・D・ウェザーフォード著『軍の現状と黒人の進歩』があり、ほかには『建築学六講』というタイトルの本が見えました。この部屋にある貴重な家具は、日本人生徒の両親からのもので、娘がタスキーギ大学で受けた熱心な教育と親切な応対に感謝して贈られたものだそうです。

壁にかけられた額からは、ワシントン博士の人生とキャリアが見て取れます。マッキンリー大統領とセオドア・ルーズベルト大統領、ジョージ・ワシントン大統領とマーサ夫人の大きな写真、ハーバード大学やダートマス大学、そして彼の母校であるハンプトン学院からの卒業証書や名誉学位が飾られていました。また、ワシントン博士の等身大の肖像画が炉棚に置かれ、床には筋力トレーニングのために使っていた大きな革張りのメディシン・ボールがありました。

帰りがけに目にした鏡つきの帽子掛けには、山高帽子と麦わら帽子、杖がかかっていました。ワシントン博士はニューヨークでの講演中に致命的な病に倒れ、この家に運ばれましたが、おそらく当時のままそこに残されているのでしょう。

ワシントン博士の伝記に『そして闇は消え失せた』というものがあります。マーティン・ルーサー・キング・ジュニアはこのタイトルを引用し、次のように語りました。

ヴァージニアの丘に建つ古い泥小屋から、ブッカー・T・ワシントンは立ち上がり、国民の偉大な指導者の一人となった。彼の手によってアラバマには光がともされ、そして闇は消え失せた。

＊旅のおまけ

タスキーギの旅がわたしたちにくれた「おまけ」は、タスキーギ学院の男子卒業生でチャッピーの愛称をもつ、米空軍大将ダニエル・ジェームズについて詳しく学ぶ機会でした。彼はアフリカ系アメリカ人として、米空軍で初めて四つ星の大将に指名された人です。国民的英雄であるジェームズ大将は、彼の、そしてわたしたちの故郷であるフロリダ州ペンサコラではとくに有名です。彼はペンサコラのブッカー・T・ワシントン記念高等学校を卒業しています。

彼のすべてはタスキーギ学院から始まりました。当時は軍隊においても人種隔離が行なわれており、連邦議会は一九四一年にタスキーギで黒人のみを集めた民間パイロットの養成プログラムを設けました。メンバーたちは士官候補生となり、第二次世界大戦中の米陸軍航空隊において、パイロットとしての技能を身につけていきます。この部隊は人種差別で編成されていましたが、やがて「タスキーギ・エアメン」としてヨーロッパ戦線に配備されて見事な戦闘記録を打ち立て、まわりからの尊敬を勝ち取りました。とくにドイツ軍のパイロットたちは、彼らのことを「黒い鳥人」といって恐れたといいます。米軍での人種差別は一九四八年に終わり、タスキーギ・エアメンは空軍に編入されました。

チャッピー・ジェームズ大将は三つの戦争において、すぐれたパイロット、そして隊長であることを証明し、空軍での最高位に就きました。一九八七年、彼は五十八歳で亡くなり、アーリントン墓地に埋葬されました。引退から二十四日目のことです。

タスキーギ大学は彼に敬意を表し、ダニエル・ジェームズ航空宇宙科学・衛生教育センターという巨大な施設をつくりました。一九八七年の除幕式にはロナルド・レーガン大統領も訪れました。一八六〇万ドルをかけて建設されたそのセンターには、各種教室、航空宇宙科学・工学研究室、陸軍・空軍ROTC（予備役将校訓練部隊）施設、図書館、チャッピー・ジェームズ博物館、五千人を収容する競技場兼集会場、タスキーギ・エアメンを記念した中庭などがあり、またジェームズ大将が最後に搭乗した航空機「F-4C」も展示されています。

タスキーギにはこのほかにも、ジョージ・ワシントン・カーヴァー博物館、タスキーギ・エアメン博物館、タスキーギ国立森林公園など、たくさんの見どころがあります。国立森林公園にはハイキングコースやサイクリングコース、乗馬コース、野外キャンプ場、ブッカー・T・ワシントンが幼少時代に住んだヴァージニアの家のレプリカなどがあります。

わたしたちの個人的な旅のおまけは、ワシントン博士やカーヴァー博士、チャッピー・ジェームズ大将が乗り越えなければならなかったさまざまな障害を知り、そこから教訓を得られたことでした。その教訓とは、前向きな姿勢で、粘り強く一生懸命働き、自分の生きている時代を現実的に見据えて変化を起こすこと、そしてみずからの目標、仲間の目標に向かって前進することです。

マージョリー・キンナン・ローリングズ

一八九六―一九五三年

……ミツバチが群れをなしているハチの巣を見つけて、わたしはもうすっかり有頂天になっています。……狩りの季節が始まった日に茂みのなかで迷子になってしまい、そのとき初めて静けさというものを、この手で触れるようにたしかに感じ取りました。このひっそりとした静けさのなかでこそ、そこに生きる生命たちの価値はいっそう輝くのです。

――『マクスウェル・パーキンスへの手紙』

クロス・クリークの持ち主は誰だろう。きっとあの赤い鳥たちだ。たとえ土地を買った借金の支払いが遅れようが、鳥たちはおかまいなしに巣を作り居坐っているのだから。けれどその土地の何を買ったというのだろう。人は土地を買うのではなく、ひととき借りているに過ぎない。好きに使うことはできるけれどわがものにすることはできないのだ。大地は、慈しみ大切にすれば、それに応えて季節の花々と果実を与えてくれる。けれど人は大地を間借りしているだけであって所有者ではない。恋人ではあるけれど支配者ではない。クロス・クリークの持ち主は風と雨、太陽と四季、そして実りをもたらす種子に秘められた宇宙。そして何よりも、ときの流れこそがクロス・クリークの持ち主なのだ。

――『クロス・クリーク』

❋ 訪問記――フロリダ州　クロス・クリーク

クロス・クリークを訪れたのはもっぱら好奇心にかられてのことでした。フロリダを舞台に書かれた『子鹿物語』や『クロス・クリーク』は映画化されるほどの人気を呼び、二つの作品の著者であるマージョリー・キンナン・ローリングズはフロリダを代表する作家として称賛されるほどの著名人だったのです。でもじつをいうと彼女が生まれ育ったのはワシントンＤＣで、ウィスコンシン大学を卒業しています。

この地を訪れたもう一つのきっかけは、トマス・ジェファーソン（第三代アメリカ合衆国大統領）から贈られた言葉です。といってもわが家の寝室の枕カバーに、彼の言葉が刺繍されて

いるというだけですが。旅をすることが多かったジェファーソンは、こんな言葉を残していま
す。

「ある場所に行こうかどうか迷っているのなら、とにかく行ってみることだ。行ったことを悔やんだりはしないだろうが、行かなかったことはたいてい後悔する」

ちょうど仕事の会議がフロリダ州北東部の海沿いの街セント・オーガスティンで開かれる予定になっていたのですが、幸か不幸か中止となりました。そこで、わたしたちにとってすでに呪文（マントラ）のようになっていたジェファーソンの言葉に従い、途中のクロス・クリークに寄ってから家へ帰ることにしたというわけです。フロリダ中部の森のなかにあるマージョリーの暮らしていた農家は、思い描いていたとおり飾り気がなく、かつ暮らしやすそうな造りで、周囲の風景にふさわしいたたずまいを見せていました。現在ここは州立公園となっています。

しかし残念なことに、わたしたちが着くのが遅かったため見学時間は終わっており、翌日まで待たなければなりませんでした。そのためクロス・クリークでひと晩過ごすことに決めたのはいいのですが、わたしたちがいたのは辺鄙な沼地で、ワニやミズヘビ、アライグマの生息地であるばかりか、パンサーの一頭や二頭いてもおかしくないようなところだったのです。おまけにひと晩泊まれるようなところといったら釣り客用のキャンプ場しかなく、川の近くのじめじめとした湿地にたいへん粗末な宿舎が並んでいました。けれどもそこはマージョリーの家からさほど遠くはありません。そこでわたしたちは、彼女の暮らしの雰囲気を味わうという幸運

❖クロス・クリーク(アメリカ、フロリダ州)

❖クロス・クリークにあるマージョリーの農家

に浴しているのだと自分にいい聞かせました。

そうはいってもキャンプ場のまわりはほとんど真っ暗闇で、あたりには誰もいません。ワニかミズヘビ、もしくはパンサーなど、この辺りの「住民」のいずれかが近くにうずくまってはいないか、あるいはズルズルと這いずってきはしないかと心配でたまりませんでした。きっとマージョリーがここにいてもこれほどおびえはしなかったでしょう。

わたしたちは気分を変えて、道の先にあった地元の素朴なレストランに行ってみました。店はたくさんのお客でいっぱいでした。その多くは北西部の街ゲインズビルからやってきた人たちで、ナマズにフエダイ、ウナギやワニまで、フライにできるものならなんでも揚げてしまう、この地域ならではの料理を楽しんでいました。

著者の一人であるジャックはワニのフライを注文し、最初のうちは「おいしい」を連発していましたが、ふと後ろめたい思いが込み上げてきて、黙り込んでしまいました。なにしろジャックの母校はフロリダ大学。同大学のマスコットがワニであることから、学生たちはみな「フロリダ・ゲイター（ワニ）」と呼ばれていたのですから。

食事を終えてキャンプ場に戻り、ごつごつしたマットレスの上に横になりましたが、あたりは夜の野生の森が生み出すさまざまな声が耳をつんざくばかりに響き渡っていました。今振り返ってみると、めったに体験できないスリル溢れる大冒険をしたものです。

翌朝わたしたちは、公園のガイドが来る前からすでにマージョリーの家の前で待ちかまえていました。板張りの木造の家の表側には網戸をぐるりとめぐらせた涼しげなポーチがあり、そこに据えられたテーブルの上には彼女がつくったスクラップブックと古びたタイプライターが置かれています。こうしたものを眺めていると、彼女の暮らしぶりがどんなふうだったのか、ありありと思い浮かびます。あんな一夜を過ごしてまで訪れたかいがあったというもの。あらためてジェファーソンに感謝しました。

マージョリーをめぐる旅には続きがあり、この旅から帰ってきてまもなく、わたしたちは彼女の二度目の夫ノートン・バスキンに会う旅へと出かけました。そしてまたとない素晴らしいひとときを過ごしたのです。詳しくは旅のおまけでお話しします。

※

人物スケッチ――マージョリー・キンナン・ローリングズ

マージョリー・キンナン・ローリングズの生涯と作品には、一人の人物の生きる場所や境遇が、いかにその人の創造性に影響を与えるものであるかということが、はっきりと表われています。彼女の作品にはフロリダ州中部の沼地やヤシの木の茂みの様子などがたいへんリアルに描かれているために、読者からはフロリダっ子だと思われていましたが、実際はワシントンDCの生まれです。しかし大人になってからはほとんどずっとフロリダに暮らしていたため、フロリダ州では、地元が誇る名作家だとみなされています。マージョリーが以前暮らしていたクロス・クリークの家は今では州立公園になっていますし、国定史跡にも指定されています。彼女がクロス・クリークに出合ったのはまったくの偶然でした。しかしこの出合いが彼女の人生を大きく変えることになったのです。

すべての始まりは一九二八年、マージョリーと夫のチャールズが、雪で凍えるようなニューヨーク州ロチェスターでの新聞記者の生活からしばし離れて、息抜きをしたいと思ったときのことです。二人はニューヨークからテキサス州のジャクソンビルまで船で旅をして、フロリダで休暇を過ごすことにしました。

フロリダに近づいていく船の欄干に立って、マージョリーはこの先に自分を待ち受けているものにいかなる思いを馳せたのでしょうか。今眺めている美しい土地が、ロチェスターとは何もかも異なるフロリダの地が、生涯を過ごす場所になろうという、夢のような想像をめぐらせたりしたのでしょうか。そしてヘミングウェイにフィッジェラルド、マーガレット・ミッチェル、トマス・ウルフ、ロバート・フロスト、ゾラ・ニール・ハーストンといった一流作家たち、そして黒人人権運動家のメアリー・マクロード・ベシューン、さらには伝説の編集者マクスウエル・パーキンズにめぐり会うことになるなど、夢にでも思ったでしょうか。まさか自分がフロリダのオレンジ畑を買うことになろうとは予想もしなかったでしょう。くる日もくる日も働いたあげく、最後は悪天候のせいでまともに収穫できずに終わるのもめずらしくなかったのです。

ただ一つだけマージョリーにわかっていたのは、とにかく書きたいということ、それも新聞記事ではない文章を書きたいということでした。そんな思いを胸に波止場に降り立ったマージョリーを待っていたのは見知らぬ女性でした。港からホテルへと案内してくれたその女性の名はゼルマ・カーソン。この名前を覚えておいてください。この女性が後にマージョリーを窮地に追いこむことになるのです。

マージョリーが生まれ育ったのはワシントンDCの郊外でしたが、父親がメリーランド州に農場を所有していたため、一家は夏の休暇をここで過ごしました。彼女にとってののどかでのんびりとした夏の日々が続きました。しかしやがて父親が亡くなると、母親はウィスコンシン州のマディソンに移り住み、マージョリーと弟はウィスコンシン州立大学へ通うようになります。彼女は、成績優秀な学生だけが入ることができるファイベータカッパ（全米優等学生友愛会）の会員に選ばれたばかりか、未来の夫となる男性にも出会います。そして一九一九年五月、マージョリーはチャールズ・ローリングズと結婚し、名前をマージョリー・キンナン・ローリングズと改めました。余談ですが「キンナン」のアクセントは第二音節にあります。

結婚から二年後、マージョリーとチャールズはニューヨーク州ロチェスターの新聞社「ロチェスター・タイムズ・ユニオン」に記事を書く仕事を請け負うようになります。その後アメリカでもっとも古い新聞記事の配信会社で、五十もの新聞社に記事を提供していた「マクルーア・シンジケート」が、マージョリーの書いたコラム「主婦の歌」を採用し、約二年にわたって数多くの新聞に彼女の日刊コラムが掲載されるようになりました。粘り強い努力のかいあって成功した彼女ですが、作家としてもっと別の形で活躍したいと願っていました。気にかかることはもう一つありました。チャールズとの結婚生活にひびが入り始めていたのです。

フロリダ州を訪れたあとで、マージョリーはチャールズにこう提案しました。「フロリダに引っ越しましょうよ！」。夫にはフロリダに暮らす二人の兄弟がいて、幸いなことに不動産業を営んでいたので、新しい住まい探しを手伝ってもらうのにちょうどいい存在でした。七月になり、兄弟はクロス・クリークという肥沃で湿気の多い村落に土地と家を見つけてくれました。そこにはオレンジやピーカンナッツの木立が植えられた一画と、野菜をつくって売るのに十分な面積の土地、そして農業用の道具や設備一式がそろっていました。さらに二百羽ものニワトリや家畜たち、トラック、部屋が八つもある農家と四つ部屋のある貸家が建っていました。

この家と土地が、ほころびの生まれた結婚生活を修復してくれる見込みはほとんどありませんでしたが、きっとなんとかなるだろうとの期待を胸に、夫婦は早くも八月に移り住みました。

農業が軌道に乗れば、二人が文筆業で生計を立てていく支えになるはずでした。しかし二人は、農場の経営には莫大なお金がかかるとは思ってもいませんでしたし、野菜や果物を食い荒らすチチュウカイミバエの脅威も頭にありませんでした。ましてや異常な暑さやひどい凍害、大豪雨かと思えば日照りになったり、暴風が吹きつけたりといった厳しい自然のことなどまったく計算に入れていなかったのです。チャールズの兄弟たちは二年後に夫婦の前から去っていき、その三年後にはチャールズも、自分は農業には向いていないと見切りをつけ、やがて二人は離婚に至ります。

クロス・クリークは、もっとも近い町ゲインズビルからさえ三〇マイル（約四六キロメートル）も離れた辺鄙な土地でした。マージョリーは一人残され、そばにいるのは台所やオレンジ畑をあずかる忠実な使用人たちだけでした。そんな彼女を立ち直らせてくれたのは、クロス・クリークへの尽きることのない愛情でした。自分が何を書くべきかをとうとう見つけた、という確信もますます深まり、彼女を再生させてくれました。彼女が書くべきもの、それはこの荒々しい自然、いたるところにいる数多くの野生生物たち、そして数こそ少ないものの、独特の気質をもった地元の人々でした。彼らは自分たちが暮らす土地と強い絆でつながり、土地の色に深く染まって生きていました。

後にマージョリーは、クロス・クリークの茂みのなかに迷いこみ、あたりの静けさに圧倒されたときのことを語っています。彼女はおびえることなく、丸太の上に腰を下ろしてただじっと助けが来るのを待っていました。すると、なんともいえない安らかな感覚が彼女を包み込んだのです。それは狩猟シーズンの始まった最初の日の出来事で、一時間もすると彼女を探していたハンターの一団の銃声がきこえてきました。このときの経験を彼女は終生忘れることはありませんでした。そしてたくましさと忍耐強さ、厳格さをあわせもった「フロリダ・クラッカーズ」と呼ばれる現地の人々をもっとよく知りたいと思うようになります。

その後まもなく、マージョリーはフィディーダという家族と二か月半にわたっていっしょに暮らすことにしました。また、年老いた猟師の家族といっしょに一週間ほど森のなかで過ごしています。

今やマージョリーは、自分の書こうとしている方向性に間違いはない、という強い信念をもっていました。そして網戸が張られた涼しいポーチのなかで、テーブルの上に置かれたタイプライターのキーを何時間も叩き続けたのです。ロチェスターから移り住んで一年足らずのうちに書き上げた『クラッカーのいたずら小僧たち』は、彼女が初めて世に送り出した作品の一つです。この作品は、ニューヨークの出版社チャールズ・スクリブナーズ・サンズが発行していた雑誌『スクリブナーズ・マガジン』に掲載されただけでなく、編集長のマクスウェル・パーキンズに読まれて注目されるという、彼女の将来にとってこのうえなく重要な役目を果たしてくれたのです。

その後一九三〇年から、パーキンズが亡くなる一九四七年までの間、マージョリーはパーキンズお気に入りの常連作家のリストに名を連ねました。彼はこのほか、ヘミングウェイ、フィッツジェラルド、トマス・ウルフといった名高い作家を担当しており、マージョリーはパーキンズを通じてこうした作家たちと知り合うようになっていきます。

数多くの短編小説を発表したあとに書いた『サウス・ムーン・アンダー』は、マージョリーにとって初めての大作でした。この作品は非常に評判がよかっただけでなく、アメリカでもっとも歴史のあるブック・クラブ「ブック・オブ・ザ・マンス・クラブ」の良書にも選ばれたのです。しかし彼女の成功――つまり文壇への登場は、ほろ苦いものでもありました。ちょうどこのころチャールズとの結婚が破局を迎えたのです。

別れの悲しみをマージョリーがどうやって乗り越えていったのか、そこには彼女の屈することのない男まさりな性格がとてもよく表われています。なんと離婚してまもなく、彼女は周囲の反対の声を押し切って友人のデイジー・スミスという女性といっしょに、フロリダ州でもっとも長いセント・ジョン川を船外機つきのボートで下る一六〇キロの旅に出発したのです。そして途中でみずから危険を招くという体験をします。彼女の自伝『クロス・クリーク』の「流れゆくウォーターヒヤシンス」の章を読めば、ことの顚末が詳しくわかります。

マージョリーが二年もかけて書き上げた『黄金のリンゴ』は、本人が期待した出来栄えではありませんでした。しかし女性の自立を描いた『フロリダの人々』は、すぐれた短編小説に贈られるO・ヘンリー賞に選ばれました。こうしてとうとう彼女の才能が認められるときがきたのです。しかしそれまで彼女が歩んできた道のりはたいへん苦難に満ちたものでした。つらい肉体労働、オレンジ畑や農園を続けていくうえで生じた数々の難題や味わった苦労は、短い小説に表わしきれるものではありませんでした。彼女を悩ませた金銭的な問題も、小説には語られていません。農園は最初の三年間は採算がとれたものの、その翌年はかろうじて採算が合う程度、やがては赤字になってしまいました。O・ヘンリー賞の賞金小切手がマージョリーのもとに届いたのは、彼女が最後に残ったスープの缶を開けようとしていた、まさにそのときだったのです。

マージョリーの人生の絶頂期はこれから始まろうとしていました。彼女はフロリダの未開の森林地帯で繰り広げられる「フロリダ・クラッカーズ」の生き様を観察し続けました。原始の森での生活のさまざまな出来事に耳を傾け、熊狩りにまで加わったのです。こうして、最高傑作『子鹿物語』を書く準備が整いました。少年と子鹿をめぐるこの感動的な物語は、十三もの言語に翻訳され、素晴らしい映画にもなりました。彼女はこの作品で一九三九年に、アメリカでもっとも権威のあるピューリツァー賞を受賞したのです。

その後に発表された自伝『クロス・クリーク』も嬉しいことに大成功でした。同作は大ベストセラーとなり、彼女は全米芸術・文学アカデミーから表彰されます。また、子ども向けに書いた『秘密の川』は、アメリカで出版された、すぐれた児童書に贈られるニューベリー賞を受賞しました。

クロス・クリークには、マージョリーを訪ねて数多くの著名人がやってくるようになりました。この事実からも彼女の名声の高さを推し量ることができます。以前は平凡な料理しかつくれなかった彼女は今やいっぱしの料理人になり、自分独自のメニューを考えつくようになりました。そして、はるばるやってくる客たちにこの土地ならではの料理を味わってほしいと思うようになります。たとえばオランデーズソースに合わせる野菜といえばふつうならアスパラガ

❖ノートン・バスキン

❖マージョリー・キンナン・ローリングズ。
フロリダ大学ジョージ・スマザーズ記念図書館地域研究学部コレクション提供

スですが、彼女は代わりに、蒸したオクラを自転車のスポークのように放射状に盛りつけたりしました。後に彼女が出版した料理本『クロス・クリークの料理』は大評判を呼びます。

一九四一年、マージョリーはノートン・バスキンと結婚しました。生粋の紳士だったノートンとマージョリーは何年にもわたって親しくつきあっていました。ノートンはたいへんウィットに富んだ男性でしたから、さぞマージョリーを笑わせてくれたことでしょう。第二次世界大戦の間、彼はインド・ビルマ戦域に従軍していましたが、重い病にかかってしまいます。マージョリーは夫が健康を取り戻すまで看病を続け、その間はほとんど何も書きませんでした。

その後の六年間、マージョリーはニューヨーク州ヴァン・ホーンズビル近郊のスプリングフィールドセンターで夏を過ごし、『つかのまの滞在客』を書き始めました。

やがて体の衰えがマージョリーからペンを執る時間を奪っていき、書き続けることがしだいにつらくなっていきました。しかし彼女をもっとも悩ませたのは、かつてはよき友だったゼルマ・カーソンが起こしたプライヴァシー侵害の訴訟でした。ゼルマは、マージョリーが著書『クロス・クリーク』に自分を登場させ、おとしめるような表現をしたと訴えたのです。ゼルマをおぼえているでしょうか。初めてフロリダに来たマージョリーを、港で出迎えてくれた女性です。地元で行なわれた裁判では陪審員たちがマージョリーに有利な評決を下し、この決定には法廷にいた誰も異議を唱えませんでした。しかしゼルマが控訴したため、事件はフロリダ州の最高裁判所にもち込まれました。

今度は四対三という評決で陪審員たちは前の判決をひるがえし、マージョリーに罰金一ドルと法廷にかかった費用を支払うよう命じました。この無意味な裁判は五年にもわたって続き、マージョリーは一万八〇〇〇ドルの弁護士費用を払うはめになったのです。そして当然のことながら、いくらかやつれてしまいました。

マージョリーにとって救いだったのは、みずからの居場所として選んだ土地の人々がどれだけ自分を愛し、心を開いてくれていたのかを確かめられたことでした。最終的な裁判には負けたものの、最初の裁判で陪審員を務めた地元の人々は、彼女を無罪だと判断してくれたのです。裁判は一九四八年に終結を迎えました。皮肉なことに、その後しばらくして、裁判で争った二人の女性は互いにいまだ友情を抱いていることに気づいたのです。

一九五二年、マージョリーは心臓発作に襲われますが、それでも『つかのまの滞在客』を最後まで書き上げ、翌年一月に無事出版されます。本は長編大作でしたが、フロリダを舞台に書かれた数々の作品ほどの評価を得ることはできませんでした。次に彼女は、かつての親友ですでに亡くなっていた作家のエレン・グラスゴーの伝記を書くために、彼女の出身地ヴァージニア州のリッチモンドに出かけていき、いろいろと調べ始めました。

その後フロリダに帰ってきたマージョリーは、海辺の町クレセント・ビーチに購入した別荘で脳出血のために息を引き取ります。一九五三年十二月十四日のことでした。死の間際に彼女は、二十二年前にクロス・クリークの茂みのなかで迷ったときを思い出して、そのときと同じ、神秘的なほどの安らぎに満ちた気持ちに包まれたのではないでしょうか。
　葬儀の場で、夫のノートン・バスキンは『クロス・クリーク』の一節を読み上げました。それはアイザック・ディネーセンの名前で活躍した女性作家カレン・ブリクセンが書いた一節に、不思議なほど似通っていました。デンマーク出身のディネーセンの生涯は、メリル・ストリープ主演の映画『愛と哀しみの果て』に描かれていますが、彼女とマージョリーの人生にはいくつもの大きな共通点があります。風土や環境が、いかに創造性に大きな影響を与えるものであるか、この二人の作家の生き様がそれを雄弁に語ってくれています。

クロス・クリークの持ち主はだれだろう。きっとわたしではなく赤い鳥たちだ。……クロス・クリークの持ち主は風と雨、太陽と四季、そして実りをもたらす種子に秘められた宇宙。そして何よりも、ときの流れこそがクロス・クリークの持ち主なのだ。

❊ シンキング・プレイス

マージョリー・キンナン・ローリングズの名が世に知られるきっかけをつくったのはクロス・クリークの地でしたが、彼女は必ずしも最初からこの土地のことばかりを書いていたわけではありません。天才編集者として名高いマクスウェル・パーキンズから、自分がよく知っていることを書いてみてはどうか、と勧められたのです。この助言に納得したマージョリーは、フロリダ州中央部に広がる野生の原野が、文学の世界においてもまだ開拓されていない領域であることに気づきます。そして新たな故郷となったフロリダの地とそこに暮らす人々の姿を生き生きと鮮明に書くことに取り組んでいったのです。

マージョリーが暮らしていた素朴な平屋建てのコテージと農園は、文字通り野生の原野を切り開いてつくられていました。フロリダの地をテーマに書くうえで、これ以上うってつけの環境はきっと望めないでしょう。蒸し暑い気候のなかで、テーブルとタイプライターを置くのにちょうどいい場所といえば、ただ一つ、そ

❖マージョリーのシンキング・プレイス（虫よけの網戸をめぐらせたポーチ）

れは周囲に虫よけの網戸をめぐらせたポーチでした。深いひさしが直射日光から守ってくれましたし、そよ風が吹いてこようものならほとんど逃さずに感じることができたでしょう。丸いテーブルの天板は、太い木の切り株でしっかりと支えられていました。その上にタイプライターと紙、そして冷たい湧き水の入ったグラスさえあれば、マージョリーにはほかに何もいるものはありませんでした。小鳥のさえずりや、遠くでパンサーが吼える声が聞こえようものなら、なおさらいうことなしでした。

ときおりマージョリーは、朝早くからベッドの上に体を起こして、手書きでさっと草稿を書き、あとでポーチのシンキング・プレイスに落ち着いてからタイプライターに打ち込んでいったようです。チャールズと別れ、一人で暮らす日々は孤独なものだったでしょうか。たとえ寂しかったとしても、気の強い彼女のことですから、素直にそうだとは認めなかったことでしょう。それに彼女には数多くの素晴らしい友人がいたのです。実生活では忠実なメイドのイデラをはじめとする素晴らしい友人たちが、そして想像の世界にも『子鹿物語』の主人公ジョディ少年など、たくさんの魅力的な友人がいました。

❋ 旅のおまけ――セント・オーガスティン訪問

わたしたち二人は、マージョリー・キンナン・ローリングズの夫ノートン・バスキンがフロリダ州のセント・オーガスティンに暮らしていることを知りました。著者の一人であるキャロラインの母方の祖母がたまたまバスキンという苗字なのですが、ノートンに電話をしたところ、なんと親戚同士だったことがわかったのです。ちなみにフロリダなどのディープ・サウスでは、見知らぬ人同士でも喜んでこんな会話をしますし、めずらしいことでもありません。このときわたしたちは、マージョリーがかつて友人だったゼルマ・カーソンから名誉毀損のかどで訴えられた件について調べていたのですが、彼のもとを訪れ、詳しい話を聞きたいというわたしした

❖コールリッジが詩「クーブラ・カーン」の着想を得たといわれるソルト・スプリングでカニをとるマージョリー。
フロリダ大学ジョージ・スマザーズ記念図書館地域研究学部コレクション提供

ちの申し出を、ノートンは喜んで承諾してくれました。

ノートン・バスキンはもともとアトランタで大きなホテルとレストランを経営していましたが、フロリダ州のオカラとセント・オーガスティンでもホテルを営むようになりました。けれど彼ならコミックショーのコメディアンや俳優として有名になれたかもしれません。実際に彼は、マージョリーの自伝を映画化した『クロス・クリーク』の一場面に端役で出演したことがあるのです。

ノートンを訪れたわたしたちは、彼の軽妙なユーモアにしばしば大笑いしながらその日の午後を過ごしました。彼はゼルマ・カーソンの起こした訴訟やその後の和解について詳しく話してくれたうえに、マージョリーとマーガレット・ミッチェル、アーネスト・ヘミングウェイといった数多くの作家たちとの交友関係についても教えてくれました。そしてお気に入りのレストランにわたしたちを案内して話の続きをしてくれただけでなく、彼の家に一晩泊まっていくよう誘ってくれたのです！　それはほんとうに楽しいひとときでした。彼は尽きることのないユーモアで、わたしたちをお腹の底から笑わせてくれました。

ノートン・バスキンはたいへん話し上手で、しかも鋭い観察眼をもった紳士でした。こんな魅力的な人物と知り合い、友人になれたことは、何よりも幸運な旅のおまけです。

おまけはもう一つあります。それはわたしたちが入会している「マージョリー・キンナン・ローリングズ協会」のことです。この協会はマージョリーの名を、アメリカを代表する作家としてさらに広めていくための活動をしているのですが、わずかな会費でたくさんの魅力的な人々に会えるだけでなく、めったにない講演を聞くことができるのです。

マージョリーはすぐれた作家であったと同時に、自然研究のエキスパートでもありました。森のなかを散策したり、未開の環境に生きる一家と暮らしてみたり、フロリダ州中央部の動植物を観察したりして記録に残しました。また、「クラッカーズ」と呼ばれる先住者の時代や暮らしぶりも観察して書物に残しています。

ある日の協会のミーティングで、イギリスのロマン派詩人サミュエル・テイラー・コールリッジの幻想的な詩『クーブラ・カーン』が、フロリダ州のオカラ近郊にある泉ソルト・スプリングにゆかりがあることが話されました。ソルト・スプリングはマージョリーがよく訪れた美しい泉です。自然研究家の祖といわれるアメリカのウィリアム・バートラムの一七九一年の著書『旅行記』には、この泉と地下を流れる川から砂や貝のかけらが噴き出している様子が、目に見えるような筆致で書かれています。コールリッジはきっと、バートラムの躍動感溢れる文章から着想を得て、今では有名になっているあの詩を書き上げたのでしょう。このエピソードはほんの一例で、マージョリーと彼女にまつわるさまざまな話は、今もなお読者やローリングズ協会に豊富な話題を提供してくれるのです。

ウィリアム・フォークナー

一八九七―一九六二年

わたしは人類の終焉を受け入れることはできない。

過去は消して消えない。それは過去ですらない。

作家が技術を身につけたいというのなら、外科手術かレンガを積む作業でもすればいい。ものを書く技術を手に入れる方法はないし、近道など存在しない。若い作家が理論理屈にばかりこだわっていたら愚かになるだけだ。みずからの失敗によって学ぶしかない。人は失敗からしか学ぶことはできないのだ。すぐれた作家ならば、自分に助言するに値する人間などいないとわかっているはずだ。それだけ自負心が強い。たとえ先輩にあたる作家をどんなに尊敬していたとしても、心の奥底では相手を超える作品を書きたいと思っているものだ。

――文芸誌『パリ・レヴュー　一九五六年　春季号』

＊

訪問記――ミシシッピ州　オックスフォード

ミシシッピ州オックスフォードは、その地名の由来となった英国のオックスフォードと同じような学園都市です。ウィリアム・フォークナーの読者にとって、この地を訪れることは、彼の作品に登場する架空の土地「ヨクナパトーファ郡」や郡都「ジェファソン」への旅でもあります。現在、町の中心にある裁判所広場は、裁判所の建物がひときわいかめしい姿を見せ、ヨクナパトーファ郡らしい雰囲気を漂わせています。ヨクナパトーファ郡は、ミシシッピ州の北部に実在するラファイエット郡をモデルにしてつくられ、郡都ジェファソンはラファイエット郡の郡庁所在地オックスフォードをもとに創作された町です。

裁判所の建物は、殺人とレイプ、裁判を描き、初のベストセラーとなった『サンクチュアリ』のなかで、登場人物テンプル・ドレイクが、殺人罪で逮捕されたリー・グッドウィンに不利になる証言をした裁判所のモデルとなっています。また同市内のサウス・サーティインス通りにある、南北戦争前の面影を残す邸宅ハミルトン・ヒルは、南部の名家の没落を描いた『響きと怒り』の主人公コンプトン一家の屋敷のモデルとなりました。このようにオックスフォードは、フォークナー作品に登場する架空の場所を実際に地図でたどることができるため、世界でも指折りの文学作品の舞台として知られています。フォークナーはこの土地のことを「小さな郵便切手ほどの、わたしの生まれ故郷」と呼んでいました。

そんなオックスフォードでいちばんの見どころは、なんといってもフォークナーの暮らしていた家、「ローワン・オーク」です。いかにも南部らしい建築様式ですが、大豪邸というわけではありません。しかしフォークナーの世界を思い起こさせる魅力に溢れています。この屋敷はもともと一八四〇年代に建てられ、フォークナー一家は一九三〇年に購入しました。そしてスコットランドの人類学者ジェイムズ・フレイザーによる神話や呪術の研究書『金枝篇』に書かれた伝説にちなんでローワン・オークと名づけました。スコットランドの農民は、魔よけになるといわれるローワンの木の小枝を十字架の形に組んで、家の入口に飾って悪霊を追い払い、家の平和と安全を願ったのだといいます。

ローワン・オークの屋敷はオークの木立に囲まれ、屋敷の表玄関へ通じる車寄せの両側には背の高いヒマラヤスギが立ち並び、プライヴァシーの保護と警備を強く意識したつくりのように感じられます。屋敷と三一エーカー（約一二万五〇〇〇平方メートル）にもおよぶ敷地は、現在はミシシッピ大学の所有になっていて、大学が開講している時期だけ一般に公開されます。大学の事務局に頼めば、大学院生がガイドをしてくれます。

脚本家としてハリウッドで暮らした時期やヴァージニア大学で在住作家となっていた時期を

除くと、フォークナーは亡くなるまでの三十年間のほとんどを、ローワン・オークに安住の場所を求めて、人目を避けるように暮らしていました。

英国人のプライヴァシー重視に共感していたフォークナーですが、それは習慣や服装にも表われていたようです。たとえば英国式の乗馬服を身にまとって写真に写ったり、英国紳士さながらにツイードのコートを着たりしていました。なんと彼は英国空軍にも入隊しています。それは第一次世界大戦が終わろうとしていた一九一八年のことで、青年だったフォークナーは出生地を偽ってまで空軍に入隊しました。しかしすぐに終戦を迎え、結局は飛行訓練を受けることも自分の飛行機をもつこともなく除隊となります。しかし翼をモチーフにしたバッジのついた英国空軍の軍服

❖アメリカ、ミシシッピ州オックスフォードにあるフォークナーの家「ローワン・オーク」

に身をつつんで帰還し、いかにもそれらしく写真におさまったりしました。

ミシシッピ州に生まれ、フォークナーを尊敬していた作家ウィリー・モリスは、ローズ奨学生として英国のオックスフォードで四年間を過ごしました。彼は、アメリカ人がオックスフォードでもっとも印象深く感じ取れるのは、「ほとんどどんな場合でもプライヴァシーが非常に尊重されているということだ。それも非常に人間味のあるプライヴァシーが広くいきわたっている」と語っています。そういえばわたしたちも英国で暮らす間に、小さなレストランでわたしたちと相席するはめになってしまった見知らぬ人のプライヴァシーを尊重し、むやみに話しかけたりしないというマナーを学びました。とはいっても、相手が好奇心に駆られて、英国人が生まれもった気質をかなぐり捨てて声をかけてくれさえすれば、もちろん喜んで話し相手になったものですが。

フォークナーは、ローワン・オークでなにより大切な部屋は、みずから設計して、もとからあった家に増築した部屋、つまり書斎だと語っていました。彼はそこを「オフィス」と呼び、その昔、南部のプランテーションの主人がすべての事業の指図をしていたオフィスを手本に設計したのです。この「オフィス」こそが、彼の思索と創造が生まれた場所、つまりローワン・オークでのシンキング・プレイスでした。さらにフォークナーは、家の角から東側のテラスまでレンガで壁をつくり、庭にいるときでも、より人目を避けられるようにしました。

現在のローワン・オークには、「フォークナーの暮らした家」を売り物にしているような雰囲気はほとんどなく、隠れ家らしいひっそりとした静かなたたずまいが保たれています。誰にもじゃまされない自分だけの時間と空間を求めて、長い間苦労を重ねた持ち主に敬意を払っているかのようです。

※人物スケッチ――ウィリアム・フォークナー

運命というものはほんとうに気まぐれです。ウィリアム・フォークナーの場合を考えてみましょう。フォークナーといえば、ノーベル文学賞を受賞した、アメリカ屈指の偉大な作家です。それなのに一九四四年の時点で、それまでに出版されていた彼の全十七作品のうち、一九三六年に発表された『アブサロム、アブサロム！』を除いてはすべて絶版になっていたのです。

ニューヨーク公立図書館の膨大な蔵書リストにもたった二冊が載っていただけで、古本屋で彼の作品を見つけるのは至難の業でした。なにしろフォークナー本人の手もとにさえ、彼がもっとも気に入っていた『響きと怒り』は一冊もなかったのです。

フォークナーと同じ時代に生きた詩人で批評家、かつ文学史学者だったマルカム・カウリーは、この事態を「株取引にたとえれば、一時的な相場に過ぎない。フォークナーの作品は本来もっと高く評価されていいはずだ」と語っています。このときカウリーは、フォークナーから承諾をもらって、それまで出版されていた作品群から『響きと怒り』『サンクチュアリ』などを集めた作品選集『ポータブル・フォークナー』を発行しようと思い立ちます。すでに彼はヘミングウェイの選集『ポータブル・ヘミングウェイ』を出版していました。

一九四六年に『ポータブル・フォークナー』が発表されてまもなく、それまでほとんど忘れ去られようとしていたフォークナーの作品がふたたび書店の棚に並ぶようになります。彼が生涯で創作した作品はこのときから次々に世の中に送り出されるようになり、十九編の小説、五つの作品集、三つの短編集、二つの選集が出版されました。それに限定出版された短編集がいくつもあります。作家修業をしていたころの短編を集めた『ニューオーリンズ・スケッチズ』は一九五七年に初版が出版され、翌年に改訂版が出されました。詩集も二冊発行されています。

フォークナーを文壇の中央に呼び戻してくれたのはいったい誰だったのでしょうか。常識的に考えて、批評家たちではないことだけは確かです。彼らは必ずしもフォークナーの作品に好意的ではありませんでした。彼の才能を認め、世の中に売り込んでくれたのは仲間の作家たちだったのです。カウリー以外にその一部をあげると、アメリカ南部の代表的作家であり、『ポータブル・フォークナー』の書評を書いたロバート・ペン・ウォーレン、フォークナー自身からも称賛を受けた詩人コンラッド・エイケン、『サンクチュアリ』のフランス語版の序文を書いた作家アンドレ・マルロー、フォークナーの文体を「天使のように書く」と評したイギリス人作家アーノルド・ベネット、O・ヘンリー賞作家のキャロライン・ゴードン、そしてあのアーネスト・ヘミングウェイが名を連ねています。これらの作家たちのあと押しを受けて、フォークナーは文学の世界に返り咲いたのです。しかしフォークナーがその生涯で成し遂げた功績がもっとも高く評価されたのは、なんといっても一九四九年度のノーベル文学賞受賞です。

フォークナーは、取材などで私生活に踏み込んだ質問をされるのをひどく嫌っていました。問われるべきは彼が生んだ作品だけだと思っていたのです。とはいうものの、彼が亡くなって四十年以上が経った今なら、少しだけその生涯について書いてみても許してもらえるでしょう。

ウィリアム・フォークナーはミシシッピ州のニューアルバニーで生まれましたが、一家は同じ州のリプリー、そしてオックスフォードへと移り住みました。生涯のほとんどをオックスフォードで過ごしましたが、ニューオーリンズやハリウッドにニューヨーク、そして海の向こうのヨーロッパでもしばらく過ごし、ヴァージニア州に長い間滞在したこともありました。後にアメリカ国務省の文化大使として日本を訪れたこともあります。数々の名作からは信じられないことですが、彼の受けた教育は高校に二年間、その後オックスフォードにあるミシシッピ大学に一年通っただけでした。

保守的なオックスフォードの住人たちにとって、古びたツィードのジャケットを着込んで、いろんな帽子をとっかえひっかえかぶっていたフォークナーはずいぶんと変わり者に見えました。ときには裸足でオックスフォードの街中を歩いたこともありました。

ミシシッピ大学に通ったあと、しばらくは仕事もなかったフォークナーですが、なんとか郵便局長の職にありつきます。ところが職務怠慢だったため三年ほどでクビになってしまいました。当時のあだ名は「伯爵ノーカウント」――数えるに値しないろくでなしといったような意味です。たいへん優秀なボーイスカウト隊長でもあったのですが、大酒飲みだったために、やはり解任されてしまいます。しかしこの時期は、彼の創造の翼が大きく羽ばたこうとしていたときでもありました。

後年、オックスフォードをしばらく留守にしなければならないときがあると、彼はいつもミシシッピの故郷を恋しく感じていました。映画の脚本を書くためにときおり滞在したハリウッドを毛嫌いしていましたが、妻のエステルと娘のジル、そして妻の連れ子二人を養っていくためには仕方がありませんでした。おまけに彼の近親者たちまでが経済的に彼を頼っていたのです。さらにはローワン・オークの屋敷の改修にもたいへんなお金がかかりました。南北戦争前に建てられた古い屋敷には電気も水道設備もなかったのですから。

お金や家庭内の心配事に苛まれたフォークナーですが、友人関係にはたいへん恵まれ、誠実な友人たちがつねに彼の力となってくれました。とくにニューオーリンズ、コネティカット州のニューヘイブンそしてニューヨークではずいぶんと助けられたものです。もちろんオックスフォードにも友人がいて、とりわけ狩猟や釣りによく連れ立って出かけていきました。こうした友人たちの言葉からは、彼が仲間のなかでは王様のような存在だったであろうことがうかがえます。しかし仲間うちでは別の言葉で彼を語っていたことでしょう。というのも、フォークナーの家にはアルコール依存症の血統があったのです。フォークナーの父親が抱えていた問題が、息子にも伝染したというわけです。

父マリー・フォークナーは、一族で経営する鉄道会社で働いていました。仕事におおいにプライドをもっていたマリーは、機関士や車掌として働きながら、いつかは会社のかじ取りをする立場に立つことを望んでいました。しかしマリーの父つまりフォークナーの祖父が、経営上の問題から、息子になんの相談もなく会社を売却してしまい、それまで暮らしていたリプリーから、同じミシシッピ州のオックスフォードに引っ越してしまいます。そしてマリーも妻にせきたてられて、オックスフォードへと移住しなければなりませんでした。

希望を打ち砕かれたマリーは職を転々とし、アルコール依存症でたびたび入院

❖静寂に包まれたローワン・オーク

するようになります。こんな父マリーと息子フォークナーはけっして仲がよかったとはいえませんでした。いったいどんなつらいことがあったのか、フォークナーもやがてウィスキーの飲み過ぎでアルコール依存症になってしまいます。

しかしなにごともフォークナーの作家活動をさまたげることはできませんでした。驚いたことに、彼はどんなときでも作品の量と質を落とすことはなかったのです。自分の作家人生につねに危機感をもち、ハリウッドで映画の脚本を書いていたりしたら自分の才能がつぶれてしまうのではないかと気に病んでいました。しかしそうはなりませんでした。皮肉なことに映画界の大物たちは、フォークナーが映画会社と不本意な執筆契約を結び、生活費を稼ぐために必死になって脚本を書いていた時期には必ずしもいつも彼の脚本を使ってはくれませんでした。ところが後年彼が有名になると、うってかわって積極的に作品を映画化する権利を買うようになったのです。

フォークナーの憧れの的だった幼なじみのエステルは、ほかの男性と結婚しましたがその後離婚し、フォークナーと再婚しました。しかしそれは幸せな結婚とはいえませんでした。理由の一つは二人ともアルコールに溺れていたことです。フォークナーは何人もの女性と浮気をしましたが、エステルとはずっと夫婦のままでいました。娘のジルをたいへんかわいがり、エステルの二人の連れ子の面倒もよくみていました。

フォークナーの作品に慣れていない読者のなかには、独特の表現スタイルにとまどいを感じる人もいます。彼は名人芸ともいえる文学的才能の持ち主でしたが、二〇世紀の初めに起こったモダニズム文学の影響を深く受けて、複雑な表現スタイルを使いました。たとえば内的独白や、今ではよく知られている彼の表現手法「意識の流れ」を駆使して、心の内側の状態を探り、表現しようとしたのです。ときとして物語の時間の流れをバラバラにしたり、ストーリーを順次、段階的に追っていく語り方を無視してしまうことがありました。表面的な事実の裏側にある細部をことさら細かく書いたり、登場人物の性格を異様なほど強烈なものにしようとしました。また、読点なしでひとつの段落を長々と続けたり、彼自身がその文のなかに絡めとられてしまったのかと思われるほど、文章の形をなしていない支離滅裂な文を書いたりしました。そのような文体についてフォークナーはこう語っています。「わたしは、文の第一文字から終止符までのなかに、いいたいことのすべてを表現し尽くそうとしている」。

フォークナーになじみのない読者にとってもう一つの難題は、文中に象徴的な表現が溢れていて、読んでいてなんとも心地悪くなることです。しかもその象徴するものがいったいなんなのかわからないこともあるのではないでしょうか。これからお話しすることが、フォークナーを理解するうえで参考になるかもしれません。

フォークナーが生み出した架空の土地「ヨクナパトーファ郡」ほどに壮大でリアリティに満ちた完璧な世界はなく、そんな世界をつくった作家は、これまでのところほとんど存在しません。物語の舞台となる場所は、彼が創作の構想を練るうえでたいへん重要な役割を担っていました。彼はこの架空の土地を作品によく登場させました。人はどこにいようと、どんな時代に生きようと、本質的に変わりはない――これがフォークナーの信念でした。ですからヨクナパトーファの地さえあれば、物語の舞台として十分にこと足りたのです。

彼の作品のほとんどは、家族が中心テーマに据えられています。作品中にはアメリカ南部の気配が色濃く感じられますが、フォークナー自身は、自分は南部そのものを書いているのではなく、あくまでも人間の生き様を書いているのだと考えていました。このことについてフォークナーが一九六二年に語った言葉があります。

どんな作家でも向き合わなければならない使命、それは人間の経験をもとにした物語を伝えることだ。それはつまり、どこにでもある、人と人との関わり合いから生まれる経験だ。人間の心は悩み苦しみ、嘆き悲しむものだ。これは人種も時代も置かれた状況も関係なく、どこにでも存在する。自分にとってまさに真実で強く心を動かされるものがあって、それを伝えたいと望むのならば、それが喜劇だろうと悲劇だろうと、記録に残しておく価値は十分にある。

メルヴィル、コンラッド、バルザック、フロベール、ディケンズにドストエフスキー。フォークナーはこれらの文豪たちを尊敬していました。彼は、なによりも成し遂げたかったことをこう表現しています。「人間の精神を題材にして、なにかこれまでこの世に存在しなかったものをつくり出したい」。

フォークナーは歴史的な感覚をもって生きていました。それも年代記的な歴史ではなく、物語として歴史をとらえていました。人間の歴史のすべてをただ一つのセンテンスに詰め込みたくて、今なおあれこれと試みているのだと語ったことがあります。アメリカ南部で生まれ育ったことは、彼にとって深い意味をもっていました。南北戦争や奴隷制度、戦争で失われた南部の風土といったものは、彼と同時代の南部の人々にとってそうであったように、彼にとってもいまだに身近なものでした。生まれる前に起こった過去のさまざまな動乱を、自分自身の経験の一部として抱き続けていたのです。

時間の概念は、フォークナーにとって重要な要素でした。彼はこう語っています。「過去形で語るwasという時はない。あるのは現在形のisだけだ」。過去を経験し、現在の時点でわかっている未来を予想する、わたしたちにできるのはこれだけだ、という意味です。時間には二種類あり、時計やカレンダーのように実際に刻々と流れていく時間と、記憶や考えによって表わされる抽象的な時間があります。

もしこうした哲学的なことはあまり考えたくはないと感じる読者がいたら、フォークナーが重視していたほかの要素に焦点を合わせれば、少しは気楽に読むことができるでしょう。たとえば登場人物の性格や行動という要素は、時間がどうのこうのといった概念よりもずっと重要です。フォークナーの作品はさまざまなレベルの読み方ができるのです。壮大な物語を書く作家でしたが、しゃれた喜劇を書ける作家でもありました。また、小説を手がける前は詩を書いていたこともあったのです。

ノーベル文学賞を受賞したとき、当初フォークナーは授賞式に出席するのを断りました。しかし愛娘のジルにとって、父親の授賞式に出てその後一緒にパリを旅すれば、きっといい思い出になるだろうと考え直し、やはり出席することにしました。ノーベル賞の記念晩餐会の会場として知られるスウェーデンのストックホルム市庁舎で、彼は受賞演説を行ないました。早口でさっさと話すのでほとんどの人が聞き取れませんでしたが、翌日の新聞に原稿が掲載されると素晴らしい内容であることがわかり、大反響を呼びました。リンカーンの「ゲティスバーグの演説」に匹敵するという声も聞かれたほどです。少し抜粋してみましょう。

……わたしは、人間はただ耐えるだけではないと信じています。人間は困難に打ち勝つことができるはずです。人間は不滅です。人間はあらゆる生きもののなかで唯一、飽くことなく叫び続ける詩人の声をもつだけでなく、慈愛に溢れ、犠牲をいとわず、耐え忍ぶことのできる魂を、精神をもっているからです。詩人や作家にはこうした人間の姿を書く責務があります。勇気と名誉、希望と誇り、慈悲と憐憫と犠牲心、これらは皆、人間が過去から築き続けた栄誉ある財産です。これらのことを人間に思い起こさせ、困難に耐え忍ぶことができるよう心を奮い立たせる手助けをすることが、詩人と作家に与えられた特権なのです。詩人の声は、単に人間の記録であるだけでなく、人間が耐え抜き、打ち勝つことができるよう支える柱となれるのです。

❋ シンキング・プレイス

初期のフォークナーには、きっと数多くのシンキング・プレイスがあったことでしょう。けれど彼がずっとお気に入りだったシンキング・プレイスは、ローワン・オークにある「オフィス」でした。木製の小さな机の上にはアンダーウッド社製の古びたポータブル型タイプライターが置かれ、彼がこの部屋で多くの作品を書き上げたことを物語っています。机の上には古い薬きょうでつくった灰皿も置かれています。そして机の近くには、フォークナーがときどき体を休めていた寝椅子があります。

フォークナーは「オフィス」の壁に、戦争をテーマにした小説『寓話』のあらすじを細かな字で書いていきました。きっとすべてを書き出すのにそうとう広いスペースが必要だったのでしょう。

彼はこの作品でピューリツァー賞を受賞しました。「オフィス」に入ってみると、まるでフォークナーがついさっきまでここにいたかのような感じを受けるかもしれません。なにしろフォークナー自身、過去は過去ですらない、と語っていたのですから。彼によれば、現在において存在するのは、過去と、未来についてわかっているすべてのことだけなのです。

フォークナーにピューリツァー賞をもたらした小説のあらすじが壁に書かれたこの「オフィス」こそは、彼のシンキング・プレイスのなかでもっともよく知られた場所なのです。

ローワン・オークの「オフィス」に比べるとあまり知られておらず、まさかと思われるような場所なのですが、オックスフォードにあった火力発電所もフォークナーのシンキング・プレイスでした。フォークナーは父親から夜間に発電所で石炭を燃やす炉の火夫を監督する仕事をいいつけられます。夕方の早い時間に、石炭を山のように積んだ一輪車を引いて何度も往き来するのがフォークナーの仕事でした。彼が一輪車を引いてくるたびに、火夫が石炭をすくってはボイラーにくべて、発電機が絶え間なく順調にブンブンと音を立てて動き続けるようにしておくのです。しかし夜が更けて町が寝静まると電気もそれほどいらなくなるため、夜十一時から翌朝四時ごろまで、火夫には眠る時間が、そしてフォークナーには集中してもの書きをする時間ができました。

フォークナーは用紙を用意し、一輪車をひっくり返して底板を机代わりにしました。そして万年筆のキャップをゆるめると、すばやくゆるぎないペンの運びで、自信満々に書き進めていきました。整ってはいるけれど非常に小さな字で、まるで定規をあてて書いたように一行一行をまっすぐに書き、紙を無駄にしませんでした。彼独特の速記文字は時間が経つと本人でも読めなくなってしまったので、できるだけ早くタイプして、必要に応じて修正をしました。そしてさらに修正を入れて清書した原稿を出版社に送ったのです。

　やがて本ができあがっても、彼はけっしてそれを読もうとしませんでした。きっとまた手直しをしたくなってしまうであろうことがわかっていたのです。

　長い年月のうちに、フォークナーにはほかにもさまざまなシンキング・プレイスが生まれていきましたが、発電所には、ほかのどんな場所にも負けない長所がありました。なにものにも邪魔されることのない、独りになれる時間がそこにはあったのです。

❖フォークナーが執筆に用いた机と椅子

※

旅のおまけ――ミシシッピ州　オックスフォードの広場の片隅にて

オックスフォードでもらった旅のおまけ、それは、町の中心にある有名な裁判所広場からちょっとはずれた古い街の一角での思いがけない出会いでした。その舞台となったのはJ・R・コフィールド氏の写真館です。この写真館自体に面白い逸話が潜んでいようとは、まさか思いもしませんでした。

本書の著者の一人であるジャックは、同じミシシッピ州のジャクソンで予定されていたシンポジウムに出席することになっていて、そのための顔写真が必要になりました。すると誰かがコフィールド氏の写真館に行ってみてはと勧めてくれたのです。けれど店に入ったときわたしたちは少し気後れし、パスポート用の写真でも撮ってもらうことにしようかと思いました。というのも、そこにあった撮影機材はどうにも古びて見えたし、小さな部屋には薄暗い灯りがついているだけでした。しかしコフィールド氏が奥から姿を見せたとき、そんな不安は忘れてしまいました。彼は部屋の灯りをつけ、まるで長い間音信不通だった従兄弟にでも会ったかのように接してくれたのです。そうなればもう、あとは南部のアメリカ人同士が初めて会ったときは必ずそうするように、たがいの素性をさらけ出して打ち解け合うだけでした。

コフィールド氏のカメラをさんざんいじらせてもらってから奥の部屋へと移動すると、彼はカメラを覆う黒い布のなかに姿を隠しました。その布にはなにやらおごそかな雰囲気があり、彼の動きにはちょっと神秘的な感じさえ漂っていました。けれど彼がおしゃべりを始めると、あっという間にそんなムードは消え去りました。おしゃべりの内容は二つに分かれていて、一つはウィリアム・フォークナー、もう一つは地元のミシシッピ大学のフットボール・チームの話でした。聞けば聞くほど愉快な話になっていき、コフィールド氏がシャッターを押したことにもほとんど気づかないほどでした。

❖写真集「ウィリアム・フォークナー――コフィールド・コレクション」(絶版)の表紙より。
ミシシッピ州オックスフォード、ヨクナパトーファ・プレス出版、ラリー・ウェルズ氏提供

わたしたちの笑う様子から、どの話がいちばん気に入ったのかを察してくれたのでしょう、彼はやがて、もっぱらフォークナーとの思い出話に絞って話し始めました。フォークナーは新しい服や一風変わった衣装を手に入れると、きまってコフィールド氏の店に写真を撮りにやってきたそうです。名高い作家のフォークナー、あるいは町の顔であるフォークナー、いずれにしても、彼は写真写りがよくたいへんなハンサムで、礼儀正しく堂々とした雰囲気をたたえていました。

コフィールド氏が撮ったフォークナーの写真集を見せてもらい、わたしたちは彼が非常に才能ある写真家だと気づきました。写真のなかのフォークナーが、まるで映画スターのような雰囲気を漂わせながらわたしたちを見つめているのです。うぬぼれるのも無理はないと思われるほどの写真写りのよさですから、相当に自信をもっていたのではないだろうか、あるいは、しばしば写真を撮りにきていたのは、じつは特定の女性ファンに自分の写真を送りたいがためだったのではないだろうか、などとついつい勘ぐってしまいました。

コフィールド氏のおしゃべりはなかなか終わりませんでした。一つの話から次の話へと、まるで列車が線路を走るように続いていくのです。けれど最後には、おそらく彼がいちばん気に入っていると思われる話で締めくくってくれました。きっとこの話は、彼にとってフォークナーの思い出を語るときの原動力なのでしょう。わたしたちも以前何かで読んだことがあったのですが、その話にはフォークナーという作家の性格がもっともよくにじみ出ています。

コフィールド氏のとっておきの話はこんな内容です。有名作家となったフォークナーは、やじ馬根性丸出しでやって来る観光客に、日に日にいらだちをつのらせていったようです。そのほとんどは女性で、ローワン・オークの近くまで車でやってきてはスピードを緩めて、ものを書いて生活しているサル――つまりフォークナーがよほどめずらしいらしく、ひと目見ていこうとするのでした。ある日、例によって観光客の車がやってくると、フォークナーはホースで庭に水をまき始めました。それもなんと素っ裸で！「そんな具合にやじ馬連中を追っ払ってやったのさ」そういってコフィールド氏はいたずらっぽく笑いました。前から知っていた話なのに、彼が話すとその何倍も面白おかしく感じられるのです。

コフィールド氏が撮ってくれたジャックの写真は、影の部分とハイライトが効いて、実際よりもはるかに見栄えのするものでした。写真家として知られ、ノーベル賞作家の友人でもあった彼は、人物の特徴をうまくとらえてシャッターを押す術を知っていたのです。愛煙家で、よくタバコを手にポーズをとっていたフォークナーでしたが、タバコをもっていない写真にも彼の個性は存分に表われていました。

数年後、コフィールド氏に撮ってもらった写真を失くしてしまったことに気づきましたが、彼がくれた楽しい旅のおまけは失われていません。ウィリアム・フォークナーの姿をわたしたちの前に生き生きとよみがえらせてくれた魅力的な写真家の思い出は、けっして忘れることはないでしょう。

アーネスト・ヘミングウェイ

一八九九―一九六〇年

勇気とは、追いつめられた優雅。

――「勇気の定義」

一時的な恐怖とは異なり、臆病とはほとんどの場合、想像力をいったん停止させる能力が欠如しているだけに過ぎない。

あとからいい気分になるのが道徳的なことで、あとからいやな気分になるのが不道徳的なこと、わたしにはこれしかわからない。

――『午後の死』

✻

訪問記――キーウェスト

アーネスト・ヘミングウェイはロバート・ルイ・スティーヴンソンと同じく、まさに世界に生きた人でした。彼らはつねに冒険を求め、はるか遠い陸と海へ乗り出していくことが何にも勝る喜びであり、そしてその道の途中でペンを執ったのです。

わたしたちがスティーヴンソンの道をたどってスコットランドからフランス、カリフォルニアからサモアへと旅したように、ヘミングウェイのファンたちはイリノイ州オークパーク、カンザス州カンザスシティー、パリ、スペイン、イタリア、アフリカ、フロリダ州キーウェスト、キューバのハバナ、アイダホ州ケチャムへと、その道をたどるのでしょう。

わたしたちはシカゴから一〇マイルほど離れたところに位置するオークパークへはまだ行ったことがありませんが、ヘミングウェイについて書かれたいろいろな記事からして、その地は彼のファンならぜひとも訪れておきたい場所のようです。そこにはオークパーク・アーネスト・ヘミングウェイ財団によって管理されているアン王女様式のヘミングウェイの生家と博物館があり、一般に公開されています。

また、オークパークは建築家のフランク・ロイド・ライトが二十年以上住んでいたこともあって、住民一人あたりの重要建築物の数がアメリカ合衆国の自治体のなかでいちばん多く、今では村そのものがアメリカ建築の博物館だといわれています。ヘミングウェイが二十歳になるまで過ごしたオークパーク、そして幼年時代の夏にアウトドアライフに親しんだミシガンの原野が、その後の彼の人生に大きな影響を及ぼしました。

わたしたちが訪れたキーウェストは、オークパークからははるか遠く、町の様子もかけ離れたまったく別の世界です。生涯のうちでもっとも多作だったと思われる時期に、ヘミングウェイはフロリダ・キーズ諸島の一つ、キーウェストに十年以上住みました。妻のポーリーンを伴って初めてその地を踏んだとき二人にはまだ家がなく、フォード自動車のショールームがあるアパートメントの一室に部屋を借りました。ヘミングウェイはそこで暮らすうちに、比較的涼しい朝にしっかりと仕事を済ませ、午後は町をぶらつくために空けておくという生活スタイルを確立させます。ちょうどそのころ書き継いでいたのが『武器よさらば』で、その完成に向けて精を出し、一九二九年の秋に出版しました。二つの季節がめぐり、二人はホワイトヘッド・ストリート沿いの家に引っ越しました。

ヘミングウェイは仕事が終わると島の住人ジョー・ラッセルが経営する「スロッピー・ジョーズ」という酒場に出かけていっては、そこにたむろする仲間たちとくつろいだ時間を過ごしました。ヘミングウェイとジョー、島の富豪チャールズ・トンプソン、エディー・〝ブラ〟・サンダース船長、そこにパリ時代の友人が何人か加わり、彼らは地元で「キーウェスト・モブ(チンピラ)」と呼ばれるようになります。一団はマグロなどの魚を追ってよくキューバやほかの島々に遠征しました。町は一風変わった面白い人や話題で溢れかえっていました。ヘミングウェイはそこからいくつか作品のヒントを得ていたのかもしれません。

一九三九年、ポーリーンと離婚したヘミングウェイはキューバへと移り、残されたキーウェストの屋敷は、一九五一年にポーリーンが亡くなるまで彼女が所有しました。その後、ヘミングウェイは屋敷を家具つきで貸し出していましたが、彼の死に際して屋敷は民間団体に売却されました。そして一九六八年、国定歴史建造物に指定されます。文化史が残した宝物をたくさ

❖フロリダ州キーウェストにあるアーネスト・ヘミングウェイの家

んの人に見てもらいたいという思いから、キーウェストの家は現在の持ち主によって大切に管理されています。

※人物スケッチ――アーネスト・ヘミングウェイ

アーネスト・ヘミングウェイ作のいちばん面白い物語は、本として出版されることはありませんでした。それは、わたしたちがどうしても読んでみたかった、彼自身の物語です。もしヘミングウェイの自叙伝が出版されていたら、一つの時代とその時代に生きた文士たちの克明な記録となっていたことでしょう。いくぶん偏見に満ち、ぶしつけで、ときどき詩的で、卑猥なところもあったかもしれませんが、生き生きとしたストーリー展開の面白い本になったはずです。それでも、ヘミングウェイの内に潜む葛藤と矛盾に満ちた複雑な部分は、けっして語られることはなかったでしょう。なぜなら彼は、みずからの愛称であった「パパ」の役を喜んで演じていたからです。それは、男のなかの男であり、女好きな色男です。そして雄々しい猛獣狩り、マカジキを追うスポーツフィッシャー、アルペンスキーヤー、闘牛ファン、料理通、ワイン通であり、なによりハンサムで有名な作家という姿でした。

高校を卒業しただけの青年が記者として「カンザス・シティ・スター」紙で働き、そこの「スタイル・マニュアル」で散文を簡潔に書く訓練を積み、そしてノーベル文学賞の獲得につながる一連の作品を生み出した――これはまさに驚きです。パリにいたころ、当時の文豪たちがまわりをとりかこみ、その文章スタイルを批判したこともあったようです。しかし、彼には必ず成功して有名になってみせるという野心がありました。そして、実際にそれをやり遂げたのです。散文を書くうえでの、建築用ブロックのように簡潔で明確な文章の力強さをヘミングウェイは知っていました。そのあまりに有名なヘミングウェイ的文章スタイルこそ、彼の残した最大の遺産なのです。

ヘミングウェイは典型的なアメリカの家庭に育ちました。その幼年時代は幸せだったようにも見えますが、母グレースとの関係はぎくしゃくしたものでした。彼女はヘミングウェイが四歳になるまでレース飾りのついたロングドレスを着せ、六歳になるまで少女のような髪型をさせ、そして十五歳になるまで半ズボンをはかせたのです。

父は評判のよい裕福な医者で、狩猟、釣り、剥製術をこよなく愛する人でした。息子のアーネストにもこれらを手ほどきし、ボクシングも教えます。アーネストと父はアウトドアが大好きでした。毎年夏になると、一家は自然がそのまま残るミシガンの森へ出かけ、長い休暇を過ごしました。幼いアーネストは、そこで北米先住民オジブウェー族の人々といっしょに遊んだようです。母いわく、二歳の元気な子どもだった彼に何か怖いものはないのかと聞くと、「怖いものなんかないよ！」という答えが返ってきたそうです。高校時代はフットボールをし、また学校のオーケストラでチェロも弾きました。こうした芸術を愛する心は、才能ある音楽家だった母から受け継いだものです。そしてその十六年後、ヘミングウェイは大物を狩るためのオーダーメイドの猟銃を手に入れました。

伝記に残されたヘミングウェイの人生をどう解釈するかは、伝記作家によっても違います。たとえばある作家は、「幸せな幼年時代」を過ごした少年は十四歳のときに家出をし、高校を卒業するためやむを得ず家に戻ったと書いています。彼は母親と気が合わなかったのです。二十一歳を過ぎたある日、母から、わたしのことを尊敬できるようになるまで家に戻ってくるなと命じられ、ともにアウトドアを愛した父までもが、彼女の肩をもちました。

こうした背景は、ヘミングウェイが自身の人格を荒々しく崩壊させていった経緯について、いくらかの真相を教えてくれそうです。ファンなら読んでみたいと思う内容ですが、その反応は、好奇、興味、羨望、非難——さまざまでしょう。ヘミングウェイの自叙伝がもしあったとしたら、そこには彼の謎めいた部分、強い感性、勇ましさ、裏切り、冷淡さ、後悔、それと同時にたくさんのフィクションが詰め込まれていたはずです。なぜならヘミングウェイには、自分自身をまったく別の人間につくり変えてしまう癖があったからです。彼は自分や同時代の人たちを好んで小説や短編のなかに描き、当然のことながら書かれた人たちを不愉快にさせることがしばしばありました。

ヘミングウェイは大学へは進まず「カンザス・シティ・スター」紙で半年間働き、その後、一九一七年にイタリア軍つきのアメリカ赤十字社の救急要員となりました。しかし、三週間と経たないうちに二百二十七もの榴散弾の破片を体に浴びてしまいます。そのとき彼は傷を負いながらも負傷した兵士を安全な場所まで運んでいき、その勇敢な行動が認められ、イタリア政府より勲章を授かりました。長く入院することになりますが、そこで一人のナースに恋をします。後に『武器よさらば』のなかで描かれ、この作品に不朽の名声を与えることになった女性です。彼女はいったん彼の愛を断ったものの、あとになってキーウェストに姿を現わしました。しかし、二人のロマンスが再び始まることはありませんでした。

❖青年時代のアーネスト・ヘミングウェイの写真。オークパーク・アーネスト・ヘミングウェイ財団、マーサリーン・ヘミングウェイ・サンフォード・コレクション提供

シカゴで機関誌の編集者として働いていた一九二一年、ヘミングウェイは赤毛の美女ハドリー・リチャードソンと出会います。彼女は彼の母親と同じ才能ある音楽家でした。出会ったその日の晩にヘミングウェイは「彼女といっしょになる」ことを発表し、言葉どおり二人は結婚しました。

その後カナダのトロントに移り、「トロント・スター・ウィークリー」紙の特派員として渡欧、二人はパリに落ち着くことになります。ヘミングウェイはすでに交流のあった作家シャーウッド・アンダーソンの紹介状を手に女流作家ガートルード・スタインのもとを訪れ、そこでいろいろな作家と知り合いました。一九二三年、初めての署名作品がシカゴの詩誌『ポエトリー』に掲載されます。それに続いて『短編三作と詩編十作』が出版されました。「バンビ」という愛称で呼ばれた息子のジョンももうけ、アーネストとハドリーは貧しいながらも幸せな生活を送りました。彼は回顧録『移動祝祭日』のなかで、当時のパリでの暮らしをこう綴っています。

「もしもきみが青年時代にパリに住むという幸運に恵まれたとしたら、残りの人生どこへ行こうと、パリはきみについてまわる。だってパリは移動祝祭日だから」

やがて別の女性が文字通り、二人と「同居」を始めるようになりました。ポーリーン・プァイファー、二番目の妻となる女性です。ヘミングウェイは同時に二人の女性を愛してしまったことを深く悔み、何年もの間ハドリーに手紙を書き続けました。ポーリーンとの間には二人の息子をもうけますが、一九四〇年には彼女とも離婚し、ヨーロッパまで彼を追ってきた優秀なジャーナリスト、マーサ・ゲルホーンと結婚します。

そして、四番目で最後の妻となったのが、ジャーナリストのメアリー・ウェルシュでした。メアリーはヘミングウェイのことを「薄情で、非常識で、利己的で、役立たず。鑑賞力も理解力もないエゴイストで、評判だけを気にする怪物」だと書いています。しかしその一方で、彼女は彼のことを深く愛していたのではないでしょうか。ヘミングウェイはその後も「お遊び」

❖赤十字の救急要員となったヘミングウェイ。オークパーク・アーネスト・ヘミングウェイ財団、マーサリーン・ヘミングウェイ・サンフォード・コレクション提供

を重ねますが、メアリーはやがて訪れる彼の最期まで、彼のもとにとどまりました。

ヘミングウェイは生涯を通していつでも新しい刺激を求めていました。世界中を旅し、猛獣を狩り、愛用のボート「ピラー」に乗って釣りをし、闘牛を愛し、そしてキーウェストやハバナ、ケチャムの自宅に友人を招いてはもてなしました。世界にその名をとどろかすようになると、自宅のほかに、マンハッタンにアパートメントを一つ所有し、パリのリッツホテルとヴェニスのグリッティパレスにいつでも使える部屋を一つずつ押さえるようになりました。ヘミングウェイはありとあらゆる欲望を満たすだけの大金を手に入れたのです。

そんな人生も終焉に近づき、ヘミングウェイはメアリーとともにアイダホに移って深刻なうつ病と妄想癖、偏執病の治療を受けるようになりました。彼には自殺願望があったのです。電気ショック療法を受けたあと、医者から自宅に帰る許可をもらい、彼はメアリーとともに穏やかなひとときを過ごしました。しかし、この不安定なときに人生の皮肉が顔を見せるのです。それは何年も前、彼の母親によって写真の裏に記されていました。

「アーネスト、パパから二歳半で射撃を教わる。四歳で拳銃の使い方をおぼえる」

一九六一年七月二日の早朝、まだメアリーが眠りについているうちに、ヘミングウェイは窓台の上に置かれた鍵をもって倉庫へ行き、その錠を開けました。そして、拳銃ではなく、猟銃を手に取ったのです。後にメアリーはこう語っています。

「人が自分の持ち物に近づくのを禁止する権利は誰にもありません」

わたしたちに憶測できるのは、創造力を失くしてしまったとみずから判断を下したとき、ヘミングウェイはもう生きていたくはなかったのだろう、ということだけです。六十一歳でした。そして、彼の死とともに、その人生の謎を明らかにする作品までもが消滅してしまったのです。

ヘミングウェイにはいまだ謎がつきまといます。結婚生活を何度もだめにした破壊的な部分、フィッツジェラルドやロバート・シャーウッド、フォード・マドックス・フォード、ガートルード・スタインなど、彼の力となり、高く評価してくれていた作家仲間たちに見せた不誠実な態度、これらはどう説明したらいいのでしょう？　さらに、誤解を招きやすいほどに簡潔で独特な、まねしたくてもまねのできないその文体はどのように説明したらいいのでしょう？　もっとも愛情の薄かった三番目の妻マーサ・ゲルホーンは、みずからが才能ある作家であったため夫のヘミングウェイに対してライバル意識をもっていましたが、それでも彼のことをこう評価しています。

「彼は天才でした。作品の内容ではなく、そのスタイルにおいて、という意味です。彼はこれまでの書き言葉を因習から解放したのです」

ヘミングウェイは自分をとりまくすべてのものを存分に楽しみ、人生の美酒を飲み尽くしたいと願っていた人です。そんな人がどうしてその人生を破滅させてしまったのでしょうか。

彼は両親と、とくに母親とは最後まで窮屈な関係にありました。一方、父親のことは深く尊敬し、互いに思いを通わせていたのに、それに気づくのがあまりに遅過ぎました。父は健康状態の悪化と投資の失敗によって精気を失い、自殺をとげたのです。さらに、ヘミングウェイは三人の妻を愛し、失い、そして四番目の妻メアリーと結婚しました（彼女は「彼はわたしを子守女にするために結婚したのよ」と冗談半分でいっていたようですが、彼の死後、作品を出版するにあたって、ほんとうの「子守女」になってしまいました）。

アーネスト・ヘミングウェイは死への願望を心に抱いていたのでしょうか。もしそうなら、それこそが彼のゆるぎない素晴らしい創造力に火をつけていたのでしょうか。こういえばわかりやすいかもしれません。死への憧れこそが、彼の作品の核となっていたのでしょうか。たしかに彼の死への憧れは、二つの素晴らしい戦争小説『武器よさらば』と『誰がために鐘は鳴る』、そして短編『キリマンジャロの雪』と闘牛を題材にした『午後の死』のなかに見て取ることができます（『午後の死』は武勇への賛歌であり、ヘミングウェイは闘牛士と雄牛の姿に、文明と混沌を描き出すバレエ芸術を見ていました）。

繊細、太っ腹、迷信家、野生的、感情的、勇敢、矛盾、感傷的、多事故、非難を浴びても冷静沈着――ヘミングウェイはときとして、こうした言葉で形容されます。社会的な問題や労働争議には無関心で、スペイン内戦のあった時期を除いて政治上の問題にもなんら興味を示さなかった、といわれます。また、象徴主義者ではなかったとされていますが、彼の作品、とくに『老人と海』の解釈においては、彼のシンボリズムを読み取ることができます。霊的あるいは宗教的な人ではなかったともいわれますが、母親への手紙にはミサに行っていることが記されています。つまり、専門家たちの見解はさまざまに異なっていることを認めるのが、ただ一つの正解かもしれません。高潔、忍耐、勇気というヘミングウェイお決まりのヒーロー像を絶賛する人がいます。その一方で、彼の作品のもっとも重要なテーマは「迷いや幻想からの目覚め」ではないとし、倫理的な価値観をより高く据えるべきだという彼の訴えが作品のなかに含蓄されていると主張する人もいるのです。

伝記作家のジェームズ・R・メロウによると、作家のエドマンド・ウィルソンは次のような言葉でヘミングウェイのパラドックスを説明しようとしました。

「天才であるがゆえの強みであり、弱みでもある一種の疎外感は、作家たちを社会から隔離させた。その傷から、ヘミングウェイ、ディケンズ、ジョイス、キプリングはトラウマの文学を発展させたのである」

ヘミングウェイはこの評価に、とくにウィルソンがヘミングウェイ自身のことを「彼の作品のなかでいちばんでき損ないのキャラクターだ」と公言したことに激怒します。そして、ウィルソンの評の出版差し止め命令を正式に提出するとおどし、怒りをあらわにしました。

真実の文章で紡ぎ出された作品に対する不当な評価がさまざまあるなかで、唯一公正なのは、ヘミングウェイ自身に結論を出してもらうことです。

最終的に、土地は侵食され、埃は飛び散り、人間は一人残らず死ぬ。誰一人として永遠に価値ある者はいない。ただ芸術の仕事をする者は別である。しかし、芸術の仕事はあまりに孤独で、あまりに困難で、そのうえ流行らないから、彼らは芸術家という職業をやめたがっている。しかし、千年の歳月は経済学を愚劣なものとしても、芸術作品は永久に存続させるのである。

❋ シンキング・プレイス

ヘミングウェイはシンキング・プレイスの存在を信じていて、生涯を通してつねにシンキング・プレイスがありました。最初の妻ハドリーと結婚してまもないころ、その生活はつましいものでしたが、そんななかでも彼はどうにかお金を工面し、小さなホテルに執筆用のシンキング・プレイスを借りていました。最上階にある小さな部屋へ行くには、急な階段を何段も上らなくてはなりません。けれども、眼下に連なる屋根の向こうに見るパリの風景は、そんな苦労など忘れさせてくれたことでしょう。彼の高所の城があまりに寒いときには、青表紙のノートをもって暖かいカフェに出かけていきました。

もっとも有名なシンキング・プレイスはキーウェストにあり、現在もたくさんの人がその地を訪れています。ヘミングウェイがつくった彼だけの部屋は馬車小屋の上階、母屋とは狭い通路（キャットウォーク）だけでつながっていました。

夜の明けかけたころ、ヘミングウェイは寝室からそっと抜け出してその部屋へ行き、昼までペンを執りました。その日のアイディアをすべて書き切ることはせず、次の日にまたうまく書き始められるよう、あとに続く文章や次のアイディアをとっておいたそうです。いくつかの傑作は、その部屋にある背の高い棚のような机で書かれました。彼は手書きで小説を書きましたが、部屋にはロイヤル社製のタイプライターがあり、またキューバの葉巻会社の椅子、過去の冒険にまつわる思い出の品々が置かれていました。ヘミングウェイは几帳面な性格で、日課を規則的にこなしました。友人が母屋のほうに訪ねてきても毎日欠かさず執筆したようです。彼は草稿をまるで廃棄場のごみの山のように積み上げてとっておきましたが、今となっては彼の文章の構成方法を研究するよい材料になっているることでしょう。

一九六八年、キーウェストの家は国定歴史建造物に指定されました。そこでは独特なおもむきの大変めずらしい家具を見ることができます。そのうちのいくつかはスペインのアンティーク家具で、ヴェネチアングラスでできたシャンデリアがそれらをいっそう引き立てています。ヘミングウェイはかつてハドリーにミロの絵画『農園』をプレゼントしました。そのオリジナルは現在ワシントン国立美術館に展示されており、家には複製が飾られています。また、ピカソからもらったネコの彫刻は泥棒に割られてしまい、代わりにその複製がヘミングウェイ博物館に展示されています。

ヘミングウェイは大のネコ好きで、今でも庭やポーチにはたくさんのネコがうろついています。そのなかには彼が飼っていたネコの直系の子孫もいます。キーウェストの庭には、ネコのために特別につくられた噴水がありました。二番目の妻のポーリーンが工夫してつくったもので、陶製の大きな壺から地面に設置された長方形の容器に水が絶え間なく溢れ出るようになっています。なんとそれはもともと、ヘミングウェイが通った酒場スロッピー・ジョーズの男子小用トイレの容器だったそうです。

ポーリーンとの結婚も破局を迎え、ヘミングウェイはキューバのハバナに居を移します。その地での最初のシンキング・プレイスはホテル・アンドスムンドスの一室で、彼は毎日朝の八時半から午後の二時か三時ごろまで執筆しました。

やがて三番目の妻マーサ・ゲルホーンが改装した「フィンカ・ビヒア」に落ち着くことになります。そこでは、厄介な使用人が引き起こすお祭りさわぎがときどきあったそうです。ポーリーンは家にスペインとポルトガルのタイルを貼り、現代的なキッチンを取りつけ、キーウェストでいちばん大きなスイミングプールをつくりましたが、一方筆の立つジャーナリスト、そして作家でもあったマーサは、ポーリーンほど家のインテリアに凝る人ではありませんでした。しかし、二つの家には一つだけ共通点がありました――ネコです。

「ネコに笑いかけちゃいけないよ」と、かつてヘミングウェイはいっていました。「イヌは人と仲よくなりたいから笑われるのが好きだけど、ネコは違う。ネコは友だちなんていらないのさ」と。いちばんのお気に入りだった「友だちのいない」ネコは、彼といっしょにミルクとウィスキーを飲むことを許されていたようです。

一九四〇年代に入ると、彼のシンキング・プレイスもその力を発揮してはくれませんでした。『誰がために鐘は鳴る』の出版から十年、それは彼にとって空白の時間でした。一九五〇年になってようやく『河を渡って木立の中へ』の出版にこぎつけますが、これはさんざんの不評でした。生涯の友人だったスクリブナーズ社の名編集長マクスウェル・パーキンズが一九四七年にこの世を去ってさえいなかったら、そんなヘミングウェイを救い出してくれたかもしれませ

❖キーウェストにあるヘミングウェイの書斎

ん。

しかし一九五二年、ヘミングウェイは衰えかけたみずからの名声を『老人と海』で取り返しました。翌年には同作品でピューリツァ賞を受賞します。この薄手の本がヘミングウェイのノーベル文学賞の受賞を決定的にしたともいわれています。ノーベル賞の表彰状には、「現代的な語り口の文体を確立した力強い筆致である」と記されていました。

❋ 旅のおまけ

キーウェストはアメリカのなかでも独特の魅力をそなえた個性的な都市です。わたしたちがその地を訪れたのは、毎年一月に著名な作家たちを招いて行なわれる「キーウェスト文芸セミナー」に出席するためでした。しかし、そもそもセミナーに参加しようと思ったのにはほかの理由がありました。アーネスト・ヘミングウェイの家をなんとしてでも訪れてみたかったのです。

おかしなことですが、今キーウェストといっていちばんに思い浮かぶのはネコのことです。キーウェストにはヘミングウェイのネコのほかにも、素晴らしいネコたちがいたのです。

キーウェストの夕焼けは見事で、大勢の観光客たちは毎晩のように波止場に集まっていました。そこには何隻もの遠洋定期船が停泊していて、運がよいと夕焼けをバックに出港していく船を見ることができるのです。波打ち際にはまるで縁日のように売店が立ち並び、露店商人や芸人たちでにぎわっています。なかでも二十五年間変わらず観客をひやひやさせ、息を呑ませ、心からの拍手喝采をさらうのが、フランス人男性のドミニクとそのネコたちです。なんの変哲もない、どこにでもいそうなネコなのですが、彼らがまさに驚異的なのです！　ネコたちはじつによく訓練されていて、かのサーカス王バーナム・アンド・ベイリー・サーカスの動物たちみたいに、主人の命令に忠実に応えていきます。キャットタワーからキャットタワーへと自在に跳び移り、小さな輪をくぐり抜け、炎に包まれた輪までくぐり抜けます。そのネコたちは間違いなく、ヘミングウェイが「ネコは飼い主を主人ではなく同じ仲間だと思っている」といったこと

❖64匹以上いるヘミングウェイのネコたちにはそれぞれ名前がついている。このネコの名前は「チャーリー・チャップリン」

など知らないはずです。

ヘミングウェイの家と博物館でネコの姿を探す必要はありません。約六十匹ものネコたちが壁に囲まれた庭にいるのですから。みんな名前があって、ヘミングウェイ博物館のウェブサイトに写真が載っているネコもいます。世話は博物館の職員が行ない、その数はきちんとした計画のもとで管理されているそうです。

ミトンをはめているように見えるネコがたくさんいますが、彼らは前足か後ろ足、あるいは両方の足の指が一本余分にある「多指」のネコです。どうやら、ヘミングウェイが友人の船長からもらい受けた指の一本多い雄ネコの子孫たちが、多指の遺伝子を受け継いでいるようです。それ以外のネコはきっと別の血統をもつのでしょう。

イヌといっしょに育ち、今も毛むくじゃらの雌イヌに惚れ込んでいるわたしたちは、基本的に「ネコ派」ではありません。しかし、それぞれに名前のあるヘミングウェイのネコたちは、サドルシューズをはいた「ローティーンの女の子」といった感じでとても魅力的、そしていくぶん圧倒的でもありました。

「旅のおまけ」はそんなヘミングウェイの家の元気なネコたちからもらいました。それは、多指のネコたちが、今は亡き「愛猫家」との直接的な強いつながりとしてそこにいるのだという実感です。その人はもういませんが、彼の作品は今なお生き続けているのです。

創造的人物について

医学は情熱をもって追求する修錬である
芸術は修錬をもって追求する情熱である
わたしには両方を追求する喜びがあった

アーサー・M・サックラー医学博士

（スミソニアン協会、アーサー・M・サックラー・ギャラリーの碑銘。ワシントンDC）

本書で取り上げた創造的人物の人生について学び、彼らの暮らした家やシンキング・プレイスを訪ねてまわるなかで、彼らには偉大な創造的人物だからこその性質、習慣、要求があることに気がつきました。そのなかでもすべての人物に共通していたのが、次の五点です。

○仕事への情熱と修錬
○粘り強さと忍耐力
○豊富な想像力

○孤独と沈思黙考への欲求
○自分だけの「シンキング・プレイス」への渇望

これらのほかにも、複数の人物に共通する特徴がありました。それらを以下にまとめます。

○長い散歩は、創作をするうえで必要不可欠のものであった。

チャールズ・ダーウィンは毎日ほぼ決まった時間に、彼のシンキング・プレイスである散歩道を歩きました。チャールズ・ディケンズは夜に散歩しました。ウィリアム・ワーズワース、ラドヤード・キプリング、マージョリー・キンナン・ローリングズは森のなかを歩くことでインスピレーションを得ており、ウィリアム・バトラー・イェーツにいたっては、ひと晩中森を散歩することもよくあったようです。ヴァージニア・ウルフは散歩をみずからの「喜び」だと考えていました。

○ある特定の物をお守り代わりにし、げんかつぎや幸運のしるし、あるいは自分のトレードマークとしていた。

チャールズ・ディケンズは机の上にみどり色をしたサルの陶製の置き物を、ラドヤード・キプリングはアザラシの形をした小さな文鎮と小さなワニの革製の置き物を置いていました。

○新しい詩句を考えるとき、律動的な言葉をぶつぶつと、あるいは大きな声で繰り返しながら、シンキング・プレイスを行ったり来たりする癖があった。

ウィリアム・ワーズワースについて、彼を知るジャーナリストは、「……後年、ワーズワースは一人でそぞろ歩きをしながら、まわりの自然と心を通わせていった。大声で叫んだり、口ごもったりしながら、さながら韻律の往復便とでもいったような様子であたりを行ったり来たりして詩をつくっていた。そしてあとで家に帰ってから妻や妹に書き取らせるために、必死に暗誦していた……」と語っています。

ラドヤード・キプリングについては彼の娘が、「一人で鼻歌を歌いながら書斎を行ったり来たりしていることもありました。ですから父の作品でもっともよく知られた詩には、メロディに合わせてつくられたものが多いのです。仕事中の父は完全に自分の世界にのめり込んでいて、それ以外のことは気づきもしませんでした」と記しています。

○失われつつある時代の風習や習慣、日常生活やそのざわめきを見事に描き出した。

ジェーン・オースティンが典型的な例で、書簡体小説『レディ・スーザン』のなかで、「わたしに何かうぬぼれるものがあるとすれば、それは雄弁の才です。ここではわたしの才能を存分に発揮する機会があって、たいていは語り合って過ごしています」とみずから書いているように、彼女自身もそのことを自覚していました。制限された環境のなかで暮らしていたジェーンでしたが、彼女の生きた一八世紀の社会を描き出すことで、その才能を開花させたのです。

ラドヤード・キプリングは堂々たる大英帝国のおもむき、時代色を見事にとらえ、作品のなかに描き出しました。

○創作の過程でぶつかる苦難や難局を、障害としてではなく、励みになるものとしてとらえた。

ロバート・ルイ・スティーヴンソン、ブッカー・T・ワシントン博士は、こうした考え方を胸に人生を送りました。ワシントン博士は、みずからが収めた成功よりも、自分が乗り越えてきた障害を人々に記憶してほしいと願いました。

○幼いころから自身の最大の才能に気づき、その分野へ傾倒してきた。

ウィリアム・ワーズワースやウィリアム・バトラー・イェーツは、早い時期から詩作に目覚めていました。

トマス・エディソンは少年時代からみずからの創造性と企業家としての適性を追求してきました。

アレクサンダー・グラハム・ベルは三世代にわたって言語と音の研究をしてきた家庭に育ち、後に電話を発明しました。

○作品を通して、自分の考えや信念をより確かなものにした。

ヴァージニア・ウルフはそのすぐれた創作力によって、女性の全面的な理解、そして彼女自身が強い憧れを抱いていた大学教育が必ずしも重要ではないことを作品のなかで証明し、結果として二〇世紀最大の作家の一人になりました。

ビアトリクス・ポターは動物と自然への愛をみずからの才能溢れる物語と絵のなかに注ぎ込みました。一気に有名に、そして裕福になった彼女は、財政的な支援や保護活動を中心となって行ない、湖水地方の自然の美しさを守っていきました。

○つくり話とは思えないほどリアルな世界を紙上に生み出していった。程度の差こそあれ本書で取り上げたすべての作家に共通するものですが、なかでも次の二人はとくに傑出した才能を見せた。

ウィリアム・フォークナーはたくさんの小説で舞台となる「ヨクナパトーファ郡」を現実感たっぷりに生き生きと描きました。読者たちはそれが想像上のもので、ミシシッピには実在しない郡であることを知って驚くほどです。

ロバート・ルイ・スティーヴンソンが描く海賊や帆船、熱帯の島、埋蔵された宝は、多くの読者の脳裏に鮮明な記憶となって残り、まるで本当にあった出来事のように感じられます。とくに、『宝島』に出てくるロング・ジョン・シルバーなどの登場人物は、英米文化と言語の一部にまでなりました。

○永遠に続くように感じられる実験や研究のなかで、問題点や改善点を見つけ、その解決法を導き出した。この能力は、本書で取り上げた発明家や科学者に共通する特徴だった。

まったく違う背景をもったトマス・エディソンとアレクサンダー・グラハム・ベルでしたが、問題の理論的な解決策を追い求め、そこから得た結果を電灯や電話など広く実用的なものに応用するという挑戦においては、二人とも不屈の精神をもっていました。

チャールズ・ダーウィンは、幼少期の体験と青年時代の厳しい航海中の観察から力を得て、その後も実験と観察を飽くことなく続けました。ついには科学史に重大な功績を残し、地球上の生命の起源を解明しました。

○何人かの人物は、生まれ育った境遇や鋭い感受性ゆえに、人生に対して強い意志と決意をもち、多作の芸術家として傑出した。そうした生き方はときに型破りで、その人独自のものとなった。

ヴァージニア・ウルフは早くから知的好奇心を追求し、ブルームズベリーのような文学的な人物が集まるグループに身を置いていました。こうした環境は彼女の独立心と生活スタイルを刺激し、確固たるものにしていきました。

冒険に満ちた激動の人生を歩んだアーネスト・ヘミングウェイは、決まった時間、規則的に執筆し、何年にもわたって多くの文学作品を書き続けました。

○身近にある材料や生活のなかのユニークな要素から、新しい物を生み出す能力があった。

マージョリー・キンナン・ローリングズは、フロリダ中部の沼沢地という彼女にとっては初めての土地に移り住みましたが、その異国情緒溢れる原野を自身の作品の舞台とし、傑作を残しました。

○多くの人物には、注目すべき独創性とその人ならではのユニークな特徴があった。

ウィリアム・バトラー・イエーツは、詩と劇に今までなかった印象と象徴を与え、エドヴァルド・グリーグは故国ノルウェーの魂を音楽のなかに定着させました。

鋭い観察センスの持ち主だったチャールズ・ダーウィンは、みずからの研究から科学と宗教の世界を揺るがす大理論を導き出しました。また、ビアトリクス・ポターは自然や動物を細部まで観察し、それをデッサンしました。

マーク・トウェインは、みずからの人生と仕事を通して、ユーモアが人を変える力をもつことを証明しました。

ロバート・ルイ・スティーヴンソンは自身の病気を創作のエネルギーへと転換し、人の心をとらえて放さない冒険物語、そして驚きや想像力に満ちた世界を喚起させるリズム溢れる詩をつくり出しました。つねに病気と背中合わせの人生だったにもかかわらず、彼は世界中を旅してまわり、彼の書いた心躍る物語よりもずっと冒険的な人生を生きたのです。

ジェーン・オースティン、チャールズ・ディケンズ、ウィリアム・フォークナーは、現実を独自の目線でとらえ、日常にありふれたテーマをそれぞれのスタイルによって普遍的なものに変える才能を示しました。

❋ あなただけのシンキング・プレイス

ターンテーブルのあるガーデンヒュッテや雲間に隠れるシンクオーリアム——そんな心惹かれるシンキング・プレイスが手に入らないとしても大丈夫、あなただけのシンキング・プレイスは、お金をかけなくてもつくることができます。まず大切なのは、場所よりも、一日のなかで思索にふける時間そのものをもつことではないでしょうか。

『ハリーポッター』シリーズの著者であるJ・K・ローリングズのように、もしかしたらレストランの一角が心地よい場所だと感じるかもしれませんし、図書館や客用の寝室、庭にひっそりと置かれた揺り椅子、あるいはバスや通勤電車の座席があなたにとっての特別な場所になるかもしれません。

あなたが日々の暮らしのなかでここだと思う場所を見つけたとき、魔法の力ははたらき始めます。そのときから、どこにでもある平凡な場所はシンキング・プレイスへと変わるのです。創造力をかきたてる規則性のようなものがその場所にはあります。たとえていうなら、レースの出発地点に立って「よーい、ドン」の合図を待っているときのような感じです。毎回インスピレーションが得られなくても、そうしているときの記憶はあなたに自信をつけてくれるでしょう。

シンキング・プレイスは、あなたとある人物との「キューピッド役」を務めてくれるかもしれません。それは、あなたがよく知っているようで、じつはその奥底にある内面をほとんど知らない人物——そう、あなた自身です。

※

訳者あとがき

翻訳をするなら楽しくしたい、翻訳者のだれもがそう願うものですが、願いがかなえられる本はめったにありません。この本は、共訳者の三人が声を合わせて「有難う、フレミングさん、楽しく訳せました！」と叫んだ本です。もちろん、むずかしいところがありました。ディケンズ、スティーヴンソン、ヘミングウェイなど「超」のつく有名人物で、その人たちの伝記や作品が手元にあっても、エッこんな話があるの？　おや、この引用は難しい、どう理解するべきか、などと喜んだり困ったり、しかもそれが『子鹿物語』のローリングズや『ピーターラビット』のビアトリクス・ポターになると、絵本や映画、ＴＶで作品にはなじんでいても、伝記的なことがらについてはまったくといっていいほど無知です。著者が深く尊敬し敬意をこめて語っている奴隷出身の大教育者ブッカー・Ｔ・ワシントンになると、残念ながら参考文献もなく、適切な訳語・訳文を導くのに苦心しました。

困ったときは、Ｅ－メールで直接著者に教えを請うべきです。乱暴でしたが、Fleming-San!　Ohayou Gozaimasu と日本語で挨拶しました。それから質問の数々をメールしました。すっかり仲良しになりました。キャロラインさんは作家です。ジャックさんは医者です。そしてこれは本書の中でも触れられているのですが、ご夫妻でミュージカル『イマジネーション！南太平洋のスティーヴンソン』を書いています。質問はすばらしいコメント付きで返ってきました。関連してジャックさんが自作ミュージカルに書いた詩も送ってくれました。

ロバさんは評判悪いな
頑固でいじっぱりだ
でもさ、お耳の長い、気まぐれもののロバさんだよ
可愛いよ、いっしょに遊ぼうよ

といったコミカルな調子の長い詩です。もちろん、スティーヴンソンといっしょに南フランスのセヴェンヌ山脈を旅した食いしん坊のモデスティンをうたったものです。キプリングに宛てたディケンズのジョークたっぷりの手紙の解読もしてもらいました。そうそう、ディケンズ夫人キャサリンの家庭料理のレシピも言葉を加えて説明してもらいました。時間ができたら「日本語の文字の不思議」を教えてほしい、との要望もありました。

スティーヴンソンの章で、彼が随筆集『若き人々のために』に書いた、

ギリシアの昔から「神が愛したもう者は若くして死す」という言葉がある。「若さ」が尊いことをいう格言だが、ここでいう「若さ」は年齢が若いという「若さ」ではなく、瑞々しい「若さ」の溢れる精神のことである。

という、一節が引用されていました。

ちょうどこの部分を訳しているときです。翻訳仲間のTさんが病に倒れた、という報せがありました。それも不治の難病であるといいます。暗然とした思いの中で、彼女に訳し上げたスティーヴンソンの章を送りました。お見舞いでした。「スティーヴンソンのいう『精神の瑞々しさ』なら、(今のわたしでも)願って、労して、天から受け取ることができるでしょう。どうぞ見守っていてください。よい言葉を有難う」と、メールが返ってきました。スティーヴンソンと同じようにベッドを出ることなくクッションを背に当て、あのしなやかな細い指先でキーを打ったことでしょう。

訳了した今思い返すと、本書の与える格別の感慨はスティーヴンソンの章だけではありません。フレミング夫妻は喜びに満ちた抑えきれない情熱をこめて、天才たちと彼らの創造・創作・発明・思索の場を語っています。私たち翻訳者も、いつかその情熱にうたれ、身を正しながら翻訳しました。

「読後感」という言葉があるなら「訳後感」もあっていいでしょう。訳者のひとり上松さちはこう語っています。

――エディソンの研究室が火事に見舞われたときのことです。損失は五〇〇万ドルに上り、保険も一切かけられていなかったというのに、六十七歳のエディソンは「新しいスタートを切るのに遅すぎるということはない」と、さっそく復興作業に取り掛かりました。また、グラハム・ベルは「物事をつねに観察し、それを忘れずに記憶にとどめ、次々とわき上がる疑問の答えを探し求めることをやめないかぎり、誰であれ精神の衰えなどあり得ません」と語っています。二人の不屈の精神に感じ入るとともに、自分に喝を入れた言葉でした。

奴隷解放宣言が発布されたとき、ブッカー・T・ワシントンはまだ九歳の少年でしたが、早朝から塩田で働き、学校に通いました。そして十六歳のとき、ハンプトン学院の門を叩くため、たった一ドル五〇セントを手に、四〇〇マイルもの道のりを歩いたりヒッチハイクをしたりして進んでいきます。奴隷の子として生まれたワシントンはこうした努力によって、アフリカ系アメリカ人の代弁者となりました。本書で初めてその名を知りましたが、彼の生い立ちを知り、こんなにも偉い人がいたのかと驚きました。

村松静枝の驚きはこうです。

――わたしの担当は女性作家が多く、それも勇敢で、行動力と忍耐力に溢れた「男らしい」女性たちでした。ビアトリクス・ポターは本の執筆で得た収入を惜しげもなく土地の購入につぎ込み、現在に至る湖水地方の景観を必死に守ってくれました。壊された自然は二度と元に戻らないということを知っていたのでしょう。マージョリー・キンナン・ローリングズの、別離の悲しみを乗り越えた精神の強さにも驚きました。自ら移住したとはいえ、もともと縁のない土地で、夫に去られてひとり残されながら、作家への情熱を失わずに努力を続け、とうとう成功したマージョリー。同じ女性として強く共感し、尊敬せずにはいられません。

ローリングズは、女友達と二人で広大なセント・ジョン川をボートで下る旅にでます。コンパスや地図を頼りに川を下りますが、いく筋もの支流が複雑に入り組み、干ばつなどで地図と流れが変わっていたため迷ってしまいます。そのとき川面を流れている水草がより速く流れている方向があることに気づき、それによって本流をつきとめ、その後はさほど迷わずに旅を続けました。人間の道具よりずっとシンプルな方法で、自然そのものから道筋を教わり、彼女は川との一体感を感じます。フロリダを愛したローリングズは、このことで土地に対する愛情を一層深めていったのではないでしょうか。

藤岡も一言。

例のごとく神田の洋書古書店やアマゾンでディケンズの関連書を探しているとき、自分が訳した『世界で一番面白い英米文学講義』（エリオット・エンゲル、藤岡啓介訳、草思社、2006年）の著者が新刊を出しているのを知りました。この本が本書『Thinking Places』でした。早速入手してみると、エンゲルさんは「序文」を寄せているだけでしたが、著者フレミング夫妻の本文を読むと、すべての章にわたって、伝記研究家エンゲルさんとまったく同様な、それぞれの人物に寄せる尊敬と愛情が温かく脈打っているのを知りました。

さて、翻訳してどこが特別に気に入ったのでしょう。やはりロバのモデスティンでしょうか。古い翻訳でしたが、書架の隅に眠っていたスティーヴンソンの『旅は驢馬をつれて』（岩波文庫・吉田健一訳）をとりだして、幾晩か、眠れぬ夜を過ごしました。

本書は藤岡啓介、上松さち、村松静枝の三人の共訳です。次のように各章を分担しました。訳出した章は、三人がたがいに精読し意見を交わしました。

【藤岡】序文（エリオット・エンゲル）　マーク・トウェイン　チャールズ・ダーウィン　チャールズ・ディケンズ　ロバート・ルイス・スティーヴンソン

【上松】著者まえがき　エドヴァルド・グリーグ　ヴァージニア・ウルフ　アレクサンダー・グラハム・ベル　ブッカー・T・ワシントン　アーネスト・ヘミングウェイ　創造的人物と創造性

【村松】ウィリアム・ワーズワース　ジェーン・オースティン　ラドヤード・キプリング　ウィリアム・バトラー・イェーツ　ビアトリクス・ポター　マージョリー・キンナン・ローリングズ　ウィリアム・フォークナー

ご覧のように本書には多数の写真が挿入されています。類書のない紀行文、伝記、取材記といった構成の本ですが、編集担当の古満温さん、清流出版の皆さんの手で、原書にまさる出来栄えの書物になりました。ありがとうございます。稚気溢れる元気な、いつもミュージカルを楽しんでおられるフレミング夫妻の声も聞こえてくるようです。
Arigatou Yorosiku。

二〇一一年正月　藤岡啓介記

【著者プロフィール】

ジャック・フレミング JACK FLEMING
40年以上のキャリアをもつ心臓専門医。心臓核医学の教科書の共編者。作家。著書には、心身症に関する"A Primer on Common Functional Disorders"などがある。また、バラードなどの作詞も手がける。

キャロライン・フレミング CAROLYN FLEMING
作家。著書には、一九三三年のジョージアを舞台にした小説"Journey Proud"や料理本"Pensacola Holidays"などがある。また、夫妻共作でミュージカルの脚本を手がける。作品には"Seaplane""Bahia de Panzacola"などがあり、受賞多数。

【訳者プロフィール】

藤岡啓介（ふじおか・けいすけ）
東京都生まれ。著述家、翻訳家、辞書編纂者。早稲田大学でロシア文学専攻。月刊誌『工業英語』の創刊編集長。著書に『翻訳は文化である』『英語翻訳練習帳』（いずれも丸善ライブラリー）。辞書編纂では科学技術の基本語・複合語を「言葉の群れ」として捉え、前置き後置きを自在に検索できる新構想の『語群辞典』がある。訳書はチャールズ・ディケンズの『ボズのスケッチ』（岩波文庫刊）、E.エンゲル『世界でいちばん面白い英米文学講義』（草思社）、E.ソレル『文豪の真実』（マール社）など。

上松さち（うえまつ・さち）
岐阜県生まれ。名城大学短期大学部卒業。岐阜で金融関係に勤務後、オレゴン、ニューヨークへの語学留学を経て本格的に翻訳の勉強を始める。二〇〇四年より藤岡啓介氏に師事。一〇〇五年から専門書出版社書籍編集部に勤務。二〇〇八年、結婚を機に退社。『WEBマガジン　出版翻訳』にてディケンズ『貧しき縁者』を訳出、村松静枝と「競訳」掲載。

村松静枝（むらまつ・しずえ）
静岡県生まれ。神奈川県立外語短期大学卒業。都内の銀行、住宅リフォーム会社に勤務後、カナダの英会話学校での勤務を経て帰国後はIT企業で翻訳業務に就く。フェローアカデミーにてフィクション翻訳、日経ナショナル・ジオグラフィック社の翻訳通信講座受講。二〇〇七年より藤岡啓介氏に師事。『WEBマガジン　出版翻訳』にてディケンズ『貧しき縁者』を訳出、上松さちと「競訳」掲載。

偉大なアイディアの生まれた場所　シンキング・プレイス Thinking Places

二〇一一年二月九日発行［初版第一刷発行］

著者――ジャック・フレミング、キャロライン・フレミング

訳者――藤岡啓介、上松さち、村松静枝

発行者――加登屋陽一

発行所――清流出版株式会社
東京都千代田区神田神保町三-七-一　〒一〇一-〇〇五一
電話　〇三（三二八八）五四〇五
振替　〇〇一三〇-〇-七七〇五〇〇
（編集担当　古満　温）

印刷・製本――株式会社太平印刷社

乱丁・落丁本はお取り替え致します。
ISBN978-4-86029-349-9

http://www.seiryupub.co.jp/